oogatto

KERSTIN FIELSTEDDE

00gatto

SI VIVE SOLO SETTE VOLTE

Traduzione di Simone Aglan-Buttazzi

emons:

Della stessa autrice:
00gatto. Licenza di graffiare

Titolo originale: *Katerminator. Ein Katz und Maus Krimi*

Prima edizione italiana: ottobre 2020

Impaginazione: Rossella Di Palma
Illustrazioni: Lilla Varhelyi e Kerstin Fielstedde; istockphoto.com/Hibrida13; shutterstock.com/Emmeewhite. Elaborazione di César Satz & Grafik GmbH, Köln
Stampato presso: Elcograf SpA – Stabilimento di Cles (Tn)
Printed in Italy 2020

ISBN 978-3-7408-1038-2

Distribuito da Emons Italia S.r.l.
Viale della Piramide Cestia 1c
00153 Roma
www emonsedizioni it

*L'unico vero viaggio […] non consisterebbe nell'andare verso nuovi paesaggi, ma nell'avere altri occhi.**

Marcel Proust

* Tratto da *La prigioniera*, traduzione di Giovanni Raboni, Arnoldo Mondadori Editore, 1989.

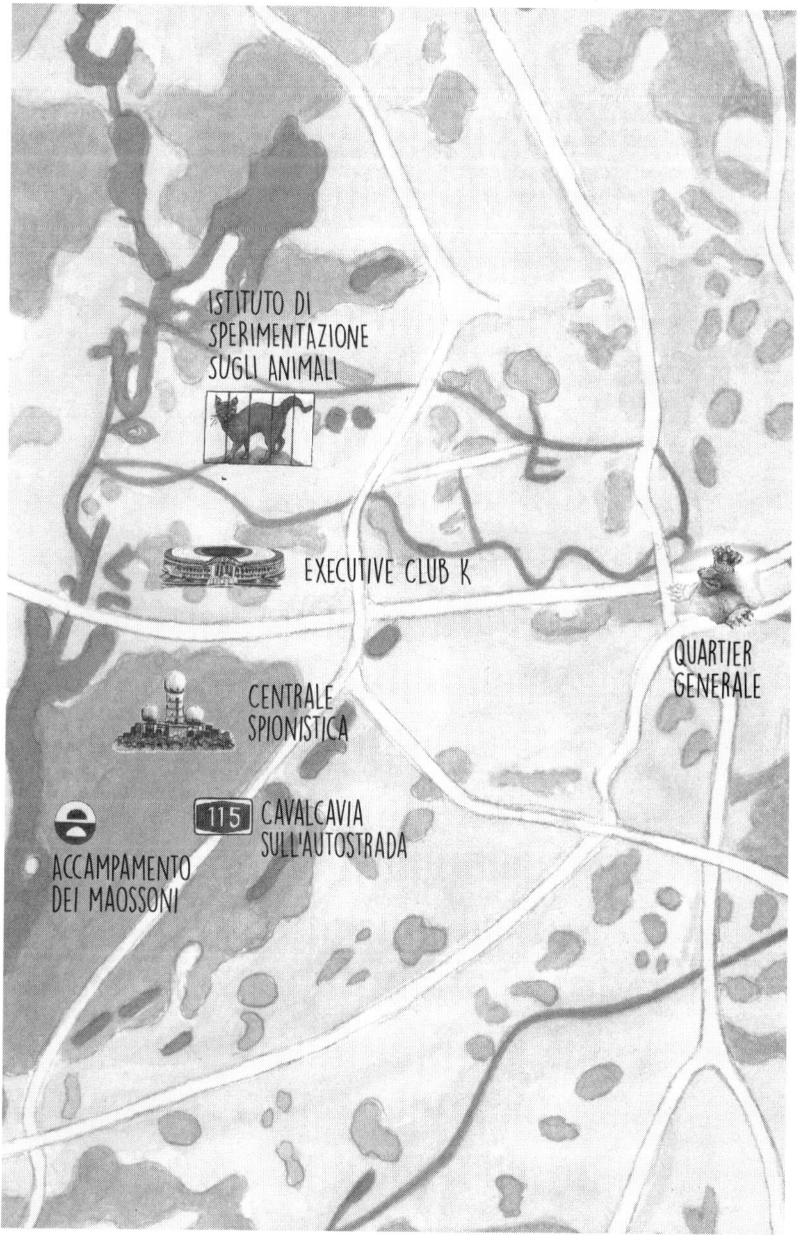
ISTITUTO DI
SPERIMENTAZIONE
SUGLI ANIMALI
EXECUTIVE CLUB K
QUARTIER
GENERALE
CENTRALE
SPIONISTICA
115
CAVALCAVIA
SULL'AUTOSTRADA
ACCAMPAMENTO
DEI MAOSSONI

iCats

INDY

La carismatica e bravissima agente dell'associazione segreta dei gatti KGB (Kombat Gatti Battaglieri), nonché sorella di Ian, possiede una sanissima autostima. Dal pelo multicolore, è maestra nel camuffamento. Proviene da una buona famiglia. Per via della sua eterna allergia alle pulizie, il più delle volte ha un aspetto trasandato. È stata rapita dall'esercito del professor Sumo e portata nell'Istituto di sperimentazione sugli animali, con inattese conseguenze. È l'agente senior degli iCats.

IAN

Il maine coon a striature rossicce soffre di una misteriosa malattia che gli provoca dei blackout. Ha un gran bisogno di riposare tra le mura di casa. Molto intelligente e dotato di autocontrollo. Ha uno spiccato senso della famiglia. È il più giovane degli iCats.

MAXIM

Gatto albino delle foreste norvegesi perseguitato dalla sfortuna, con straordinarie competenze IT. È un gatto di strada, ma con vaste conoscenze, un cuore d'oro e la propensione a disavventure imbarazzanti.

MOCCINO

È un gattino perennemente raffreddato creato nel laboratorio sperimentale. Sceglie la riluttante Indy come madre adottiva, e lei decide di addestrarlo per farlo diventare un agente junior. Ha ancora molto da imparare.

HONEYBALL

Cane da salotto della razza papillon con una doppia vita. In privato è uno zar della moda, con un impero mondiale. Qui è in azione come agente sotto copertura della Cani Ispettori Addestrati, la CIA, con tanto di gadget high-tech e un'ottima rete di contatti. Conosce e stima Indy grazie alla collaborazione con il KGB.

FOXTROT KILO

Passero poliglotta nato in Africa. Leggendario asso dell'aviazione e ricognitore per operazioni segrete. Lavora come agente di ricognizione aerea per conto dell'anonimo capo Alfa della CIA.

TREPUNTOUNO

Membro moderato dei combattenti guerriglieri guidati dal capo dei lombrichi Big Leader. Ex parte posteriore di Tre, attivista dei lombrichi, è diventato un'entità a sé stante dopo un fatale colpo di vanga a una posa della prima pietra. Riflette sull'essenziale e contribuisce validamente al successo della squadra.

XPLODE

Ratto cercamine fisicamente e mentalmente compromesso, insofferente all'autorità. Transfuga dell'esercito di Sumo. È un esperto di esplosivi e si porta sulle spalle, come fosse uno zaino, il fratello morto, suo maestro di vita.

Avversari

PROFESSOR SUMO

Peso massimo re dei bassifondi, con una spiccata propensione per la megalomania. Architettando un piano diabolico, la talpa mira a impadronirsi del potere governativo. Comanda un esercito di ratti e una security di barboni, ricorrendo alla più avanzata tecnologia, a una sorveglianza a 360 gradi e a metodi brutali.

FRATELLI SASHIMI

Fratelli barboni killer e selvaggi provenienti dalla Germania Est, scappati da piccoli insieme alla madre e agli altri fratellini da un "allevamento tortura". Solo loro sono sopravvissuti nei boschi. Sumo, che li ha scoperti, li ha educati a forza di film di arti marziali e trasformati in cani estremamente feroci. Erano i capi della sicurezza dei bassifondi, sconfitti dagli iCats nel precedente *00gatto. Licenza di graffiare.*

H

Capo supremo dei Nasuti Segugi d'America (NSA). Ha perso il lavoro come cane da monta ingoiando inavvertitamente una confezione di pilloline blu trovata sul comodino del padrone. Se la prende a morte ogni volta che sente allusioni sulle orecchie rigide o i coniglietti pasquali.

Maossoni

GIOGATTA DARK

Somma sacerdotessa dell'antica dea egizia felina Bastet, nera come la pece. Leader spirituale della setta dei maossoni, Giogatta è assolutamente contraria agli umani e agli estranei. Ha una filosofia di vita personalissima che esclude qualsiasi forma di tecnologia umana, considerata opera del demonio.

LA SENZANOME

Gatta siamese dagli occhi color fiordaliso, zampa destra di Giogatta Dark. Questa autentica sirena felina che fa impazzire ogni gatto maschio nasconde un terribile segreto che la porta a non rivelare a nessuno il suo vero nome.

BAFFETTO DA MELK

Giovane sacerdote glabro della dea felina Bastet, Baffetto è un gatto sfinge con poche esperienze, un forte afflato spirituale e la tendenza a piegare la fede in base ai propri comodi. Visto che è senza pelo, cerca continuamente un po' di calore e di coccole extra.

CONFUSIO

Vecchissimo guaritore cinese che a volte sembra dare i numeri. Riesce ad avere uno sguardo a tutto tondo sulle cose e dispone di grandi conoscenze ed empatia. Teme gli spiriti cattivi e Ian.

ANARCHRISTOS

Ufficiale senza una zampa proveniente da Creta. Comandante militare dei maossoni e collaudatissimo capo delle operazioni in situazioni di crisi. Colpisce qualsiasi cosa si azzardi a salire sull'albero-rifugio della setta. Crede esclusivamente nella legge del più forte.

BIG DATA

Gatto singapura ostile alla tecnologia, con un hardware nella nuca impiantatogli dai bipedi. È riuscito a scappare dall'Istituto grazie alle sue piccole dimensioni. In quanto biologo vuole tornare alla natura e si dedica anima e corpo allo studio degli insetti.

SAKIMA E SIKARI

Fratelli semiselvaggi dagli arti lunghissimi che sbrigano in un battifelino le faccende di Giogatta Dark. Grazie alla loro eleganza e ai loro balzi prodigiosi sono autentici talenti nell'arte del parkour.

Amici musicali

MARLEY BRADYPODIDAE

Bradipo scappato dall'Istituto di sperimentazione. Marley ha una passione per il reggae, canta da dio e sott'acqua può trattenere il fiato per trenta minuti. Adora staccare la spina e trova che lo stress sia una scemenza. Si muove molto lentamente ma in maniera oculata.

DJANE

L'esperta di eventi dei servizi segreti felini. È la dj delle feste KGB all'Executive Club K e sfrutta le potenzialità tecnologiche dello stadio olimpico per combattere gli ospiti indesiderati. Ha un debole per la musica popolare russa e la performance di Rudolf Ron-Ronneev nel *Laghetto delle oche*.

Servizi segreti

KGB

Il Kombat Gatti Battaglieri, dotato di un avamposto nello stadio olimpico berlinese, si prefigge il nobile compito di smascherare scandali politici e crimini inspiegabili del mondo bipede. Tra i suoi esponenti: l'agente Indy, l'ufficiale delle comunicazioni Gogol, l'esperta di eventi DJane, il gatto grigio e tanti altri.

CIA

Come ex unità cinofila della polizia, la Cani Ispettori Addestrati, capeggiata dal famigerato Alfa, collabora a stretto contatto con i colleghi umani. Per questo è sempre molto ben informata. Tra i suoi esponenti: Honeyball, Foxtrot Kilo e altri.

NSA

I Nasuti Segugi d'America sono cani di razza detti anche bracchi delle Ardenne. Spiano personalità di spicco per sventare attacchi terroristici. Sotto la guida del capo supremo H, questi botoli adusi alla violenza fanno di tutto per acquisire informazioni importanti. L'NSA è parte della rete internazionale di servizi segreti detta Zecchelon.

ZECCHELON

Rete di servizi segreti operativa a livello mondiale, la cui esistenza non può essere dimostrata. È principalmente formata da cani.

1

MIAGOLAMENTO

"Continua a leccare," sussurrò rauco Maxim. "Non smettere, Indy." Sentiva che le forze lo stavano di nuovo abbandonando. Il gatto delle foreste norvegesi, bianco come la neve, era steso sul terreno ricoperto dalla prima brina nel bosco berlinese di Grunewald. Il sangue che aveva colorato il terriccio e la sua pelliccia felina sembrava quasi nero alla luce della luna appena spuntata. Il proiettile del cecchino l'aveva colto alla sprovvista.

Maxim non sapeva quanto tempo avesse passato privo di sensi e solo, lì per terra. Ma quando riaprì gli occhi vide attorno a sé gli amici in semicerchio. E Indy, la sua adorata, la sua dea, che lo stava leccando dietro l'orecchio. Quale gatto avrebbe potuto desiderare una dipartita migliore? Sapeva bene che era finita. Ecco come ci si sentiva al momento di attraversare il grande ponte dell'arcobaleno.

La zampa anteriore destra cadde a terra priva di forze. Il gatto esalò un ultimo, lunghissimo respiro. Nella frescura serale gli si formò una delicata nuvoletta di fiato davanti al muso e Maxim, allo stremo, la osservò salire e dissolversi. L'anima abbandonò il corpo. La profezia dell'Oracolo dell'Est, "alla fine parte il colpo temuto", sembrava scritta per lui. Storia chiusa.

Indy guardò intensamente gli occhi rossi dell'albino ricoperto dalle cicatrici dei tanti combattimenti in strada. Ripensò al training presso il KGB, si concentrò, riconsiderò la situazione e si passò la zampa sulle palpebre. Poi soddisfò l'ultimo desiderio del gatto delle foreste, e con la lingua ruvida gli leccò l'orecchio. Il presunto condannato a morte abbassò le palpebre, sospirò profondamente e…

"Miahio, ma che diamine!" Maxim spalancò gli occhi, impaurito. La sua adorata lo aveva morso con tutta la forza che aveva!

"Non fare tante storie, pappamolla!" ringhiò Indy con ben poca compassione. "Il cecchino ha colpito la tua parte meno importante in assoluto. Non è mai morto nessuno per una coda sforacchiata. E adesso su con la vita, altrimenti le buschi di nuovo!" La maine coon levò gli artigli minacciosa, pronta a colpire. "Il nemico sta arrivando, e i tuoi dolorini ci costano tempo prezioso. Dobbiamo proseguire!"

Ian, fratello di Indy e migliore amico di Maxim, tirò un sospiro di sollievo appena il gatto obbedì rimettendosi sulle zampe. Falso allarme. Puah! Una volta tanto era stato colpito il più forte della truppa. Di solito era lui quello che si accasciava sempre, per via della sua narcolessia. Ma grazie alla dea gatta erano di nuovo scampati al pericolo. O meglio, non del tutto. Indy aveva ragione: dovevano ripartire alla svelta e mettersi al sicuro dagli sgherri. Ma dove? Lui non avrebbe retto a lungo, quella fuga a rotta di collo lo stava sfiancando. Aveva urgente bisogno di una sosta.

Cos'era stato? Uno scricchiolio lì vicino. Qualcosa si stava muovendo nel bosco. Ian drizzò le orecchie coi lunghi ciuffi da lince e le girò per scandagliare il rumore. Non potevano esserci dubbi, qualcuno stava strisciando. In gruppo. Il pericolo non era ancora passato.

Squadrò con attenzione la piccola radura in cui si trovavano. I sensi sovraeccitati gli dipinsero un quadro dell'orrore. Il suo amico pareva una mummia fasciata male, col pelo pieno di chiazze incrostate di sangue, dalla coda fino alle zampe. Inoltre aveva il corpo ricoperto da un nugolo di farfalle-vampiro gialle.

Eh? Farfalle-vampiro? Stava avendo di nuovo le traveggole? Scosse il capo in preda alla confusione. Poi vide più chiaramente. No. Erano solo i fiocchetti alle estremità dei nastrini di chiffon giallo coi quali avevano medicato alla meno peggio le ferite di Maxim dopo la battaglia col barbone killer. Tutto intorno, il pelo dell'albino risplendeva alla luce della luna.

Non andava mica bene! Quella boa luminosa a quattro zampe si vedeva lontano un miglio! E lo stesso valeva per tutti quelli che si trovavano nel suo raggio olfattivo. Che gli inseguitori li avessero già trovati? Ian captò lo sguardo di sua sorella e intuì cosa stava pensando. Senza di lui e il figlio adottivo Moccino si sarebbe data alla macchia già da un pezzo. Anche con le costole incrinate, la velocista più in zampa di Berlino poteva svanire in un batter di baffo. O almeno avrebbe potuto, se fosse stata ancora single. Ora invece era la mamma riottosa di un gattino, e quell'ispido figlioletto adottivo, con una brutta forma di diarrea, le stava attaccato come una sanguisuga da quando erano fuggiti dal laboratorio.

A Ian i gattini non piacevano. I maschi diventano grandi in fretta e si danno delle arie, comportandosi da ras del quartiere. E quello lì, per giunta, era pure molto brutto, con zampe fin troppo grosse e il muso più lungo del normale. Schifato, scosse la zampa anteriore. Cosa si era messa in testa sua sorella?

"Dobbiamo trovare una via di fuga, altrimenti facciamo la fine del cibo per cani," disse Indy esortando lui e gli altri. "I cacciatori saranno presto qua."

Seguì un silenzio imbarazzato. Nessuno conosceva quei dintorni. A parte Foxtrot Kilo, il loro ricognitore. Il passerotto alzò titubante l'ala ancora sana. "C'è un nascondiglio *not far* da qui."

Se non stava attento, a causa delle sue origini africane, gli scappavano ancora dei frammenti d'inglese quando parlava. Si schiarì la voce in preda al nervosismo: "Conosco un accampamento qui vicino. Ho dovuto giurare agli abitanti di non rivelarne mai la posizione, sulla testa dei miei figli." Sospirò sconsolato. "Ora sono morti. Divorati, nello Zimbabwe." Alzò gli occhi tristi al cielo. "Ma sto divagando. Volevo dire questo: il posto è top secret, si trova in alto, tra gli alberi, e si vede solo dal cielo. Ci vive un clan di gatti religiosi. O forse bisognerebbe dire una *cat*setta... ah, ah, questa è *good*, me la devo segnare," ridacchiò nervoso sotto le piume. "Fa lo stesso. Capirete cosa intendo quando vi verrà fame. Questi tizi sono molto... ehm, diciamo... *special*. E xenofobi. Già. Con un po' di fortuna ci ignoreranno soltanto, oppure ci faranno fuori come piattelli al poligono."

Maxim non aspettava altro! “Vorrei solo farvi presente che oggi mi hanno già sparato. Sono sfinito e sanguino come un maiale sgozzato. La coda mi è andata a fuoco prima di finire impallinata. Fa un male cane! E adesso mi fa male anche l’orecchio. Con la fortuna che mi ritrovo si infetterà di sicuro.”

Nessuno dei presenti mosse un muscolo. Xplode, il ratto cercamine, si lasciò scappare un sommesso “pfff”, mentre l’agente canino Honeyball iniziò a grattarsi come un dannato dietro l’orecchio. Per non finire sbalzato via, il lombrico Trepuntouno si ritirò alla svelta nel ciondolo che il papillon aveva al collare.

“Sopporto tutto questo perché incasso bene,” aggiunse Maxim con fare teatrale.

Indy alzò gli occhi al cielo. Le venne voglia di dargli subito un altro morso, di quelli cattivi.

“Sssh. Cos’è stato?” Ian drizzò le orecchie.

Ora anche Indy udì il rumore. Sordo, vicinissimo. Un ramo che si spezzava sotto il peso di un uomo. Sembrava quasi un colpo sparato col silenziatore.

“L’avete sentito anche voi? Bipedi!” miagolò. “L’unità speciale dell’Istituto di sperimentazione sugli animali è qui. Correte più veloci che potete prima che ci scoprano!”

RICORDI

Per l’agente felina le cose andavano fin troppo a rilento. Quella non era una fuga, ma una corsa di lumache. Foxtrot Kilo sedeva sulla schiena di Honeyball per non sforzare l’ala ferita. Non era lui a rallentare il ritmo. Ian invece sorreggeva l’affaticato Maxim e avanzavano insieme barcollando nel bosco al calar della sera, protetti dietro e ai lati da Honeyball, Xplode e Moccino. Indy era sempre qualche passo avanti, poi attendeva la truppa battendo la coda.

“Mamma, quanto manca?” domandò Moccino. “Mi scappa!”

Lei sospirò. Merda! La diarrea del micetto era tremenda, e come mamma era suo dovere occuparsene. “Siamo quasi arrivati, Moccino. Ma ora zitto! Altrimenti i cacciatori ci sentono."

La maine coon approfittò del vantaggio per riflettere qualche minuto con calma. Aveva le idee chiarissime. Una bella sensazione, anche se strana. Nel suo cervello impazzavano ancora le droghe che le avevano somministrato nel laboratorio. Doveva riportare al più presto ordine in quel caos. Indy fece un respiro profondo. Due giorni prima le cose erano andate diversamente. Come si era arrivati al punto che degli umani, da sempre suoi amici, le sparassero addosso?

L'agente si ricordò di essersi messa sulle tracce del collega Bondy dietro incarico del Kombat Gatti Battaglieri. Tra le mura del Fondo nazionale Lavori pubblici, Opere edilizie e Partecipazioni statali, accorciato in FLOP, si era imbattuta nelle macchinazioni del professor Sumo. E per puro caso aveva scoperto il suo traffico di droga e scandali edilizi in grande stile. Sumo si era rivelato un osso duro. Per evitare che Indy mandasse all'aria i suoi piani, il re dei bassifondi le aveva messo alle calcagna i ratti delle fogne. Ottenendo un successo inaspettato. Il pelo di Indy si rizzò al solo pensiero. I roditori l'avevano narcotizzata e trascinata nell'Istituto di sperimentazione come una cavia, sicuri di liberarsene. Cercò di ricordarsi nel dettaglio quanto avvenuto laggiù, ma le lacune erano troppo grosse. Aveva invece salvato tutti i particolari della sua missione nella memoria a lungo termine. Durante la formazione da agente le avevano fatto una testa così, e aveva funzionato. Ma i dettagli la stavano facendo ammattire. Cos'era successo poi, com'era riuscita esattamente a fuggire? Una volta fuori insieme a Moccino, aveva trovato là suo fratello e gli altri compagni d'avventura, sfuggiti agli scienziati furibondi grazie a un tunnel scavato da Honeyball e Maxim. Ma come aveva fatto la compagnia a sapere con esattezza dove l'aveva portata il professor Sumo?

Una domanda per suo fratello. Indy attese che arrivasse barcollando insieme a Maxim. "Come hai fatto a trovarmi?" domandò con un tono di voce involontariamente severo. "Pur nelle tue condizioni sei riuscito a mettere in piedi un'intera squadra di salvataggio."

Erano anni che Ian non usciva di casa a causa della gattoplessia, una rara forma di narcolessia. Indossava sempre una pettorina di emergenza con i farmaci salvavita. Ma anche con quella dotazione, pareva un miracolo che fosse arrivato fin lì.

Ian la guardò esausto e spiegò col fiato corto come aveva rintracciato il suo ammiratore, Maxim, il famigerato ras del quartiere di Kreuzberg. Gli aveva chiesto aiuto e si erano poi messi sulle sue tracce, incontrando via via gli altri e inoltrandosi poi tutti quanti sottoterra, fin nel quartiere generale del professor Sumo. "Una volta là abbiamo copiato su una chiavetta USB le prove dei delitti della talpa e ce la siamo data a zampe. Ho anche preso con me una scheda sim dorata, pare fosse di Sumo. Potrebbe contenere informazioni interessanti, tutti i suoi contatti," ansimò. "Era nel bagno del professore, che Xplode ha fatto saltare in aria."

Indy abbassò le orecchie e protese le vibrisse. Bingo! Con quei dati potevano forse neutralizzare l'intera rete di Sumo. Un colpo mortale per la mala! "Ben fatto, Ian," commentò con orgoglio. "La talpa si è accorta di qualcosa?"

"Be', sì," rispose il fratello, esitante. "Siamo scappati proprio quando, nel suo quartier generale, è scattata la protezione copia. Un allarme bestiale con tanto di gas velenoso. I barboni killer Bruce e Lee ci hanno inseguiti per tutti i cunicoli sotterranei, da sotto il Tiergarten fino alla grande cascata. C'è stato uno scontro tremendo. Lee ha quasi ammazzato Maxim, e questo spiega quelle ridicole fasciature gialle. Ha perso molto sangue da numerose ferite. Laggiù dev'essere successo anche a me qualcosa di orribile. Sono completamente sconvolto, ma non riesco a ricordarmi di nulla. Blackout totale." La coda di Ian si era drizzata verso l'alto. "Siamo fuggiti e i barboni ci hanno inseguiti. Nelle paludi ho teso una trappola a Bruce, che mentre affondava nelle sabbie mobili mi ha rivelato, involontariamente, il luogo in cui eri prigioniera."

"Pazzesco," commentò Indy. "Poi siete accorsi in mio aiuto?"

Ian annuì, tenne su Maxim che zoppicava e continuò il racconto, boccheggiando. "È successo tutto molto in fretta. L'ultimo ostacolo è stata l'autostrada." Fece un profondo respiro. "C'è stato uno scontro finale coi barboni, a singolar tenzone. Foxtrot Kilo ha messo Lee fuori gioco, rimediandoci un'ala lussata. Un'auto per poco non l'ha steso. Io mi sono occupato di Bruce, che credo sia ancora spiaccicato contro il radiatore di un camion. Nel frattempo Maxim e Honeyball sono andati all'Istituto per provocare un corto circuito alla rete elettrificata. Era la cosa più logica. Come sai, il norvegese è un esperto di sistemi di sicurezza."

Indy annuì. Maxim era noto come l'Assange quadrupede della scena hacker. Un genio in rete, ma perseguitato dalla sfortuna nella vita vera.

Perseguitato? Ma certo! Indy se lo ricordava bene: durante la fuga dall'Istituto aveva ferito due o tre tizi; le formiche giganti si erano occupate del resto. Poi era comparsa una massa di bipedi che aveva provato a catturare lei e Moccino. E ora l'intera security stava dando loro la caccia: infuriata, armata, pronta a far fuoco. "Gli umani si comportano come se avessi l'afta epizootica," mormorò. "Come mai questa reazione spropositata?"

Indy si scervellò. La risposta doveva trovarsi nell'Istituto. Sapeva benissimo che le avevano somministrato delle droghe, per degli esperimenti militari. Lo scopo era l'ottimizzazione dei soldati. A causa dell'ultima dose continuava a soffrire di allucinazioni. Lei, l'agente gelida e meticolosa con licenza di graffiare, si era ritrovata ad aggredire di punto in bianco chiunque le si parasse davanti. Una situazione disperata. Non riusciva a controllarsi, proprio come suo fratello non riusciva a controllare gli attacchi di narcolessia, crollando a terra come una pera cotta ogni volta che si agitava. In particolare da quando lui stesso era scomparso per molto tempo. Una strana coincidenza, a pensarci bene.

"Che sta succedendo?" chiese Indy al fratello, con ansia. "Droghe. Esercito. Esperimenti illegali. Qual è il nesso?"

Un pensiero le balenò in testa.

"Maledizione! Che mi prenda un pitbull!" Si fermò in mezzo alla via, pietrificata, come in stato di shock. Era quella la soluzione? Era quello il collegamento?

"Sei impazzita?" sbraitò Honeyball, il cagnolino da salotto. Per poco non l'aveva travolta. "Vuoi forse una pallottola nelle costole? E io che ti credevo una professionista."

L'agente della CIA aveva ragione, non sarebbe dovuto succedere. In quanto membri della Cani Ispettori Addestrati, il cagnolino e il suo collega Foxtrot Kilo avevano la stessa formazione spionistica di Indy, agente numero uno del Kombat Gatti Battaglieri. Doveva riprendersi e prestare la massima attenzione in quelle circostanze. Un singolo errore avrebbe avuto terribili conseguenze per tutti…

Diamine, il pensiero le era sfuggito di mente.

"Azzuffatevi più tardi, *not now*," li rimproverò il passerotto, allungando il collo verso le cime degli alberi in avvicinamento. "Ci siamo quasi."

All'idea, Maxim levò speranzosamente il capo malgrado la visibile stanchezza, ed emise un sospiro di sollievo. Ma Foxtrot Kilo corrugò la fronte. "Non rallegratevi troppo *soon*. I maossoni sono severissimi nei confronti degli animali estranei e delle opinioni diverse dalla loro. Non vi accoglieranno con calore!"

I MAOSSONI

A Foxtrot Kilo si arruffarono le piume. Aveva i brividi. Problemi in vista, e belli grossi. I maossoni non prendevano alla leggera la divulgazione dei segreti della setta. La loro forza consisteva nell'operare di nascosto. Quasi nessuno sapeva che esistevano. Quella compagine felina era molto, molto speciale. Nella cerchia degli agenti si mormorava che quei fanatici impiegassero psicologi felini addestrati per diventare insostituibili animali da compagnia e confidenti di umani in posizioni di comando, influenzandoli con le loro idee. La loro somma sacerdotessa era circondata da oscuri segreti: era una vergine di pelo nero alla quale, da giovane, in Francia, si diceva fosse apparsa la divinità felina Bastet. Si chiamava Giogatta Dark. E con lei era meglio non scherzare.

Anche Anarchristos, il suo comandante, incuteva timore. Il gatto partigiano cresciuto sulle montagne di Creta trucidava senza pietà qualsiasi quadrupede o bipede estraneo si avvicinasse agli spazi della setta. Contava poco che avesse solo tre zampe. Il vecchio combattente era come una tempesta tra i monti: inesorabile e imbattibile.

Foxtrot Kilo avrebbe avuto bisogno di tutta la sua abilità diplomatica per sopravvivere indenne alla violazione del giuramento fatto. Ma doveva farcela. L'emergenza era troppo grande. Quella sua truppa zampettante non era più in grado di reggere alla caccia.

Davanti a loro emerse dal buio, spelacchiata e possente, l'antica quercia boschiva. L'albero matusalemme aveva un'aria inavvicinabile e scostante. Quello non era un luogo ospitale. I gatti silvani li avevano già nel mirino, poco ma sicuro. Allerta massima, perché i difensori riservavano processi sommari agli estranei.

Foxtrot Kilo fermò la truppa, e da dov'era emise un fischio modulato. Una volta. Due volte. Impossibile non sentirlo.

"Chiudi il becco, miserabile traditore! Ecco come mantieni la promessa di non farti più vedere," udì soffiare il comandante.

"Anarchristos, mio vecchio *friend* e attentatore," rispose Foxtrot Kilo con un canto flautato e svolazzò, malgrado i tremendi dolori, in direzione della voce che stava echeggiando molto in alto.

Volò attorno agli alberi più giovani che attorniavano il vecchissimo gigante. Gemmati nel corso del tempo dalle sue ghiande, ora costituivano a cinque metri da terra una rete intricatissima di rami e foglie. Il fitto fogliame nascondeva alla vista ciò che si trovava sopra. Due occhi di gatto iridescenti e isolati lo fissavano astiosi da uno spiraglio nel verde.

"Consentimi una parola a mia discolpa prima di giudicarci," chiese l'uccellino.

"Smamma!" ringhiò Anarchristos mostrando i denti mentre spuntava dal nascondiglio con quei suoi baffi lunghissimi e rigidi. "Tu e tutta la tua marmaglia, se vi è cara la vita." Con un frusciar di foglie, la testa scomparì di nuovo.

Ma Foxtrot Kilo non si lasciò respingere così. "*Please*, aiutaci," cinguettò insistente. "Altrimenti siamo fritti. I bipedi del laboratorio sperimentale ci stanno dando la caccia. Ce l'hanno a morte con due fuggiaschi," proseguì indicando col becco Indy e Moccino. "Il *team* è esausto."

In risposta, un lunghissimo silenzio. Che il comandante fosse ancora lì?

"Diamo battaglia!" sibilò Indy, disgustata. "Io sento odore di fifa gatta. Se i maossoni danno zampa forte ai bipedi, non sono nostri amici. Del resto non siamo scappati dal laboratorio per farci ringhiare addosso da dei conigli che si nascondono tra gli alberi."

Foxtrot s'impietrì e rischiò di precipitare per la paura.

"A chi stai dando del coniglio?" soffiò Anarchristos estraendo gli artigli. "Non sai con chi stai attaccando briga, gattina!"

Una prova di forza! L'ultima cosa di cui avevano bisogno in quel momento. Foxtrot si tolse subito dalla linea di morso. Anarchristos e Indy mostrarono le zanne tra i ringhi e si fissarono dritto negli occhi. Il massimo della provocazione, per giunta non a distanza di sicurezza. Il gatto emanava autorità. Alle sue spalle si mossero delle ombre scure. I guardiani si stavano preparando all'attacco, e sembrava che Anarchristos avrebbe avuto la meglio.

Indy sentì scalpitare dentro di sé quella bestia nata grazie alle droghe ora di nuovo sveglia, impossibile da controllare. Parte della follia che aveva faticosamente tenuto a bada durante la fuga stava tornando a galla. "Prova ad alzare anche solo una zampa contro la mia truppa e sterminerò tutta la tua schiatta," ringhiò con lo sguardo vacillante e le pupille cerchiate di rosso fuoco. L'espressione dei suoi occhi divenne di colpo imperscrutabile.

Invece di fornire una risposta verbale, Anarchristos mise una zampa in avanti. Era pronto a uccidere.

Nel bosco calò il silenzio. Non si muoveva una foglia. Ogni cosa sembrava sottovuoto. A quel punto lo sguardo del comandante si posò sul cane zoppicante. Honeyball sembrava distratto, ma bastò un rapido scambio di occhiate tra cane e gatto per cambiare del tutto la situazione.

Il maossone ripristinò le distanze. "Non posso farvi salire. Giogatta non sopporta gli estranei. Per non parlare dei cani. Se non ve la squagliate, condurrete i bipedi dritti da noi. Quella sì che sarebbe una catastrofe. Noi siamo una società segreta, se capite cosa intendo."

"Eccome, io lavoro per il KGB," precisò Indy con fare scontroso, leccandosi la zampa un po' troppo nervosamente. "Per l'esattezza sono la loro agente numero uno. Ma la mia squadra è fiaccata. Guardala. I ragazzi sono allo stremo, non ce la fanno a proseguire. Il che non vale per me. Tranqui."

Un pizzico di esagerazione non guastava per sottolineare la propria pericolosità. Allo stesso tempo però sentì di dover offrire qualcosa al nemico, se voleva il suo assenso. "Se ci fai entrare, magari ti racconto cos'abbiamo scoperto durante la nostra missione." Flesse un orecchio verso la boscaglia e udì rami che schizzavano all'indietro, respiri affannosi... I bipedi stavano arrivando. I primi raggi delle torce lampeggiavano spettrali nella foresta. "Oppure chiedi direttamente ai tizi della security che ci stanno alle calcagna," propose Indy. "Noi intanto ce ne stiamo buoni buoni e vediamo cosa succede a te e al tuo accampamento."

Anarchristos riconobbe la gravità della situazione, si ritirò sulla sommità dell'albero e soffiò ai sottoposti: "Fateli salire, tutti!"

Un gatto protestò, allibito: "Ma noi non lasciamo passare gli estranei, in nessun caso! E lì giù c'è pure un cane! Porterà sventura al campo. Appena Giogatta lo verrà a sapere ti darà una spuntatina al collo."

Il comandante ridusse gli occhi a fessure e si mosse di soppiatto verso di lui. "Stai rifiutando un mio ordine?" Sollevò le labbra e diede un gran colpo di coda.

Al sottoposto bastò un'occhiata a quelle zanne scoperte per capire di aver perso. In preda al terrore si fece piccolo piccolo, allungò la zampa verso l'alto e fece cadere una fune splendente. "Non toccate le radici, sono pericolosissime," miagolò verso quelli dabbasso.

Moccino, il più giovane, s'inerpicò per primo, subito seguito da Ian. Anarchristos squadrò ogni nuovo venuto con occhi di lince, annusandolo dalla testa agli artigli. Dinanzi all'insolito puzzo di Moccino ebbe un sussulto e lo spinse oltre, disgustato. In compenso perquisì scrupolosamente la pettorina di Ian, sottraendo senza dire una parola la sim rubata. Ian era troppo sfiancato per litigare. L'avrebbe riavuta, prima o poi. Intanto era felice di essere in quell'insperato rifugio felino.

Poi fu il turno di Maxim. A metà fune gli mancarono le forze. Appena Indy se ne accorse s'inerpicò alla svelta per evitare che il gatto precipitasse. Ma da sola non poteva reggere quel colosso. Controvoglia, Anarchristos si sporse, lo acchiappò all'ultimo secondo con le sue potenti zanne e sollevò Maxim per la collottola, buttandolo nel fogliame come un gattino sproporzionato. Così facendo strappò anche la collana portafortuna di Maxim con tanto di chiavetta USB, agguantandola. Nella foga del momento lo notò solo Ian, che tenne il muso chiuso per amor di pace.

Mancava solo Honeyball. Diamine! Altro che passare inosservati. Il cagnolino da salotto ciondolava in fondo alla liana esibendosi in un autentico ballo scatenato, visto che continuava a scivolare con i suoi artigli laccati rosso corallo. Impossibile che ce la facesse da solo. Intanto i bipedi armati si stavano avvicinando pericolosamente al rifugio. Era una questione di secondi prima che i cacciatori lo individuassero.

"Al diavolo, lo sapevo! Quel botolo ci caccia tutti nei guai," sibilò il gatto che teneva la fune. "Quanto mi piacerebbe lasciarlo a terra." Per qualche secondo sembrò quasi che volesse reciderla con un sol colpo dei suoi artigli acuminati. Poi sbraitò verso l'alto l'ordine di tirar su fune e cane.

Tra i rami apparvero due splendidi savannah maculati e con le zampe lunghe, tranquillamente paragonabili per dimensioni a Ian e Maxim. Sakima e suo fratello Sikari tirarono su nel fogliame, in un battifelino, il cane affaticato ma quanto mai riconoscente.

Il capo della fune scomparve fra i rami proprio nel momento in cui un bipede munito di visore notturno sbucò da dietro un albero guardandosi attorno.

A un tiro di schioppo, più avanti sulla sinistra, qualcosa raspò nel sottobosco. Xplode, il disertore dell'esercito sotterraneo di Sumo, non era andato con loro. Il ratto non era mica stanco di vivere. Un accampamento felino a mo' di rifugio non faceva per lui, ma voleva comunque fare un ultimo grande favore agli amici: afferrò un grosso ramo secco e lo trascinò nella boscaglia, facendo quanto più baccano possibile.

Il cacciatore fischiò in direzione dei compari e fece loro il gesto inequivocabile di seguirlo.

Il roditore ridacchiò tra sé e sé. Da bravo artista della sopravvivenza, amava i piani ben riusciti. Corse a zig-zag nel bosco, con gli umani al seguito. Ben presto non seppero più dov'erano. Una volta arrivato a distanza di sicurezza dalla vecchia quercia, li lasciò di nuovo a sé stessi. La squadra era fuori pericolo. E un veterano di guerra navigato come lui trovava sempre un buco da topo in cui infilarsi.

In un secondo momento sarebbe tornato al campo. Con la situazione sotto controllo, e soprattutto se gli fosse venuta voglia.

IL MEDIGATTO

"Stop!" Anarchristos, con la zampa alzata, fermò Honeyball, Trepuntouno e Foxtrot Kilo. "L'accampamento è solo per gatti. E anche loro necessitano di un permesso per accedere ai piani alti." Al che indicò imperioso una piattaforma situata all'estremità del grosso ramo. Attraverso le feritoie di una palizzata si vedevano due capanne di rami intersecati. "Nel frattempo aspetterete là. Non scavalcate in nessun caso la rete! Non ha la funzione di imprigionarvi. Anzi, serve a proteggervi. Dai guardiani. Quelli riconoscono a naso un gatto da un non gatto. Al di fuori della recinzione, in mia assenza, non sopravvivreste dieci secondi." Lanciò uno sguardo indagatore al papillon e ai suoi compagni extrafelini. "Dobbiamo ancora decidere cosa ne sarà di voi."

Honeyball trotterellò stancamente oltre il cancello, col passerotto in spalla e il verme nel ciondolo del collare. "Ragazzi, a me proprio non interessa! Voglio solo dormire."

Anarchristos continuò a fissare Honeyball, poi ringhiò: "Avrai mie notizie. Intanto resta lì dentro." Indicò con la coda la capanna grande, poi si rivolse ai gatti esausti. "Voi seguitemi seduta stante. Che nessuno devii di una vibrissa dal mio percorso, intesi? Sarebbe la vostra rovina."

Moccino non stava ascoltando. Fissava a fauci spalancate l'enorme groviglio vegetale sopra di lui. Un paradiso tiragraffi senza pari. I rami della quercia si sviluppavano in tutte le direzioni creando un labirinto di infinite possibilità. In corrispondenza dei vari incroci erano sorte delle piattaforme che parevano naturali. E ovunque, appese ai rami, c'erano delle buffe sfere decorate col vischio. Chissà a cosa servivano.

"Datti una mossa!" Indy lo strappò dai suoi pensieri, tirandoselo al fianco.

Non presero la via diritta e seguirono il comandante lungo i sentieri arzigogolati della cima. Salivano e scendevano, salivano e scendevano. Ian fu preso dalle vertigini. Gli sembrava di essere su un ottovolante. Quella salita li stava privando delle loro ultime forze. Dovevano continuamente riprendere fiato. Anarchistos batteva la coda, impaziente. Appena la luna scomparve dietro le nuvole, si fece buio pesto. Si coglieva solo un chiarore verde tra le chiome degli alberi. Che i maossoni avessero portato la corrente elettrica fin nel bosco? Senza dare nell'occhio, Ian controllò il tronco in cerca di cavi nascosti.

Ehi, cos'è stato? Un sussurro, un mormorio al limite dell'udibile, gli stava pizzicando le terminazioni nervose dell'orecchio, accompagnato da clic microscopici e sovrapposti. Ian aprì le fauci e incurvò il labbro superiore. C'era puzza d'insetti. Anzi, di ragni. Sembrava che sulla corteccia un'orda di picchi heavy metal avesse dato vita a un festival musicale. Tra i buchi scorrevano linee sottili come aghi che parevano sentierini, ma che a un esame ravvicinato si rivelarono motti intagliati. Alcuni li lesse camminando.

"I figli di Bastet sono una cosa sola."

"Lo straniero porta male."

"La tecnica è diabolica."

"I ragni sono vita."

"Cane abbaia, vento soffia."

Salivano e salivano. La via si fece più diritta e ripida, in compenso si rischiava meno d'inciampare. Ian e Indy trascinavano

Maxim in mezzo a loro. Le forze avevano di nuovo abbandonato il norvegese. Fratello e sorella ansimavano pesantemente sotto il suo peso, finché Anarchristos non si fermò davanti a un edificio arioso all'interno della ramificazione, dotato di numerosi vani.

"Qui abita il nostro guaritore. Si occuperà di voi e vi visiterà con cura, affinché non ci portiate niente di pericoloso. A Confusio non sfugge una vibrissa, anche se può non dare quest'impressione... ah, eccolo."

Dalla casetta uscì strascicando le zampe un vecchissimo gatto cinese miope, che prese ad annusare i dintorni.

"Sono lieto di presentarvi Confusio, il nostro guaritore." Anarchristos fece un piccolo inchino dinanzi al medigatto, dimostrando evidente rispetto nei confronti di quella vecchia carampana.

"Hao, hao," miagolò Confusio. "Quale raro piacere, sì. Dei nuovi sacrif... ehm, malat... ehm, ecco, *visitatori.* Venite, venite, miei piccoli porcellini." Ridacchiò tutto contento arricciandosi i lunghissimi baffi filiformi. "Brutta cera hanno proprio, sì."

Confusio se li fece passare davanti al muso uno dopo l'altro. Quando toccò a Moccino, balzò all'indietro. "Boah! Piccolo draghetto puzzolente tu sei, sì. Divorato il didietro di lăo tàitài tu hai? Sì, eh?" Rise brontolando come una capra e annusò meglio il sedere di Moccino. "Caso simile già visto, sì. Giovine chiuso sei giorni con salma della nonna, sì. Come iniezione brutta di veleno, ma lui piaceva lei... dice, sa di pollo, sì. Giovincello purtroppo matto diventato." Confusio scosse la testa per l'amarezza. "Tsk, tsk... grande Mao, quando successo? Credo giovine finito in pignatta a Shanghai. Ma posso sbagliarmi, sì. Questo tu mangia!"

Prima che Indy potesse protestare, il vecchio cacciò in bocca a Moccino una qualche roba secca che sembrava una mummia di ratto vecchia di cent'anni. E forse lo era proprio. "Combattere il simile col simile bisogna, sì," mormorò Confusio mentre regalava un ghigno sdentato agli spettatori allibiti e biascicava beato con le soffici gengive. Poi si mise di nuovo al lavoro, disegnando cerchi sulla tempia con gli artigli della zampa anteriore. "In anni umani centoventicinque sono, sì, forse anche centocinquantadue? Lo sa Buddha… eh, Bastet. Certo. Certo. Piccolo drago mastica prima, manda giù poi!"

Indy era combattuta tra la disperazione e l'entusiasmo. Il vecchio col suo intuito si era avvicinato moltissimo all'origine del disturbo di Moccino. Al laboratorio sperimentale avevano dato da mangiare al gattino della carne di ratto andata a male provocandogli quella diarrea di cui non riusciva a liberarsi. Sarebbe stato davvero fantastico se Confusio fosse riuscito ad aiutarlo. Però non voleva nemmeno che quel vecchio pazzo mettesse le zampe sul suo cucciolo. Vallo a sapere cosa stava mangiando Moccino in quel preciso momento.

"E noi, gatta-ninja?" Confusio fissò Indy dritto negli occhi, interrompendo quei pensieri bui. Lei avrebbe voluto fulminarlo, mentre invece si perse nel suo sguardo mite. Ritirandosi come una membrana nittitante, lo smarrimento nello sguardo del medigatto cedette il passo a un'occhiata limpida e intelligente. Indy si sentì avvolta nel calore e nella comprensione.

Non capiva cosa le stesse succedendo. La tensione si smussò e lei si lasciò andare. Si mostrò semplicemente com'era. Lo spirito dell'anziano entrò con cautela nei suoi più intimi recessi, localizzò la belva dentro di lei e rimase là. Sembrava che la stesse accarezzando. Nel profondo della bontà del medigatto, Indy trovò la pace e la sicurezza a lungo perdute, si sentì di nuovo protetta, provò gioia e sollievo.

Questo finché Confusio non si ritirò e annuì sospirando. "Difficile, molto difficile. Forse troppo vecchio. Bisogna vedere, sì," mormorò nella barbetta. Le accarezzò la testa lentamente, con amore, come se avesse ritrovato una nipotina smarrita. Poi si girò dall'altra parte.

Indy aveva solo un desiderio: che restasse. Voleva gridare, implorare che rimanesse, che la guarisse del tutto. Ma il momento era passato. Per disperazione strinse i denti, mentre il vecchio gatto si dedicava tremolante alla successiva diagnosi.

Confusio annusò la nuca di Maxim. "Trasmettitore," disse. "Disturbato però, sì. Nessuna localizzazione. Bene." Alzò la palpebra del norvegese e bofonchiò soddisfatto qualcosa.

Maxim tornò in sé appena il vecchio gatto gli punzecchiò con forza le costole con gli artigli anteriori. "Miahi!"

"Pfff," fece il vecchio con disprezzo. "Karma cattivo, sì. Qualcuno ci vuole, sì, che il pasticcione controlli. Tagli sanguinanti cicatrizzati. Carne recupera bene. Buco fresco in coda, niente di che, sì." Rovistò nervosamente in un crogiolo con la zampa ed estrasse una crema verde che spalmò in abbondanza sul foro di pallottola.

Maxim restò interdetto, sobbalzò, prese a strillare e si leccò via la crema come un pazzo. I suoi strilli si fecero ancora più acuti, trasformandosi in una tosse sputacchiante.

"Cuo!" imprecò Confusio, controllando con gli occhi strizzati la minuscola scritta cinese sul crogiolo: "Balsamo di tigre. Medicina pungente per raffreddori e dolori di testa e muscolari."

Il medigatto si arruffò la rada pelliccia. "Sbagliato, sbagliato, sbagliato. Pentolino accanto crema giusta con miele ed erbette. Stupido vecchio cinese!" esclamò tra sé e sé prima di strofinare via il rimedio corrosivo con del muschio secco, e di spalmarci sopra l'altra pasta, coprendo il tutto con uno strato di ragnatela che tirò per lungo e poi avvolse tre volte attorno alla coda di Maxim. Il materiale s'incollò da solo. "Primizia! Come antibiotico, sì," borbottò nella barbetta. "Contro moltiplicazione batterica. Seta molto forte, si piega senza rompersi. Da tenere a mente, sì."

Confusio prese una radice, la cacciò nelle fauci di Maxim ancora spalancate per strillare e ordinò brusco: "Amaro sì, ma da fare a pezzettini. Mastica, riduci a pappetta!"

Ian aveva visto abbastanza. Non aveva certo bisogno di quel gattintruglione per star bene. Piano piano iniziò ad arretrare verso l'uscita, con l'intenzione di sgattaiolare fuori dall'ospedaletto. Poi sentì una zampata ossuta ma incredibilmente forte sulla sua lunga coda. Una cosa che non aveva mai potuto soffrire. "Giù la zampa o son guai!" soffiò con calma e pieno autocontrollo.

E il vecchio fece proprio quel che gli aveva detto. Con gli occhi spalancati dal terrore ritirò la zampa rinsecchita come se si fosse bruciato. Poi diede di matto. Il guaritore fuggì in una stanzetta laterale e chiuse la porta così forte da far tremare le pareti. Poi graffiò come una scopetta impazzita il lato interno della porta in legno, singhiozzando e ululando, e gridò qualcosa in cinese su un "móguĭ" che doveva andarsene da lì.

UDIENZA REGALE

"Vieni, Giogatta vuole parlare con la capa. Immagino sia tu." Anarchristos aveva atteso fuori dall'ospedale da campo, seguendo gli avvenimenti. "A causa vostra devo assumermi la responsabilità dinanzi alla dea." Balzò in avanti infuriato, senza far caso alla povera Indy che faceva una gran fatica a stargli dietro lungo quel sentiero sempre più erto.

Evidentemente presero una scorciatoia per gli appartamenti di Giogatta, dato che non ci volle molto prima che il gatto combattente la conducesse in una caverna meravigliosamente intagliata all'interno del massiccio fusto della quercia. Nel legno scuro erano raffigurati gli episodi cruciali della vita di Bastet: scene di battaglia, festeggiamenti gioiosi, uno Stato felino in pieno rigoglio. Erano in tutta evidenza nella sala delle udienze private di Giogatta. Davanti a un trono ricavato ad arte nella parete lignea, con magnifici simboli sulla testata, c'erano due altri posti a sedere, semplici monconi duri e grezzamente lavorati. Senza spiccicar parola, Anarchristos le indicò di sedersi su uno di essi. Lui si mise sull'altro.

Indy aveva mille domande brucianti sotto gli artigli. "Di' un po'..."

Con un gesto energico, il gatto le ordinò di tacere. "Sta' zitta, siamo nel sancta gattorum," sibilò.

Visibilmente scocciata, Indy strinse gli occhi e sbuffò, ma si attenne alle indicazioni.

Giogatta si fece attendere. Restarono a lungo seduti nella sala buia e soffocante, fin troppo vicini l'uno all'altra su quegli scomodi ceppi. Indy storse il naso. La coda di Anarchristos puzzava di secrezione per marcare il territorio. Probabile che la ghiandola anale del vecchio gatto non tenesse più. Per distrarsi, s'ispezionò gli artigli. Un moscone ronzava nella sala. Indy seguì il rumore con le orecchie dritte e lo sguardo tetro, poi s'irrigidì. Come uscita dal legno per magia, Giogatta era seduta sul trono scuro. La gatta orientale a pelo corto, nera come la pece, pareva un buco nel buio. Da dove era entrata? Era apparsa dal nulla? Due occhi gialli iridescenti stavano scrupolosamente esaminando la maine coon. Lo sguardo di quella gatta emanava un potere indicibile.

Giogatta si rivolse al proprio comandante. "Voglio sentire le tue scuse," disse a voce bassa.

Anarchristos si schiarì la voce in preda al nervosismo e iniziò un discorso a propria discolpa. "Io..."

"*Tu*," gli tolse la parola Giogatta, "puoi andare. Noi due parliamo dopo." Il suo tono gentile fece venire i brividi al gatto, che con la coda tra le zampe si voltò e uscì dalla sala senza protestare.

Indy restò invece imperturbabile. "Mi spiace aver portato qui i bipedi," cominciò. "Ma non avevo scelta. Uno della mia squadra è stato raggiunto da un proiettile, e anche altri due sono feriti. Sono preoccupata per un micetto. E mio fratello è allo stremo. È malato."

La somma maossona piazzò le zampe anteriori sui braccioli e unì leziosamente i polpastrelli. "Dove credi di essere? In una pensione? Entri, mangi qualcosa e te ne vai? Te lo sogni. La lega dei maossoni vive nell'assoluta segretezza. Perché non dovrei uccidervi tutti all'istante?" chiese con fare amichevole. "Dammi un solo motivo."

A Indy si rizzarono i peli della nuca. Provocatoriamente fissò la capogatta dritto negli occhi. "Perché di sicuro ti interessa tantissimo sapere di quali informazioni dispongo sul vicino Istituto di sperimentazione sugli animali," rispose irritata. "Io sono l'agente numero uno del Kombat Gatti Battaglieri. Si scoprono un sacco di cose. E inoltre so combattere! Posso esserti maledettamente utile... o nociva," concluse con gli occhi che le brillavano.

Giogatta osservò pensosa il soffitto decorato a geroglifici, come se vi stesse leggendo il destino di Indy. Dopo un po' miagolò: "Sei molto convincente. Ma anche se ti accettassi e ti risparmiassi, cosa ci guadagnerei di preciso? Come la mettiamo col tuo seguito? Con Ian, Maxim, Moccino? Posso fidarmi di loro? Per non parlare del cane e di quell'uccello traditore." Gli artigli le erano usciti dalle zampe. "Il suo destino è segnato." Poi tornò a perforare gli occhi di Indy coi propri. "Cosa mi offri per la vita della tua squadra?"

Indy s'inarcò tutta. "Se risparmi la mia squadra farò tutto quello che vuoi per la durata di una missione. Ti servirò fedelmente e senza condizioni. Persino in una missione suicida. Ma alla fine li lascerai liberi. Compreso Foxtrot Kilo."

Giogatta tacque. "Rifletterò se puoi essermi utile." Con aria strafottente si lisciò i baffi, si protese e squadrò la maine coon. "Lo vedremo!"

RETI

Che il vecchio medigatto pazzo si scatenasse pure nello stanzino. Ian aveva bisogno di quella gabbia di matti come di una tagliola. Voleva un po' di quiete, e un posto sicuro dove dormire. Con la coda tra le zampe uscì nella notte e si guardò attorno. Tutto tranquillo. Fra i rami notò dei fili sottilissimi che a tratti s'infittivano creando grosse, soffici reti, dentro le quali zampettavano degli insetti. Gli parvero un'ottima fonte di proteine. Si avvicinò quatto quatto, con gli artigli strappò in un battifelino una farfallona dalla rete e se l'infilò in bocca.

Uno sbuffo ammonitore risuonò alle sue spalle. "Evita di venir beccato da Big Data," gli consigliò una voce gentile. "Il nostro esperto di reti non la prenderebbe bene. E nemmeno i suoi amichetti. Se sottrai senza permesso il cibo alla comunità, finisci nei guai fino al collo."

Ian si dimenticò di masticare, si voltò e vide degli occhi a mandorla color fiordaliso. Una siamese dalle zampe lunghe era accucciata sulla forcella più vicina e l'osservava. Asiatica, anche lei. Pelliccia grigio argentata, muso scuro. "Come ti chiami?" le chiese con la bocca piena.

"Lascia perdere, sono senza nome. Oltretutto sono la zampa destra di Giogatta e la factotum della setta. Ma in questo preciso frangente sono quella che ti porge il foulard. Ti devo chiedere di indossarlo sempre, fuori dai nidi. Sembri chippato, potresti trasmettere."

Il gatto corrugò la fronte. Non sapeva perché, ma non lo ricordava. Ultimamente dimenticava tante di quelle cose a causa dei blackout!

"Se non lo porti o tradisci altrimenti la nostra fiducia," proseguì la gatta, "finisci dritto dai tuoi amici nella capanna, che è schermata."

Saltò con eleganza giù dalla forcella dirigendosi a passi felpati verso di lui. "Giogatta sta rischiando. Inoltre la nostra fede vieta il possesso e l'impiego di tecnologia umana, con pene durissime. A chi resta a lungo con noi viene estratto il chip. Vale per tutti. Ecco perché Anarchristos ha confiscato i vostri oggetti tecnologici. Ma sta' tranquillo, li riavrete appena lasciate l'accampamento. *Se* lo lasciate." Risata enigmatica. "Ah, ecco che arriva Big Data, il nostro gattodroide suo malgrado. Fa la sua ronda notturna per gli insetti, o così sembra. Non ti meravigliare delle minuscole dimensioni. Durante un'operazione lampo è riuscito a scappare dall'Istituto usando i tubi di scarico. Gli umani gli hanno impiantato nel cranio un hardware maligno, che col brutto tempo lo intontisce come un bug."

Ian ascoltava a bocca aperta, dimenticandosi di deglutire. Mandò giù in tutta fretta la farfalla e dedicò a Big Data un cortese e rochissimo "Iao". Il gatto singapura indossava un cappuccio argentato e splendente che gli arrivava fino alla nuca. Una via di mezzo fra *street wear* all'ultima moda e un'orrida cuffia da puffo.

Dannazione! Il farfallone gli era rimasto in gola. Si schiarì la voce teatralmente. "Ciao, sono Ian," ripeté con maggiore chiarezza.

Big Data ammiccò per poi alzare gli occhi al cielo, come se dovesse decifrare qualcosa. "Ah sì, il demone di Confusio."

Abbassò di nuovo lo sguardo ed esaminò attentamente il maine coon. "Ho la netta sensazione di averti già visto."

Ian scosse il capo. Impossibile. "Ti sbagli di sicuro. Sono un gatto domestico, non esco mai di casa. Ho problemi di salute."

"Può essere, ma non dimentico mai un muso. Soprattutto se l'ho visto all'Istituto. Probabile che ci siamo… Oh!" Deluso, il piccoletto si fermò. "Al contrario di me, sembra che tu non abbia problemi a addormentarti."

Da un momento all'altro Ian era crollato come un sacco di patate sulla piattaforma. La gattoplessia era tornata a farsi sentire. Era del tutto cosciente, ma non poteva muovere un muscolo. Se ne stava lì steso e basta.

Big Data si voltò. "Be' allora… magari un'altra volta. Ho altro da fare comunque. I miei amichetti mi aspettano." Tentennò un attimo, riflettendo. "Eppure sono sicuro che ci conosciamo. Mi torna in mente qualcosa," mormorò, si sistemò la cuffia, pizzicò con eleganza felina le finissime ragnatele tra i rami e controllò le prede. A bassa voce fece i complimenti a qualcosa o qualcuno, poi proseguì la ronda.

Una volta andatosene, la gatta siamese si avvicinò cauta. Annodò con delicatezza il foulard attorno al collo del maine coon apparentemente addormentato e gli annusò la guancia. Mmm… odore interessante! Molto piacevole. Che gli era preso a Confusio? Avrebbe fatto la guardia accanto a Ian. Tutta la notte, o almeno era quello il compito assegnatole.

Ian era sospeso. Si trovava in un passaggio buio. Qualcosa gli pareva vagamente familiare. Come nel caso della sua ultima allucinazione, gli immediati dintorni puzzavano di medicina. Udiva la sorella intenta a combattere, anche se non la vedeva da nessuna parte. I sensi erano in un certo qual modo ampliati e accordati alla perfezione. Era approdato a una nuova dimensione esperienziale. Tutto accadeva in simultanea, velocissimo e al massimo dell'intensità: udito, olfatto, tatto, gusto, vista. Eppure era come al rallentatore. In lontananza, della musica classica lo sedusse come per magia. Uscì dal passaggio buio buttandosi nella luce accecante per andarle incontro. Allora lo vide, un tavolo metallico splendente. Sulla superficie sterile era steso, supino, un gatto tigrato rosso color crema legato con delle cinghie, le zampe divaricate. Un maine coon!

Ian restò di sasso. Era lui! I bipedi erano chini sul suo bassoventre. Buffo, non sentiva niente. Si avvicinò con un interesse stranamente distaccato, scientifico, per capire meglio cosa stesse succedendo. Così facendo notò sul lato destro un secondo tavolo d'acciaio inox, ancora più grande, sul quale si muoveva qualcosa di enorme e grigio. Anche lì c'erano umani radunati in apparente attesa, nervosi.

Ian si librò verso la testa di quell'enorme animale, arrivando a un pelo dal muso dotato di potenti zanne. Pazzesco. Una lupa! Mentre osservava affascinato quel suo volto sottile e selvatico, la lupa aprì improvvisamente gli occhi gialli. Vi si leggeva un odio assassino. Ian si prese un colpo e balzò indietro d'istinto.

Subito dopo si scatenò l'inferno. Ci fu un rumore assordante. Il pavimento tremò. Ian sobbalzò per lo spavento. Poi ricadde. Cadde, cadde, cadde in un abisso senza fondo.

Una zampa l'afferrò per la gola fermando la caduta. Lo stava strangolando, non riusciva a respirare. Si portò le zampe al collo e lottò disperato per la vita.

"Tranquillo, micio! Altrimenti non ti tengo!"

Conosceva quella voce. Spalancò gli occhi e si vide in uno spazio tridimensionale mentre penzolava da un'altezza prodigiosa, tenuto stretto solo dalla soffice zampa della gatta siamese senza nome. Doveva essere caduto dal ramo sul quale si era appoggiato.

"Sta' fermo, sei troppo pesante. Ti lancio di sopra."

Ian ciondolava come un micetto nella presa ferrea di lei, gli artigli serrati attorno al foulard annodato. Sotto, l'abisso oscillante gli dava la nausea. Cos'aveva appena sognato? Stava ancora sognando?

Voleva che quella visione gli tornasse in mente, ma la paura dell'altezza scacciò tutto il resto. Era una questione di mera sopravvivenza. Rischiava di morire! Il nodo troppo lento del foulard si sciolse con uno strattone, il senso di strangolamento scomparve e Ian precipitò nell'abisso. Si vide arrivare addosso un grande ramo, e ne approfittò subito. Soffiando, estrasse gli artigli e li piantò lungo la corteccia, scheggiandola. In quel modo riuscì a rallentare la caduta. Si aggrappò ansimante all'estremità sempre più sottile, fermandosi poco prima dell'ultimissima forcella. Il cuore tambureggiava. Poi sentì qualcosa che lo sollevava, e perse di nuovo conoscenza.

Si svegliò con tutto il corpo che tremava. Era buio, poco prima dell'alba. L'aria era umida. In cielo si vedevano ancora le stelle. Era davvero sveglio? Represse uno starnuto. Malgrado la frescura del mattino, sentiva un piacevole calore al fianco destro. Lì accanto dormiva la Senzanome che gli aveva salvato la vita. Era successo sul serio? O stava diventando pazzo un po' alla volta? Faceva fatica a distinguere tra realtà e visioni. Cos'era reale? Con tutta la buona volontà, non lo sapeva. Anzi, non sapeva più nulla, si sentiva svuotato e sfinito. I muscoli gli dolevano come se avesse sollevato pesi tutta la notte. Lentamente il tremore si placò grazie alla quiete e al corpo caldo della sua compagna notturna. Il gattone non si mosse, limitandosi a godersi il momento. Non aveva mai dormito fianco a fianco con un'altra gatta che non fosse sua sorella. Una strana sensazione si fece largo in lui.

No! Niente emozioni! Con lieve rammarico si staccò dalla gatta siamese. Lei aprì gli occhi e lo guardò insonnolita. Che occhi! Puri, autentici. Si tuffò involontariamente dentro di lei, nel profondo. L'Inavvicinabile aveva abbassato le difese nel sonno e gli consentì di arrivare al cuore passando per gli occhi. Il tempo si fermò.

Ma il momento magico non durò a lungo. La Senzanome strizzò gli occhi, scosse il capo e distolse lo sguardo, imbarazzata. Poi si affrettò a lavarsi la zampa per la toeletta mattutina, si deterse il muso e così facendo dribblò la situazione. Poco dopo era di nuovo l'Inavvicinabile.

"Sei sveglio? Hai dormito male. Non fa mica bene alla salute." Rise con aria sapiente, sbadigliò mostrandogli la dentatura perfetta e acuminata, poi lo informò: "Mezzo accampamento era in stato di allerta. Di sotto gli umani sono andati avanti e indietro senza meta, con la grazia di un elefante. A quanto pare qualcuno s'è divertito a portarli fuori strada. Prima o poi se ne andranno. Spero che ce ne libereremo presto."

Ah sì? Ian non s'era accorto di nulla. Confuso, si ravvivò la lunga criniera e si leccò la zampa. Che avesse sognato tutto il tempo? Gradualmente riconquistò la ragione. Gli tornò in mente Big Data. Aveva detto qualcosa d'importante. Lo conosco quel piccoletto?, pensò Ian. Le fa lui le reti?

Ian doveva aver ragionato a voce alta. La Senzanome capì subito di chi parlava. "Ti rivelo un segreto," gli sussurrò all'orecchio fingendo di sfiorargli per caso il lungo ciuffo da lince. Per l'agitazione gli si rizzò il pelo della nuca. Era così dannatamente vicina. "Il nostro geniale Big Data è riuscito a produrre per via artificiale l'ormone sessuale dei ragni. Non chiedermi come. Grazie ai loro feromoni abbiamo istituito un legame con gli ottopodi e viviamo in pace tutti insieme."

Fece un ampio gesto con la zampa. "Tu non li vedi, ma sono dappertutto. Il nostro bravo Data fornisce loro un po' di ormoni e di sano mangime supplementare. In questo modo diventano più grandi dei loro simili e la qualità della seta viene potenziata. Ne possono produrre di diversi tipi, questo dovresti saperlo. Tra questi c'è un materiale semitrasparente e resistente all'acqua. È quello che riveste l'interno dei nostri nidi. Anche i fili che compongono la cuffia di Data e il tuo foulard hanno questa origine. Tutte cose che il nostro sacerdote Baffetto fa a maglia con le sue stesse zampe, e le benedice." Un ghigno. "È una sua mania. Ma resta il miglior sistema di protezione per il chip che hai nel collo. Ricordatelo: finché stai con me non puoi mai toglierti il foulard."

Con aria trasognata sistemò lo scialle di Ian, e aggiunse entusiasta: "Tutto merito di Giogatta. È una tale visionaria! A chi verrebbe l'idea di creare sistemi di segnalazione con le ragnatele? Voglio dire, ragni a parte. La nostra rete capta anche le minime vibrazioni. I fili più lunghi arrivano fino in cima, alla centrale. Così Giogatta sa in ogni momento quello che succede giù da noi. Ma è anche il motivo per cui s'è stancata di cacciare. Dall'introduzione della rete mangiamo solo ciò che condividiamo con i ragni: gli insetti. In compenso Big Data protegge le nidiate dei ragni come fossero figli suoi. È il loro Supertessitore. Lo amano e lo seguono anche solo quando esprime un desiderio col pensiero."

Guardò Ian dritto negli occhi. "Con questo voglio dirti: attento a dove metti le zampe, non toccare nulla senza chiedere, se ci tieni alla vita. E guardati soprattutto dalle femmine di ragno! Non c'è bisogno che ti spieghi cosa combinano i ragni vespa già in condizioni normali. Il loro veleno fa male almeno come quello dei loro omonimi alati, e i nostri ragni pieni di ormoni sono tremendi. Le tenaglie e gli aculei penetrano senza fatica la tenera carne felina. Basta che ti prendano di mira e voilà, la dose letale si raggiunge in un batter d'occhio. Per gli allergici basta una semplice puntura."

Col naso si era avvicinata tantissimo al suo muso, drizzando le vibrisse. "Ecco perché siete saliti con la fune e non lungo il tronco. L'area inferiore è il loro territorio. Ma non solo quella." Stava fissando beffarda gli occhioni spalancati di Ian, poi arretrò di un passo e tornò ad arricciarsi i baffi. "Non preoccuparti. Finché tu stai con me e gli altri sono protetti da quattro mura non succederà niente a nessuno."

A Ian si rizzarono i peli sia della nuca, sia delle zampe. Quindi era circondato da innumerevoli ragni? Ecco cos'era quel sussurrare che aveva udito. E adesso credette anche di annusarne i feromoni. Lì tutto dipendeva dall'odore giusto. Bastava una scoreggina improvvida per finire in pasto ai ragni. Ripensò a Indy. E soprattutto a Maxim! La catastrofe era dietro l'angolo. Doveva avvertirli al più presto.

Appena si alzò, un dolore lancinante lo percorse da capo a coda. "Miahi!" Aveva una scheggia di legno nel cuscinetto della zampa anteriore destra. Quello perlomeno *non* era un sogno, era proprio vero. Tentò di estrarla coi denti, senza riuscirci.

La Senzanome l'osservò per un poco, poi miagolò: "Fa' vedere." Come un coltello a serramanico tirò fuori un singolo artiglio e fece un taglio minuscolo, precisissimo, proprio accanto alla scheggia. Subito dopo tolse l'origine dei suoi mali.

Ian fissò la gocciolina di sangue sul cuscinetto che andava allargandosi davanti ai suoi occhi. Vide tutto rosso. Nuova visione in arrivo. Il sangue gli mugghiava nelle orecchie, trasformandosi in un ronzio ad alta frequenza. Qualcosa si mise in moto, non lì, ma non lontano da lì. Nei pressi dell'Istituto. Uno sciame meccanico s'alzò in volo. Delle ombre si librarono dinanzi alla pallida luna, seguite da una rana dorata. Ian capì istintivamente che l'attacco era diretto a loro! Udì la talpa Sumo, il re dei bassifondi, scoppiare in una risata maligna. Circondato dai suoi figlioli di fogna se ne stava là seduto, protendendosi come se potesse vedere Ian. Poi si passò l'enorme unghione affilato lungo la gola. Una promessa chiarissima: voleva scuoiarlo con le proprie zampe, quel gattaccio!

2

ATTACCO COI DRONI

Porco cane, quanto se l'era presa il giorno prima! Foxtrot Kilo lo conosceva, Honeyball: da fuori, il ritratto della calma; ma sempre pronto, nel suo intimo, a strozzare il primo gatto di passaggio. I maossoni avevano esiliato l'agente segreto nonché zar della moda sugli ultimi rami. Solo perché era un cane. Il razzismo era una cosa che l'orgoglioso cittadino del mondo non riusciva proprio a mandare giù. Soprattutto quando lo riguardava direttamente. Il passerotto ghignò. A volte il papillon si prendeva troppo sul serio. Del resto Anarchristos gli aveva assegnato la capanna più bella. Un'autentica ingiustizia. Anche Foxtrot Kilo avrebbe dormito volentieri sul pavimento ricoperto di muschio. E come mai il cane aveva sempre un salsicciotto in più? Secondo lui c'era qualcosa sotto, col comandante. Le occhiate che si erano scambiati all'arrivo parlavano chiaro. Foxtrot Kilo aveva un sesto senso per le operazioni sotto copertura. E Honeyball aveva buoni contatti nei posti più impensabili. A vederlo sonnecchiare acciambellato, nessuno avrebbe dato un soldo a quel piccolo papillon, ma lui sapeva bene che dietro alle innocue apparenze si annidava un cane d'acciaio.

Il ricognitore credeva poi che l'assonanza tra il nome del cane e quello dell'antico genio militare Annibale fosse voluta. Cinguettò piano il nome del grande condottiero.

Nessuna reazione.

L'uccellino si sporse curioso per guardare dentro il ciondolo col teschio al collo di Honeyball. "Trepuntouno, ci sei?"

Udì un mormorio monosillabico. "Dor.mo. Per.ché chie.di? Hai fa.me?" replicò il verme, scocciato.

Eccone un altro di pessimo umore. Bene! Probabile che gli mancassero i rosei colleghi lombrichi, o che soffrisse ancora per il distacco dalla terra. Un fenomeno sicuramente diffuso tra gli oligocheti. E dire che il passero aveva solo voluto essere gentile.

Scrollò le penne e scacciò la rabbia sul nascere. Era arrivato il momento di fare la ginnastica mattutina. L'ala slogata andava mossa al più presto. Da quando aveva avuto l'incidente in autostrada se n'era occupato troppo poco e il primo mattino era un'ottima occasione per recuperare. Uscì dalla capanna e alzò lo sguardo verso la rete tesa sopra quel centro di prima accoglienza. Impenetrabile. Doveva uscire all'aria aperta.

Non c'era nessuno in giro quando Foxtrot Kilo oltrepassò il cancello della palizzata. Lì, sul ciglio della piattaforma, c'era la vista più bella. Spiegò con calma l'ala ferita. Attraverso la nebbiolina penetrò un primo raggio di sole che rivelò il verde brillante delle estremità degli alberi. La brezza che saliva portava con sé la promessa di un nuovo giorno. Ecco un uccellino cinguettare sulla cima... ma no, era lui. Dopo tanto, tantissimo tempo sentiva di nuovo il bisogno di cantare. S'impettì e intonò una vecchia canzone africana di Miriam Makeba: *Pata Pata*.

Che momento di purezza! Foxtrot Kilo era una cosa sola con la natura. Finché non si accorse che qualcuno l'ascoltava, osservandolo attraverso il fogliame. Sakima, la savannah, una via di mezzo tra una gatta selvatica e una comune, veniva dall'Africa proprio come lui. Lei e suo fratello Sikari avevano accolto la squadra alle radici dell'albero, tirando su Honeyball con la fune. Grazie ai suoi lunghi arti saltava benissimo ed era una vera esperta di parkour. I servali, i suoi antenati selvaggi, riuscivano persino a catturare gli uccelli in volo. Nella luce del mattino la grande gatta dalle zampe allungate e le macchie nere sembrava quasi un ghepardo. Che se lo volesse pappare?

Sakima inclinò la testa appena lui s'irrigidì. "Non ti fermare. Canti bene per essere un passerotto."

"E tu hai un bell'aspetto, per essere una *cat*," replicò l'uccellino.

Si guardarono senza muovere un muscolo.

"Volevo solo controllare la situazione," spiegò la maossona. "Giogatta ha convocato un incontro coi gatti della tua squadra. Dopodiché deciderà cosa ne sarà di voi." Drizzò le orecchie. "Ma cos'è questo strano ronzio?"

Anche Foxtrot Kilo l'aveva sentito. Il rumore si stava avvicinando. Ebbe il riflesso di lanciarsi in volo, ma si toccò subito la spalla slogata. "Ahia, che male."

Impossibile volare. Tirò indietro la testa e vide in lontananza un nugolo scuro di velivoli librarsi sulle cime degli alberi. Ciascuno di essi aveva sei propulsori e una cassetta nella fusoliera, da cui facevano capolino due punte. Droni! Armati! Da come si muoveva, capì che il nugolo non si comportava come uno sciame: ognuno di essi era telecomandato, per cui doveva avere a bordo anche un sistema ottico di orientamento. Eccola! Foxtrot Kilo identificò la piccola lente che sembrava un occhio maligno al centro del drone. I piloti erano a grande distanza, vedevano tutto con appositi occhiali e guidavano i dispositivi tramite joystick. E chi secondo lui poteva disporre di una tecnologia del genere? Facilissimo: Sumo! O meglio, i suoi pargoli allenati a suon di videogiochi. Non c'era da scherzare!

"Svelta," urlò a Sakima, "devi avvertire i tuoi! Questo è uno squadrone d'*attack*. Spareranno contro qualsiasi cosa assomigli a un gatto."

Sakima reagì senza batter baffo, gli fece un cenno e corse verso il tronco. Là tirò un paio di ragnatele tesissime che vibrarono come corde di chitarra producendo una serie di suoni stridenti, poi diede al passero un esempio incredibile del suo talento nel parkour: apparentemente senza peso, volò lungo il fusto vorticando di ramo in ramo come una ginnasta alla sbarra, diretta al quartier generale di Giogatta Dark, o almeno così gli parve dal punto in cui si trovava. Nel mentre la gatta urlò qualcosa in una lingua a lui ignota. Teste di gatto iniziarono a spuntare in massa dai nidi, fissando il cielo con preoccupazione. Foxtrot Kilo sperava che quegli abitanti del bosco ostili alla tecnologia avessero risorse a sufficienza per difendersi da un attacco aereo così massiccio.

Doveva dire subito a Honeyball e Trepuntouno che restassero al sicuro, a testa bassa. Forse quei droni bellici erano dotati di un sistema di riconoscimento facciale. I loro ritratti apparivano su tutte le schede segnaletiche del regno di Sumo. Li aveva sicuramente nel mirino.

Sopra di loro si mosse qualcosa. Foxtrot Kilo alzò gli occhi. Un gatto minuscolo con una cuffia fatta all'uncinetto apparve al centro di un grosso ramo. Il nanetto si tolse il copricapo, si accovacciò e gettò indietro la testa. Con fare evocativo si alzò lentamente, levò le zampe anteriori ed emise un ronzio monocorde. Poi si contorse tornando a quattro zampe. Il ronzio s'interruppe.

A Foxtrot Kilo si rizzarono le penne. Era uno sciamano?

Accanto a lui iniziò un gran fermento sulla corteccia. In un battibaleno il legno venne ricoperto da una specie di pelle scura. Nere corazze scintillanti nella luce del mattino. Che stava succedendo?

Foxtrot Kilo restò senza fiato: l'albero stava prendendo vita. Migliaia di ragni gambalunga stavano salendo lungo il tronco senza far caso a lui. Accorrevano verso la cima. Il ricognitore della CIA venne assalito dalla curiosità. Doveva assolutamente seguirli e scoprire cosa sarebbe successo. L'avvertimento del comandante di non oltrepassare la recinzione era ormai acqua passata. Fischiettò ai compagni nella capanna di restare sottocoperta e corse dietro ai ragni.

Con un'ala che batteva a fatica, il passero saltellava di ramo in ramo ascendendo con lentezza. Il gatto minuscolo non si era mosso dalla sua posizione accucciata. Mentre Foxtrot si avvicinava, notò che gli occhi del singapura brillavano bianchissimi. Sotto le palpebre, i bulbi oculari si muovevano senza sosta. Che orrore!

Qualcosa cambiò. Il ronzio omogeneo dei rotori in dotazione ai droni cedette il passo a un rumore spezzettato e tossicchiante. A pochi millimetri dalla testa di Foxtrot Kilo un velivolo precipitò a spirale con le ali affilate come coltelli. Tre dei propulsori erano incollati da reti finissime. Nemmeno gli altri droni riuscirono a mantenersi in volo. I ragnetti avevano lanciato le loro tele, centrando in pieno i rotori. Mira perfetta.

Uno dopo l'altro i droni caddero dal cielo andandosi a sfracellare. Alcuni caricatori si schiantarono spargendo ovunque frecce acuminate.

Solo in quel momento il passero si accorse che il flusso furibondo dei ragni si era arrestato. Gli aracnidi zompettavano inquieti sul posto o si fermavano, come per orientarsi. Lo sciamano li aveva condizionati ad attaccare gli oggetti volanti. Foxtrot Kilo era un uccello. Ed era proprio in mezzo a loro, in una zona proibitissima!

ARACNOATTACCO

I ragni formarono un nuovo disegno: cerchi concentrici con lui in mezzo. Il passero si ricoprì di sudori freddi. Incapace di muoversi, fissava quel tappeto fluttuante di ottopodi pronti a combattere. I ragni, che lo avevano identificato come rappresentante dei vertebrati volanti, si girarono mostrandogli i deretani e lo presero di mira. Come rispondendo a un ordine, una nuvola bianca partì da ogni direzione verso di lui, avvolgendolo strettissimo. Incapsulato come in un bozzolo di farfalla, Foxtrot spalancò il becco per chiamare aiuto, ma si trovò subito una scarica di ragnatela in gola. A quel punto ebbe un attacco di panico. Ci mancava solo che cadesse dal ramo! Si aggrappò all'albero con tutta la forza che aveva. Un occhio era incollato, ma con l'altro poteva almeno distinguere le forme del gatto sciamano che si avvicinava grattandosi la nuca. Non sembrava affatto felice di vederlo lì.

"Hai avuto fortuna, passero! I miei protetti avrebbero anche potuto usare la colla permanente." Con nonchalance tolse un paio di fili dal suo becco. "Che ci fai qua nella zona proibita?" E senza aspettare una risposta, proseguì: "Il mio ordine alle bestioline era di colpire qualunque cosa sapesse volare. Direi che comprende anche te. A proposito, mi chiamo Big Data."

Foxtrot Kilo dovette fornire alcune risposte e farsi spennare, o almeno così gli parve, prima che il gattino riuscisse finalmente a liberarlo sbucciandolo come un frutto. Ahia, che male! Eppure dal becco di Foxtrot non uscì neanche un gemito. Sollevato, arruffò le penne sciupate per aerarle. I residui di ragnatela se li tolse da solo. Quando infine si guardò intorno, non c'erano più ragni in vista. Come per incanto erano scomparsi nei buchi del tronco senza lasciare tracce.

"Grazie," disse dopo quella che sembrò un'eternità, presentandosi: "Foxtrot Kilo, arrivato ieri sera." Poi allungò al gatto l'ala sana come gesto di saluto. "Immagino che i colleghi abbiano già sparso la *voice* tra i rami."

"Certo, ma io sono comunque sempre al corrente. Che lo voglia o meno." Big Data trafficò nervoso con la cuffia per sistemarla a dovere, poi piegò il collo finché non scrocchiò. "Giogatta sta per celebrare la funzione del mattino, credo. Bastet l'assisterà. Vieni, ti riporto alla capanna." Fece strada, poi tornò a girarsi e fissò il passero con aria severa. "Non lasciare mai più l'area protetta per stranieri. Qui abbiamo anche altri tipi di ragni. Se ti attaccano loro, hai finito di saltellare. E Giogatta ti sta già tenendo d'occhio."

Al che gli mollò scherzosamente un colpetto sulla schiena. "Vogliamo ben sperare che il tuo amico canino sia più ragionevole di te. Quelli come lui non ci piacciono molto. Non ho idea del perché Anarchristos gli abbia dato la suite per stranieri. Vallo a capire, il comandante. Dovrebbe odiare i cani come la peste. Evidentemente il tuo amico sa farsi ben volere." Sfoderò un sorriso allusivo. "Ma forse, in caso di emergenza, avrebbe meno fortuna di te."

SUMOSISMA

Dopo l'udienza, Indy aveva cominciato a marciare avanti e indietro senza sosta. Avrebbe dovuto informare Ian e Maxim dell'offerta fatta a Giogatta? All'inizio pensò di non farlo. Non aveva ancora ricevuto una missione, nulla era stato deciso. Aveva continuato ad aggirarsi nella stanzetta come una tigre in gabbia finché non si era stesa, addormentandosi. Fece brutti sogni. Prima, una lotta all'ultimo sangue con la dea gatta Bastet. Poi, all'alba, toccò al suo nemico numero uno: Sumo. Nel sogno il re dei bassifondi alzava il muso annusando l'aria e inspirava profondamente, mentre dei tentacoli rosa si agitavano attorno al suo soffice naso come quelli di una piovra in cerca di prede. Poi colse un'interruzione del campo elettrico e l'odore gli tolse ogni dubbio: i droni erano inattivi. L'attacco era fallito!

Il sogno di Indy andò ancora più a fondo. Udì persino i pensieri del criminale. Com'era possibile? La risposta la conosceva già dentro di sé: quello non era un sogno, stava avendo una visione! Incollerita, la grossa talpa attraversava la stanza con passi pesanti. I bicchieri tintinnavano nella vetrina. Un onisco schizzò terrorizzato lungo il pavimento e Sumo lo schiacciò spiaccicandolo a terra. Ancora, ancora e ancora. Finché non restò solo una chiazza bagnata.

Fuori la maine coon vide un gruppo di ratti che tratteneva il fiato per lo spavento, sobbalzando a ogni percussione. Indy poteva leggere anche i loro pensieri: era un Sumosisma del quinto grado della scala Richter. Sumo non conosceva pietà. A quel punto il trepestio cessò e l'attenzione di Indy si spostò di nuovo sul tiranno. Lo sentì parlare a voce alta con sé stesso. "La squadriglia di droni non è una gran perdita. Roba da bambini, frecce intinte di veleno di rana. Devo trovare un esperto di bionica che me li faccia dieci volte più piccoli. Come mosche. Che non diano nell'occhio. Sì! Ho urgente bisogno di nuove leve nel dipartimento tecnologico. Ho dovuto maciullare troppi sviluppatori, le loro idee non valevano nulla!"

Sumo si lasciò cadere, ansimante, sulla poltrona di comando mobile. L'unica che era riuscito a salvare dal suo quartier generale distrutto, dopo che un disertore aveva aperto una via di fuga a colpi di esplosivi alla squadra degli iCats imprigionati. "Xplode, stramaledetto ratto, se ti becco..." esclamò, per poi rendersi conto che gli interruttori nascosti nei braccioli funzionavano ancora a meraviglia. Sorrise soddisfatto. Usando la poltrona elettrica che si muoveva silenziosamente su sei ruote cingolate, Sumo disegnò una curva al centro dell'ex sala conferenze e schiacciò il grande pulsante di chiamata. Ho ancora un paio di buoni soggetti, pensò. Ora chiamo a raccolta quelli più capaci.

"Collaboratori scientifici del mio reparto 1-A! L'eterna fase di sviluppo è finita. D'ora in poi ci andiamo giù pesante. Basta con le quisquilie. Gli iCats dovranno di nuovo mettersi ai ripari. Ora è il turno dei prototipi iperpericolosi! Aaah!"

Indy si svegliò col cuore in gola e il pelo rizzato. Se l'era solo sognato o si trattava davvero di una visione? Era tutto così reale. Cercò di orientarsi. Sentì di dover trarre le conclusioni giuste. Il re dei bassifondi li voleva ammazzare a tutti i costi. Ma come?

Si scervellò per alcuni lunghissimi minuti. Più cercava di trattenere le immagini, più quelle si allontanavano. Dannazione!

3

FINE DELLA MASKERATA

L'incubo la perseguitava ancora, ma ogni dettaglio si era ormai dissolto. Indy si guardò attorno, insicura. E non era l'unica. In tutto l'accampamento imperversava un senso d'irrequietezza. Diafane ombre feline attraversavano le pareti dell'infermeria in cui si trovava. Da ogni direzione si udivano sussurri e mormorii. Era successo qualcosa. Forse era meglio controllare.

Il sole era appena sorto. Intorno all'ingresso del nido rivestito di fieno fresco in cui si trovavano lei e Moccino, una ghirlanda diffondeva il profumo delle erbette regionali. Era un buon odore, di casa e libertà, anche se quegli spazi erano molto umili. A portata di zampa c'erano due ciotole in legno, una con acqua potabile e una con degli insetti. Annusò la seconda, ma non aveva appetito. Per sicurezza si avvicinò di poco a Moccino, che ancora sonnecchiava, per odorare il suo respiro. Sembrava stesse meglio. Il puzzo di carogna era quasi scomparso. La strana medicina di Confusio sembrava aver davvero funzionato.

Il vecchio si era tranquillizzato alla svelta la sera prima, dopo che Ian se n'era andato. Era stato inoltre così gentile da offrire a Indy una seconda seduta per addomesticare la sua bestia interiore. Lei aveva accettato con gratitudine. Quel gatto cinese disponeva di conoscenze antichissime. L'aveva capito dagli occhi saggi, e dall'osceno brodino di radici che le aveva preparato. Imbevibile, eppure aveva obbedito alle sue esortazioni pur di guarire. Tutto contento, il vecchio aveva tirato fuori numerosi aghi di pino finissimi da una borsina, infilzando varie parti del suo corpo. Dopodiché era dovuta restare ferma, distesa, per almeno quindici minuti. Il risultato: uno straordinario senso di relax.

Ora i disturbi peggiori parevano spariti per incanto: la rabbia segreta nei confronti del fratello malato; il desiderio di ammazzare; persino la sua allergia all'igiene non era più così spiccata. Confusio aveva fatto il primo passo con cautela, togliendo con gli artigli i nodi di pelo più grossi senza che lei desse di matto. Evidentemente il guaritore sapeva benissimo cosa stava facendo. E lei, d'istinto, si era fidata.

Indy era curiosa di sapere quanti anni avesse il gatto cinese. Dopo il trattamento lui si era dovuto stendere. La procedura gli era costata molta fatica. Si era rifiutata di ammetterlo, ma gli era riconoscente per l'aiuto. Anzi, provava un'immensa gratitudine.

Con cautela tirò fuori la lingua e si pulì per la prima volta dopo molto tempo. D'ora in avanti l'avrebbe fatto più spesso. Aveva finalmente ritrovato l'equilibrio.

Moccino si mosse, agitando le zampette nel sonno. Miagolò piano piccoli frammenti di parole. Sogni infantili, innocenti. Lei gli leccò con affetto la testolina arruffata. Tanto non l'avrebbe vista nessuno. Lui sì che aveva un pelo fitto! Antiproiettile, persino. Sul limitare del bosco, durante la fuga dagli sgherri dell'Istituto, si era lanciato per intercettare una pallottola diretta a lei. E l'aveva salvata. Che gattino coraggioso. Lo controllò di nuovo dalla testa alla coda. Nessuna ferita. Non gli era capitato nulla.

Indy provò qualcosa che superava la propria immaginazione, molto più potente del semplice sollievo. Qualcosa di profondo per quella palla di pelo. Un caldo formicolio le percorse il petto, come se le sue stesse soffici zampe bianche le stessero accarezzando il cuore. Iniziò piano a fare le fusa. Suo figlio! Sarebbe stato bene con lei, si ripromise. Era ancora un gattino ingenuo, ma dalle sue enormi zampotte si capiva che sarebbe diventato molto grande. Molto. Era già grande per la sua età. Persa in quei pensieri, giochicchiò con l'etichetta che lui aveva all'orecchio e nella luce crescente del mattino lesse la sigla che vi era impressa: "MaSK," sussurrò.

D'improvviso seppe di cosa si trattava. Aveva già notato quella sigla nella gabbia del laboratorio sperimentale, ma il suo cervello confuso, piagato dalle droghe, non era riuscito a decifrarla. Eppure la conosceva grazie alla sua formazione al KGB. MaSK stava per "Militari autonomi per Super Kombat". In preda allo shock, rimase con la lingua di fuori. Si trattava di macchine da guerra! Braccatori che decidevano in totale autonomia della vita e della morte del loro obiettivo.

Appena pensò alle conseguenze, si sentì mancare. Una volta cresciuto, quel giovincello si sarebbe forse trasformato in un killer senz'anima? Un'arma rivolta contro la propria stessa specie? Come lei sotto l'effetto delle droghe? O come Ian, che di recente nelle situazioni di pericolo si trasformava in un demonio cancellando poi ogni ricordo? Cos'avevano combinato i bipedi con Moccino? Gli avevano inoculato dei farmaci, come a lei? Gli avevano forse impiantato del materiale tecnologico o qualcosa di peggio?

BASTET

Sakima varcò la porta e trovò Indy con la lingua penzoloni e un'espressione allucinata. "Ehi, ma ti sei vista? Hai incontrato uno spettro?" chiese tutta curiosa.

Indy fece un profondo respiro. "No, non è niente. Solo un brutto sogno."

La maossona annuì con scetticismo e odorò la stanza. Aria viziata, ma nessun pericolo negli immediati dintorni. "Devi aver dormito come un sasso," constatò. "Ti sei persa addirittura l'attacco all'accampamento. Non hai sentito le mie grida?"

Indy fece spallucce. "Boh." Suo figlio rischiava di diventare un killer da grande. Aveva problemi seri lei, non poteva occuparsi delle magagne dei maossoni. Sbadigliò con scarso interesse. "Che vi è successo?"

Sakima le raccontò quanto avvenuto all'alba. Ora la maine coon era sveglissima. Quell'attacco era diretto a loro. Destò Moccino con un colpetto sulla testa e urlò: "Maxim!"

Dopo essere stato trattato da Confusio nel nido-ospedale, al grosso gatto bianco era stata assegnata una branda lì accanto.

Trotterellò da lei insonnolito, stirandosi senza ritegno. "Ho sentito il racconto di Sakima." Poi lanciò a Indy una rapida occhiata. "A quanto pare è andato tutto per il meglio. Direi che qui siamo al sicuro. È successo qualcos'altro d'importante?"

"Certo che sì," rispose Sakima, lievemente risentita per il comportamento scortese del gatto. "Giogatta vi vuole vedere per la funzione di mezzodì nella grande arena. Quindi non muovetevi, torno subito e vi ci porto." Indugiò ancora qualche secondo per accertarsi che il messaggio fosse stato recepito. Poi uscì come un turbine per svegliare gli altri.

"Siete pronti?" Sakima era già tornata, stavolta con Ian e una gatta siamese al seguito. "A Giogatta non piace aspettare." Ripartì scattante senza attendere la risposta e mentre saliva si esibì in numeri acrobatici, inseguita da Moccino che cercava, goffissimo, di imitarla. A metà strada Indy lo superò. Quanto a potenza di salto, agilità e rapidità poteva benissimo vedersela con Sakima. Quando la scalata del grosso fusto si fece verticale, tra le due scattò un testa a testa. I massicci gattoni stavano loro alle calcagna con gran fatica, ma non c'era modo di superare le due longilinee sprinter.

Le ragazze ce la misero tutta e tirarono al traguardo a zampe levate, mentre Ian, Moccino e Maxim, col fiatone, si arrampicavano ancora sugli ultimi rami. Una volta arrivati anche loro sulla piattaforma fecero una breve pausa, poi proseguirono ordinati.

In alto i rami si facevano più radi, il fogliame più fitto. La corona dell'albero, grazie a una crescita pilotata e all'aggiunta di rami, era un enorme imbuto simile a una piramide rovesciata.

Quando entrarono, Moccino fece tanto d'occhi. Lungo le pareti c'erano spalti a forma di terrazze. Una rete di ragnatele sorrette da diversi rami a mo' di palo copriva tutta l'arena. Pareva il tetto dello stadio olimpico di Monaco, e malgrado la soffice consistenza aveva un aspetto stabile, compattissimo. Attraverso la fessura tra il bordo del tetto e la fila più alta si doveva godere di una grandiosa vista a 360° su tutta la foresta. Moccino corse subito lì per sputare di sotto, ma la mamma lo richiamò indietro con un fischio. Che scemotto: non aveva visto che dei guardiani dall'aria torva tenevano tutto sotto stretto controllo.

Dato che la stava ignorando, Indy gli corse appresso, lo prese per la collottola e lo riportò sul sentiero come un micino ribelle. Maxim la seguì con lo sguardo e si stupì di come si comportasse da brava madre. Anche se l'agente speciale, ovvio, non l'avrebbe ammesso nemmeno morta.

Sakima esortò i visitatori a mettersi in fila seguendo una processione diretta a una ciotola d'acqua color ottone posata per terra. Ciascun maossone si fermava lì davanti in raccoglimento, bagnava la zampa destra nell'acqua su cui il sole mattutino dipingeva ghirigori dorati e si tracciava sul cuore un cerchio con una riga in mezzo.

Fantastico. Moccino aveva voglia di giocare. Con la zampetta toccò i riflessi nell'acqua e cercò di bersela tutta. Quelli dietro di lui bofonchiarono indispettiti. Stupidi adulti. Nessuno che gli permettesse il minimo divertimento. Nemmeno sua madre, che l'aveva già preso per la nuca spingendolo oltre.

Ben presto l'arena si riempì dei gatti più disparati. La siamese si mise in testa al corteo e li condusse ai posti d'onore sotto il palco. Davanti a loro c'era un'aiuola con erba gatta in fiore e valeriana che si estendeva fino ai piedi del podio. Per fortuna era coperta da una ragnatela che arginava gli odori, altrimenti si sarebbe scatenato l'inferno. Bastò quella vista a far venire l'acquolina in bocca a Maxim, che per poco non sbavò.

Moccino si lagnava di dover stare fermo a sedere. Aveva voglia di girare, di annusare tutto e cacciare. Indy però lo teneva ben stretto e fulminò il gattino con un'occhiata che avrebbe messo in ginocchio un elefante. Mogio mogio, lui si sedette tranquillo.

Risuonò un gong. Al centro del palco vibrò un disco d'ottone che ciondolava appeso, con la parte inferiore graffiata e annerita. Vi erano raffigurati due semicerchi, uno sopra e uno sotto, posati sul lato diritto. I due semicerchi sovrapposti erano il simbolo della dea felina Bastet, figlia del dio egizio del sole Ra.

Nel buio dietro al gong si mosse qualcosa. Due sacerdoti con bianchi bustini fatti a maglia e cuffie a forma di ciotola si fecero avanti e si rannicchiarono, immobili come sfingi, a destra e a sinistra del disco. Non a caso erano proprio gatti sfinge, completamente glabri. Quello di sinistra reggeva una mazza che culminava in un occhio di gatto. L'altro era ancora piuttosto giovane. Sul fianco aveva un tatuaggio col sacro simbolo di Bastet. Evidentemente era parecchio devoto.

Dopo un secondo colpo di gong il piccoletto saltò sulle zampe, corse verso il bordo del palco e incitò gli spettatori che riempivano gli spalti.

Il giovincello si dimostrò un maestro di motivazione. La moltitudine era come cera nelle sue zampe. In preda all'entusiasmo, il sacerdote diresse un coro di miagolii che alternava toni assordanti a toni più pacati. I fedeli chiamavano a gran voce la loro dea.

Al terzo colpo di gong da parte del sacerdote anziano calò un improvviso silenzio. Giogatta Dark piombò sul palco come una pantera, avanzò maestosa verso un cono di luce, si sedette lì in mezzo e restò ferma, circondata da un chiarore ultraterreno. Un monile egizio tutto d'oro le cingeva il collo slanciato.

Rimase là, solenne, come una statua ricavata nel granito nerissimo, lasciando che la sua immagine colpisse gli astanti. Mentre li fissava, gli occhi gialli di Giogatta brillavano come soli.

La moltitudine contemplava rapita quel simbolo di forza e potere. Non c'erano dubbi, doveva essere l'incarnazione della stessa Bastet, la figlia del dio del sole.

Nell'arena non volava una mosca. Neanche un gatto osò schiarirsi la gola. Persino i piccoli erano immobili, rapiti, accanto ai genitori. La somma sacerdotessa sapeva entrare in scena alla perfezione. Con grazia si sollevò sulle zampe posteriori, si tese e si allungò nella luce, mostrando alla folla, come apparso dal nulla, uno dei droni-elicottero abbattuti. Prima a voce bassa, poi sempre più forte, tenne un discorso sempre più infuocato contro gli umani e la loro tecnologia, condannando nel nome di Bastet le malefatte dei medici, soprattutto quelli dell'Istituto di sperimentazione. Parole ben calibrate, in fila come note musicali. Gli spettatori seguivano l'eloquio di Giogatta come serpenti dinanzi a un incantatore.

A Indy quello spettacolo non parve granché. Conosceva la tiritera, anzi l'aveva già sperimentata di persona. Che ciance noiose! Ben presto si mise ad ascoltare con un orecchio solo. Avrebbe preferito sgattaiolare via, ma sedeva in tribuna d'onore, sotto gli occhi di tutti.

D'improvviso udì il proprio nome. Embe'? Cosa s'era persa? Prima che potesse scoprirlo, Giogatta la pregò di raggiungerla nel cono di luce. Indy si alzò titubante. Accompagnata da applausi scroscianti, balzò agile al centro del palco. Non aveva idea di cosa si aspettasse Giogatta da lei. Era quella la prova annunciata?

Tutti la stavano fissando. La dea gatta le si avvicinò, avvolgendola con la coda. "Indy, spiega alla nostra gente fin nei minimi dettagli come sei sfuggita all'orrore dell'Istituto!"

La maine coon dovette descrivere le sue esperienze nei laboratori, la fuga e soprattutto il trionfo sui camici bianchi. Non le piaceva doversi mettere a nudo così. Da brava agente del KGB preferiva lavorare nell'ombra, stava malvolentieri sotto i riflettori.

Ma la sacerdotessa Giogatta non le lasciava altra scelta, mettendo alla prova la sua disponibilità a cooperare. Faceva leva sui racconti di Indy per chiedere l'impegno dei maossoni nell'eterna lotta contro l'Istituto, affinché si sentissero tutti uniti da una stessa causa. Stava trasformando l'agente in un simbolo della resistenza contro i bipedi. Tutto sembrava minuziosamente pianificato.

"Diamo una lezione a questi crudeli maltrattatori di animali!" gridò con voce tonante.

I suoi seguaci tambureggiarono con le zampe sulle assi di legno, tanto che lo stadio vibrò e divenne impossibile udire il proprio stesso miagolio.

"Siete pronti a un'azione di rappresaglia?"

Al rullio s'aggiunse un giubilo frenetico.

"Basta esperimenti sugli animali!"

I gatti scattarono sulle zampe, urlarono a squarciagola e improvvisarono un ballo di san Vito.

Giogatta fece un segno con la coda ai sacerdoti, che balzarono subito in avanti e tirarono via la copertura dell'aiuola di erba gatta e valeriana. Tempismo perfetto. L'olezzo seducente delle piante fece letteralmente impazzire la folla. Emettendo versi striduli, i discepoli di Bastet delle prime file si buttarono sulle droghe feline, finendo accatastati gli uni sugli altri con la bava alla bocca. Anche Maxim era vicinissimo. Gli bastò un'annusatina per lanciarsi come una tigre sul mucchio. Neanche fosse una rockstar, prese a scatenarsi sul palco e nella foga della lotta colpì il gong, afferrò una foglia arrotolata a forma d'imbuto e strepitò: "*I can't get no caaatisfaction!*"

"Mamma, cosa sta facendo lo zio Maxim?" chiese Moccino, confuso. Indy guardò controvoglia in quella direzione e coprì gli occhi del piccolo impaurito.

"Io, be', lui... sta giocando ad *air guitar*."

L'albino prese la rincorsa e spiccò un salto prodigioso dal palco. Yeah! A mezz'aria divaricò le zampe, pronto a cavalcare l'ondata di discepoli di Bastet che stava accorrendo.

Troppo presto! Solo due piccoli gatti avevano raggiunto l'aiuola, e non potevano certo reggere il peso di quell'enorme norvegese. Con un tonfo sordo finirono seppelliti sotto il colosso. Lividi a iosa fiorirono sui mici coinvolti. Ma che importanza aveva? Maxim rotolò via tutto contento dai compagni spiaccicati, finendo direttamente tra le piante di hashish felino. Indy non ce la faceva più a sopportare il comportamento scatenato del suo ammiratore, così gli voltò le spalle. Che scena imbarazzante! Suo figlio non doveva assistere.

Troppo tardi. Ian e Moccino stavano fissando a bocca spalancata la folla senza freni. In quel momento Ian capì perché Bastet era venerata come la dea della fertilità, della danza e dei festini debosciati. Non c'erano limiti a quanto stavano vedendo. Senza dubbio prima o poi sarebbe nata una nidiata di "basterdi" di padri ignoti.

I due sacerdoti glabri si tenevano disperatamente con le zampe al grande disco di bronzo. L'orgia aveva raggiunto lo zenit, il caos sembrava perfetto. Senza dare nell'occhio si fecero avanti e alzarono un telone quale muro protettivo tra l'aiuola e la somma sacerdotessa coi suoi ospiti. Giogatta si voltò con slancio, si strappò con la zampa la collana d'oro e lanciò il prezioso monile contro il petto del sacerdote anziano, come per disfarsene. Poi si scrollò il pelo e indirizzò le vibrisse verso il disco specchiato del gong, finché tutto non fu perfetto. Quindi constatò soddisfatta: "Il rito è riuscito. Venite, dobbiamo organizzare il piano per la rappresaglia. Con a capo Indy."

Sorrise. Il grande piano, degno di una regina, stava iniziando a prendere forma. Gli umani avrebbero ricevuto la punizione che meritavano da tempo, con tanta sofferenza. Che argomento meraviglioso per la leggenda di Bastet...

LA SALA DELLE MAPPE

Giogatta Dark condusse la piccola truppa nella sua stanzetta minimalista per la meditazione, appena dietro il palco. Delle tozze candele di cera d'api, accese, diffondevano un piacevole aroma. Indy non dedicò una singola occhiata a quel bel posticino. Era ancora arrabbiata per il comportamento vergognoso di Maxim, per la sua dissolutezza.

La somma sacerdotessa si voltò verso di lei. "Sei pronta? Venite con me, il mio stato maggiore è in attesa." Spazientita, fece segno con la coda alla sua assistente che dovevano seguirla, dopodiché scomparve in una gattaiola poco appariscente nella parete posteriore della stanza. La Senzanome esortò i visitatori e si mise al loro seguito. In coda c'erano i due sacerdoti glabri. Mancava solo Maxim.

Erano di nuovo all'aperto. Ian alzò gli occhi al cielo. Si sentiva odore di pioggia imminente. Nuvole grigie, temporalesche, si stavano radunando sopra l'accampamento. Già in mattinata avevano cominciato ad ammassarsi minacciose. Il gatto domestico sperò di trovarsi al coperto al momento cruciale. Procedevano a un'altezza da vertigini lungo uno stretto camminamento che collegava l'arena a un piccolo edificio ovale. Vimini finemente intrecciati formavano doppie pareti. Ogni singola fessura era sigillata da reti circolari tessute a regola d'arte, al cui centro vi era un grosso ragno con una croce sul didietro.

"Mmm... che buono!" A Moccino era tornato l'appetito, ma al momento sbagliato. Indy lo prese per la coda appena prima che potesse cacciarsi tra le fauci il primo ragnetto.

"Giovanotto, ma cosa stai combinando?" soffiò Ian al cucciolo. "I ragni crociati sono velenosi. Se una bestia del genere ti morde, fa un male cane. E questi qua sono persino grossi." Al maine coon tornò in mente quel che gli aveva detto Big Data sul programma di allevamento. "Ne bastano due o tre per stecchire un soldo di cacio come te!" Guardò con diffidenza gli innumerevoli esemplari che lo osservavano con occhi neri e gelidi. Accovacciati. Immobili. E affamati, o almeno così pareva.

Procedettero verso un tunnel esterno avvolto come una chiocciola attorno alla struttura. Lì i ragni disponevano della massima superficie d'attacco, in ogni direzione. E di tutto il tempo che volevano per far fuori le loro vittime. Il pelo di Ian si rizzò in automatico. Che Giogatta li stesse conducendo in una trappola? Mise in allarme tutti i sensi, ma il suo radar del pericolo restò quieto. Quella era una struttura difensiva. Una costruzione davvero intelligente. Il gatto ipersensibile captò con l'olfatto che tra gli interstizi crescevano dei grossi funghi, senza tuttavia comprenderne la funzione. Strano.

Raggiunsero finalmente l'interno dell'albero. Giogatta era già seduta a un tavolo ovale col gruppo di esperti, che da solo occupava quasi tutta la sala. Big Data e Anarchristos avevano preso posto alla sua sinistra, il resto della processione si mise alla sua destra. Ian alzò gli occhi verso il soffitto tondeggiante costituito da una rete impermeabile, come quello dell'arena. E malgrado la luce riuscisse a penetrare, nella sala si fece presto buio.

Anche Giogatta Dark lanciò uno sguardo corrucciato verso l'alto e notò che stava succedendo qualcosa. Come per magia in quel preciso momento tornò la luce. Un chiarore verdastro emanava dalle pareti.

I funghi producevano luce! Ecco a cosa servivano.

Giogatta anticipò la domanda di Ian. "Una rarità della foresta pluviale brasiliana. Grazie alla luciferina, questi funghi producono autentica bioluminescenza. Il fungo *neonothopanus gardneri* s'illumina soltanto quando fa buio, per attirare gli insetti. Ne ho presa qualche spora con me durante i miei viaggi all'estero." E non senza orgoglio aggiunse: "Dopo vari tentativi falliti sono riuscita ad abituarli al nostro freddo clima boschivo."

Ian guardò meglio. Nelle nicchie non occupate dai funghi c'erano centinaia di mappe arrotolate da cui penzolavano cartelli coi nomi delle città di tutto il mondo. Sembrava proprio che Giogatta avesse viaggiato tanto – insolito, per una gatta. Mumbai, Dubai, Hong Kong, Città del Capo. Dove non era ancora stata? Ian fece due più due: l'idea della setta dei maossoni non era sicuramente limitata a quella foresta.

"Concentratevi, per favore." Giogatta tamburellò impaziente con la zampa su una cartina stesa sul tavolo, che illustrava i dintorni dell'accampamento. Accanto c'era uno schizzo fatto a zampa con la pianta dell'Istituto di sperimentazione. "Per chi non lo sa ancora: vogliamo irrompere nell'edificio. E per farlo abbiamo bisogno di una piccola squadra di specialisti, che non dia nell'occhio. Che entri ed esca alla svelta. Da qui."

Tutti voltarono la testa verso il punto indicato dalla somma sacerdotessa.

"Il problema principale sono i guardiani." Giogatta indicò il posto di guardia dei bipedi. "Non possiamo eluderli." Lanciò a Indy uno sguardo carico di significato. "Io dico: ascensore."

L'agente annuì. Aveva appena raccontato la storia sul palco. Durante il suo primo tentativo di fuga, un'unità speciale l'aveva beccata nell'ascensore, tempestandola di frecce narcotizzanti. Le aveva provate tutte, davvero tutte per scappare dall'Istituto, riuscendoci alla fine con Moccino. Da quel momento i guardiani si erano messi sulle sue tracce. Indy sapeva anche cosa si aspettava Giogatta da lei: che facesse da esca.

"Attiro su di me l'attenzione dei guardiani, portandoli fuori dall'Istituto," propose. "Mi stanno sicuramente cercando anche adesso, dopo l'insuccesso di ieri."

Giogatta sorrise compiaciuta. "Molto bene. Condurrai i soldatini nel burrone." E indicò un altro punto della mappa, molto lontano dall'accampamento e dall'Istituto. "Lo conosci il posto,

Indy?" insistette dolcissima appena vide che la maine coon si era distratta.

"Sì, sì, lo trovo di sicuro," rispose lei con noncuranza. La testa le faceva male.

Giogatta fece un cenno di assenso. "La fase uno è decisa. Anarchristos, da te mi aspetto delle proposte per la strategia d'irruzione. Big Data, per favore, individua i punti deboli dell'Istituto. Stavolta non libereremo solo un paio di prigionieri. Facciamo piazza pulita una volta per tutte. Dobbiamo assestare un colpo mortale. Gli umani stanno diventando sempre più pericolosi. Se non li anticipiamo, prima o poi ci beccano." Come per darle ragione, il cielo si schiarì tutto d'un colpo. La luce verde dei funghi sfarfallò. In lontananza si udì un brontolio sordo. Visibilmente a disagio, i gatti ritrassero le testoline e proseguirono con la riunione.

Big Data prese la parola. Non gli ci era voluto molto per riflettere. "Il cuore dell'Istituto è il centro di ricerca. Tutti i dati vengono raccolti là. Non vi sono dispositivi di sicurezza esterni o backup. Ogni cosa passa per il server dell'Istituto, collegato direttamente agli hard disk. Un sistema autonomo. Me ne sono reso conto quando mi hanno attaccato alla loro rete." Con una smorfia di dolore flesse i muscoli della nuca attorno alla presa hardware che gli avevano impiantato.

"Riesci a programmare un virus?" domandò Ian, che al contrario della sorella aveva ascoltato con attenzione. "Un trojan a effetto ritardato, così che riusciamo a impossessarci dei dati?"

Il gattino singapura scosse la testa perplesso. "Non funziona così da noi. Non ti sei ancora accorto che non abbiamo alcuna tecnologia umana, niente software? È già un problema che io abbia nella testa una delle loro macchine schifose. Non me la toglierò mai di dosso. Non hai idea di quanti dati ci hanno caricato. Più di quanti io possa reggere alla lunga. Non muoverò mai più una zampa in direzione dell'Istituto o degli umani." Esausto, si massaggiò le tempie, ebbe un sussulto e alzò lo sguardo, dando l'impressione di seguire qualcosa che si muoveva lungo il soffitto. Gli occhi scattavano di qua e di là. Ian cercò di capire cosa vedeva, ma non colse nulla a parte il cielo nero come la notte, regolarmente squarciato da fulmini. La tempesta si stava per scaricare. In lontananza rombavano i tuoni.

La luce verde dei funghi tornò a imporsi provocando un contrasto spettrale, quando Big Data cadde in una sorta di trance. La terza palpebra gli scivolò sul bulbo oculare, le sue pupille si offuscarono. "Server. Elettricità. Cavo: sì," mormorò. "Rame. Isolamento. PVC: no. Polietilene: probabile. Opzione due. Invio. Soluzione. Salva." Stava parlando tra sé e sé come un automa. "Return."

Da spaventosi che erano, i suoi occhi tornarono rapidamente normali. "Forse c'è un'altra soluzione. Ma devo testarla. Gli insetti ce li ho: formiche e larve di moscerino della frutta. Sakima dovrebbe rimediarmi dell'urina di cavallo." Guardò la somma sacerdotessa. "Dammi un po' di tempo, Giogatta," la pregò. "Svilupperò qualcosa di organico che corrisponda al 'virus a scoppio ritardato' di Ian. Nel frattempo cercate un modo per accedere alla stanza del server. È protetta da un sistema speciale."

"Eccellente." Giogatta approvò anche quella proposta e licenziò Big Data. Pareva riporre grande fiducia nelle capacità del gattino.

Attraverso il lucernario si vedevano in lontananza dei baluginii spettrali. Moccino, che si era acciambellato sotto il ventre di Indy, gemeva piano nel dormiveglia.

Giogatta lanciò uno sguardo severo al suo comandante. "Anarchristos?"

"Mi metterò a capo della truppa d'assalto, affiancato da Baffetto e Ricciolino." Fece un cenno ai due sacerdoti glabri. "Entriamo come al solito, poi attraversiamo questo corridoio fino alle scale. Il server è in cantina. Qui." Indicò il luogo sulla mappa. "L'ultimo ostacolo è la porta in vetro antisfondamento. Non ci passiamo di sicuro. Per accederci dobbiamo aggirare il sistema di chiusura." Si lisciò i baffi, pensoso. "E non ho idea di come."

Giogatta alzò il capo, guardò Indy con fare indagatore e domandò: "Forse la nostra geniale agente segreta ha una proposta?"

La maine coon si morse il labbro per reprimere una risposta a tono. Fosse dipeso da lei, i maossoni avrebbero avuto presto bisogno di una nuova somma sacerdotessa. Ma aveva le zampe legate. Non poteva rischiare che Giogatta, per ripicca, ammazzasse i suoi due colleghi della CIA.

"Maxim potrebbe dare una zampa," suggerì facendo una gran fatica a dominarsi. "È un esperto di sicurezza e intelligenza artificiale. Riesce a entrare dappertutto, ha persino un jammer impiantato nel chip. Lo vado a recuperare!" Uscì come una furia dalla sala prima di commettere una sciocchezza. Quella storia non sarebbe stata una passeggiata per il norvegese. Doveva prepararsi psicologicamente.

Gli occhi gialli di Giogatta brillarono divertiti.

Ian si stupì. Che quelle due covassero qualcosa? Doveva chiedere a Indy al più presto cos'era successo durante l'udienza.

La capogatta dei maossoni diede un discreto segnale con la coda alla sua assistente, e la flessuosa Senzanome si mise subito alle calcagna di Indy per accompagnarla in quel territorio sconosciuto. Così facendo passò davanti a Ian... senza degnare di uno sguardo il suo protetto della notte precedente. Era come invisibile ai suoi occhi.

Ian si chiese cosa le stesse frullando per la testa. Perché si comportava come se non l'avesse mai visto? E soprattutto: cosa stava succedendo a *lui*? Gli batteva forte il cuore. Stava di nuovo lottando contro le proprie emozioni.

Anarchristos capì subito la situazione, e gli diede un buffetto. "Innamorato, eh?"

Ian scosse la testa. No. L'amore era un sentimento che non poteva permettersi. "Come mai è senza nome?" domandò invece.

"Vive qui in incognito. Nessuno sa chi sia davvero, a parte Giogatta. Inoltre non rivela mai il proprio nome perché è sempre un'altra. Non è mai sé stessa," spiegò il greco.

Ian corrugò la fronte, pensoso. Non ci stava capendo un'acca.

Anarchristos storse beffardo gli angoli della bocca. "Si adegua sempre alla perfezione. All'ambiente, a chi ha intorno, a seconda del posto in cui si trova e della compagnia. Ogni volta sembra un'altra gatta. Se un gattone come te è solo con lei, ti sembra di conoscerla, come l'amica più intima che hai da quando eri un batuffolo di pelo. Ma se le circostanze cambiano e con esse le sue priorità, diventi un perfetto sconosciuto. Roba superata. Credimi, so quello che dico." Il gatto a tre zampe si lisciò malinconico i baffi stopposi e ingrigiti. "Una volta ha parlato persino in greco per me, ma è passato molto tempo. Chiamala come vuoi, farà onore a questo nome solo per breve tempo."

Come per sottolineare il concetto, tutto s'illuminò a giorno. Un fulmine accecante si fece strada nelle loro retine, subito seguito da un tuono che per poco non spaccò loro i timpani. La saetta di luce scaricò una tale energia che fu possibile vedere i presenti in sala come fossero delle lastre. C'era puzza di ossigeno bruciacchiato. Qualcosa di molto grosso andò in mille pezzi non lontano da lì. Lunghissimi frammenti di legno volarono a mo' di proiettili attraverso il tetto sottile, conficcandosi come spilli nelle pareti della sala delle mappe. Svariate gole feline emisero urla di terrore appena un'ombra gigantesca, come un'enorme clessidra, passò sopra di loro prima di precipitare nell'abisso. Il massiccio albero venne scosso fin nelle radici. Poi calò il silenzio. Un silenzio tombale.

TUONI E FULMINI

Indy tornò di corsa all'arena, fuori di sé. Che s'era messa in testa quella Giogatta? Prima o poi un confronto diretto sarebbe stato inevitabile. Avrebbe preferito darsela subito a zampe, filandosela insieme alla sua truppa da quella dannata setta. Voleva informare al più presto il KGB delle sue scoperte circa le macchinazioni di Sumo, ma per farlo lei e Maxim dovevano stare, almeno all'inizio, al gioco di Giogatta. Se solo lui non fosse così stupido! A lei personalmente la cosa non toccava, ovvio. Una bestia come quella non era degna di lei. Eh sì! Ma il farfallone andava trattato con la zampa di ferro. L'aveva detto persino Confusio. Intanto se ne sarebbe occupata *lei*. Qualcuno doveva dare una lezioncina a quel tanghero.

Frenò improvvisamente a bordo palco. Davanti le si presentò un'immagine di pura dissolutezza, capace di superare le fantasie più sfrenate. Eccola, Sodoma e Gattorra. Nel bel mezzo di quella scena selvaggia individuò la pelliccia bianca e splendente del gigante. Se ne stava supino con un ghigno stampato sul muso, immerso in un nugolo di gatte che lo leccavano deliziate da capo a zampe. Un attimo, però!

Indy saltò giù dal podio con un balzo prodigioso e si fece strada senza scrupoli nella massa, fino a raggiungere il playboy felino. Da vicino il norvegese non aveva affatto un brutto aspetto. Era robusto. Aveva un bel fisico. Coi muscoli al posto giusto. Fino a quel momento non se n'era accorta. Dal labbro scendeva un filo di bava, quello sì che non era proprio il massimo. Comunque...

Ah, santissima Bastet! Dalla strana piega che stavano prendendo i suoi pensieri capì di essere finita sotto l'influsso dell'erba gatta. Un'esperienza che le mancava. In ogni caso, grazie agli esperimenti subiti, aveva imparato a dominare ben altri istinti, quindi si riprese e soffiò contro il mandrillo: "Vieni con me, subito! C'è bisogno dei tuoi servigi."

Maxim la squadrò benevolente dalla testa alla coda e ghignò divertito. "Con piacere, bambola. Ma perché andare così lontano? Possiamo sbrigare la questione anche qui."

Erroraccio! Erroraccio madornale. Non si dicono certe cose a gatte del calibro di Indy. L'agente estrasse gli artigli e mollò un colpo al norvegese che gli scaraventò la testa dall'altra parte.

Sbalordito, Maxim si tirò su tastandosi il sangue sulla guancia. Prima che potesse orientarsi e magari avere altre idee cretine, la maine coon gli morse l'orecchio appena guarito. Il norvegese urlò per lo spavento e lei lo trascinò come un gattino attraverso la massa ululante, tirandolo proprio per l'orecchio straziato. Era pronto per dei piercing belli grossi.

"Nooo, di nuovo!" Piagnucolando come un micetto, Maxim le zoppicava alle calcagna con l'orecchio proteso in avanti.

Le sue giovani compagne di giochi si erano scostate in preda all'imbarazzo, perdendo subito dopo ogni interesse. Meglio farsela con un altro gatto che strapazzarne uno accompagnato da una belva così. Ai loro occhi il bellimbusto si era trasformato all'istante da mandrillo a zerbino.

Sul retro del palco la Senzanome attendeva Indy e Maxim. "Puoi lasciare l'orecchio adesso," ronfò divertita. "Abbiamo via libera." Si voltò alla svelta per nascondere la risata. "Andiamo! Gli altri ci aspettano."

Non ebbe finito la frase che un fulmine pazzesco colpì il puntello principale sotto la rete che fungeva da soffitto, seguito da un tuono assordante che massacrò i timpani a tutti.

Il fulmine si sfrangiò in tante venature che a velocità supersonica percorsero il tronco verso il basso. Troppa energia per il ramo portante, che pochi centimetri sopra il pavimento dell'arena si frantumò in mille pezzettini. Lunghe schegge volarono in tutte le direzioni, ferendo i tanti gatti che si trovavano nelle vicinanze. L'asta prese fuoco e si piegò lungo la linea di frattura, scricchiolando proprio verso il centro dell'orgia, che si arrestò improvvisamente.

Da mille fauci si alzò un unico grido disperato. I miagolii, i canti e gli strepiti di piacere cessarono. Come coniglietti ipnotizzati, i gatti alzarono lo sguardo verso il pilone crepato, incapaci di reagire. Solo in pochi, presi dal panico, tentarono di scappare coprendosi la testa. Alcuni fedeli sugli spalti in cima saltarono attraverso la fessura che li separava dal tetto, gettandosi nell'abisso.

Indy vide il pilone in fiamme piombare sulla massa. Quando il fuoco aggredì la rete sul tetto si udì il "ffussh" di una grandiosa esplosione sorda. Le ragnatele si trasformarono in braci volanti che bruciacchiarono il pelo alla masnada felina. Quando rimbombò un altro tuono, scattò il panico. Il cielo si spaccò. Si udì uno scroscio come se una vasca gigantesca si stesse rovesciando sopra le loro teste. Non era pioggia, era un diluvio biblico.

Ma quell'acqua fu la loro salvezza. In un sol colpo si estinsero tutti i possibili incendi. I flutti scomparvero gorgogliando sullo sfondo poroso, penetrarono ovunque senza impedimenti e non provocarono ulteriori danni. Ben presto i gatti semiaffogati si ritrovarono di nuovo con le zampe sulla terra.

Sembrava che nessuno fosse morto annegato, ma c'erano delle vittime. Il pilone caduto giaceva pesante e immobile come una balena spiaggiata sul pavimento dell'arena. Sotto di esso era rimasto seppellito un mucchietto di pelo bruno e uno grigio-nero. Indy ebbe un colpo e andò a vedere. Erano due delle compagne di giochi di Maxim. L'albero era caduto proprio nel punto in cui era steso fino a poco prima. Probabile che col suo attacco impulsivo avesse salvato la vita al norvegese.

L'estremità inferiore aveva schiacciato un'altra gatta, che aveva il fianco bloccato e cercava si sgusciare da sotto il pilone. Le zampe posteriori erano dall'altra parte, girate al contrario. La vittima miagolava piano in cerca d'aiuto.

Accorsero vari gatti muscolosi per sollevare insieme il tronco. Al petto la gatta teneva un gattino che gemeva lamentoso. Uno dei soccorritori separò le zampe anteriori della madre, incrociate per proteggerlo, e lo portò in salvo.

Accanto a Indy la Senzanome si era ridotta a una statua di sale. Aveva gli occhi chiusi come se non potesse reggere quella vista. O come se con l'occhio interiore stesse vedendo qualcos'altro, un episodio del passato. Ansimava.

Indy le mise una zampa sulla spalla. "Che c'è, non stai bene?"

"Non è niente," minimizzò la siamese. Non le piaceva mostrarsi debole. Per darsi un tono si sistemò il pelo arruffato, ed eccola di nuovo in perfette condizioni. "Torniamo da Giogatta!" esclamò con forza. "La somma sacerdotessa deve farsi vedere sul luogo dell'incidente per tranquillizzare la folla. Anarchristos organizzerà i soccorsi, la protezione civile spetta a lui. Seguitemi!"

A metà strada verso la sala delle mappe incontrarono il gruppetto dirigente che si affrettava verso il luogo della tragedia. Giogatta stava rimuginando. Una tempesta scatenata da un potere superiore. Si chiese come mai avesse mandato in collera Bastet. Una volta la dea le era apparsa annunciando senza possibilità di fraintendimenti cosa si aspettava dalla sua rappresentante sulla Terra: nessun dio concorrente e una vita pura e felina con tanti discendenti. Giogatta aveva proibito tutto ciò che puzzasse di umano e di tecnologia umana. I bipedi erano marchiati come il cattivo esempio, perché si erano consacrati a nuove divinità: cellulari, internet, la fede in un mondo digitale. Come se in quel modo potessero ovviare alla solitudine crescente, all'incomunicabilità. Le amicizie reali erano state sostituite dagli ambitissimi "like" degli altri bipedi, e non ci si annusava più. Chi non aveva nulla da dire urlava comunque davanti a tutto il mondo. Odio, distruzione, rabbia e bugie erano le uniche cose che gli umani riuscivano a portare a termine. Niente amore. Niente famiglia. Nessuna reale comunità. Ecco perché le cose venerate dai bipedi erano un severo tabù nel regno di Bastet. Erano come un virus. Una volta consentite, era impossibile estirparle. Le tecnologie comunicative umane erano il principio di ogni male. E gli intrusi avevano portato fin lì quelle brutte cose, come sapeva bene Anarchristos.

"Possiamo dare una zampa?" chiese Indy interrompendo quegli oscuri pensieri.

Giogatta Dark la fissò. Aveva previsto di fare dell'agente felina un capro espiatorio, qualora la missione fosse andata storta. Era l'agnello sacrificale col compito di attirare, per sua stessa volontà, l'attenzione della sicurezza. In tal modo la somma sacerdotessa avrebbe risparmiato i suoi fedeli seguaci. Perché mai avrebbe dovuto utilizzare le proprie forze? Voleva comunque disfarsi di quei visitatori importuni. Perlomeno si sarebbero resi utili.

Giogatta avvicinò il muso all'orecchio di Indy e sussurrò: "Spero che tu e Maxim vi diate da fare per la nostra missione, ragazza mia. Ti è chiaro che Ian e Moccino resteranno per sicurezza nel centro di accoglienza? Finché non torneremo vincitori e illesi." Le fece un occhiolino solo all'apparenza bonario, voltandosi verso gli altri. "Certo che potete," rispose alla richiesta di Indy. "Correte da Confusio e ditegli che c'è urgente bisogno di lui. Svelti!" Si raddrizzò. "Poi restate là sotto per evitare di farvi del male. Qui attorno ci sono angoli letali per degli stranieri come voi."

Con un imperioso cenno della testa assegnò loro il giovane sacerdote come guida. La navigatissima siamese, sua zampa destra, le sarebbe stata più utile sul luogo dell'incidente. E Baffetto, il piccolo guru, si sarebbe occupato dei rami bassi.

Insieme alla Senzanome, al sacerdote anziano e ad Anarchristos, Giogatta marciò rapida verso il caos, attraversando la massa sconvolta nello stadio devastato. Le portarono il gattino orfanello, che piagnucolava cercando la mamma. L'anziano sacerdote lo sollevò presentandolo ai fedeli, poi lo consegnò solennemente a Giogatta Dark che lo prese al petto con dolcezza e gli leccò la testolina fino a tranquillizzarlo del tutto. Un gesto altamente simbolico che non mancò di sortire il suo effetto sulla massa. La dea madre Bastet amava i propri figli, era tornata nel cuore del popolo. Ora ogni cosa sarebbe andata per il meglio. Ne erano tutti convintissimi.

IL GATTECHISTA

"Baffetto da Melk," si presentò il sacerdote strusciandosi insistentemente addosso ai visitatori. "Ma potete chiamarmi Baffetto. Che bel pelo che hai," disse ammirato a Ian. "Così soffice e setoso. Prendi qualcosa?"

Il gatto rosso lo guardò perplesso. "Ehm... no, sempre stato così."

Il gatto glabro annuì e fece le fusa accanto a lui, come in cerca di calore. Visibilmente a disagio, Ian si scostò leggermente. Che il prete avesse messo il muso nelle tasche della sua pettorina?

"Andiamo a chiamare Confusio," disse il gatto sfinge per ovviare a quella situazione imbarazzante, e si mise in marcia.

I quattro visitatori felini lo seguirono andando a zig-zag tra i rami, attraverso tunnel nel fogliame illuminati dai funghi e per un tratto persino all'interno di un tronco, forse per evitare trappole nascoste. La loro guida stava mormorando tra sé e sé e sembrava fare riferimento ai motti intagliati nella corteccia che Ian aveva già notato al loro arrivo. Nel giro di brevissimo tempo raggiunsero l'ospedale da campo del guaritore cinese.

"Confusio? Che stai facendo?" Baffetto si chinò per guardare sotto una branda da cui spuntava una coda spelacchiata che batteva nervosa.

"Huì huì huì." Il cinese tutto rannicchiato era rimasto incastrato fra il lettino e il pavimento, e biascicava dalla fessura.

"Mao Tse Bummm! Gran fracasso prima, sì. Cadute cose importanti per spavento. Cerchiamo loro mi son detto, sì. Vecchio gatto cerca. Niente trova, sì."

Pian piano si trascinò fuori da sotto la branda e nel farlo restò a distanza di sicurezza da Ian, che continuava a tener d'occhio malgrado la miopia. "Meglio guardar fuori, sì."

Baffetto reagì subito sbarrandogli la strada. "Aspetta! C'è stato un incidente. Devi venire all'arena. Due morti, svariate ustioni e tagli, e una mamma gatta gravemente ferita, forse alla spina dorsale. Il grande pilone è stato abbattuto da un fulmine ed è crollato sull'orgia in onore di Bastet."

"Gōu lè!" Ora l'anziano gatto era concentratissimo. Non era certo la prima crisi che aveva dovuto affrontare. Tutto indaffarato, corse nella stanzina accanto e annodò un sacchetto pieno zeppo che si sistemò tra testa e spalle. La sua borsa da medico era sempre a portata di zampa. E continuando a tenere la massima distanza da Ian, schizzò fuori. Quel vecchio sapeva essere velocissimo quando si trattava di rendersi utile o di sfuggire a un demone.

"C'è un parco giochi qui?" chiese Moccino molto curioso. In fin dei conti, durante il sonnellino, si era perso un sacco di cose eccitanti, e adesso aveva voglia di scatenarsi.

Baffetto sorrise mite al soldo di cacio e miagolò: "Vieni da zio Baffetto."

Moccino guardò sua madre, che annuì, poi zampettò con inedita timidezza verso il sacerdote che lo coccolò a dovere.

"Ma certo che c'è un parco giochi, piccolo mio. Persino con altalena, scivolo e dondolo." Alzò gli occhi verso il gruppetto. "Volete fare un giro? Così vi mostro le dimore degli alti ranghi. Anch'io vivo là. Sono al ramo di sopra."

Ben contenti seguirono Baffetto nell'insediamento felino deserto. Sembrava che tutti, senza eccezione, avessero obbedito al richiamo di Bastet partecipando alla funzione. Gli edifici seguivano lo stesso identico principio: vischio finemente intrecciato che creava formazioni sferiche lungo i rami. Le abitazioni, rivestite di materiale ragnesco semitrasparente e impermeabile, all'interno erano piacevolmente secche, e da fuori avevano un'aria naturale, quasi invisibile alla vista. Penzolavano come sfere di vischio tra gli alberi.

"Sono secoli che i bipedi ci cascano!" annunciò il sacerdote. "Non hanno idea che in ogni globo si annida una vedetta, le considerano delle formazioni spontanee. Questo per dire quanto sono furbi."

Condusse il gruppetto fino all'estremità del ramo e si trovarono dinanzi a una magnifica sfera fatta di rametti. Al centro esatto c'era un buco tondeggiante con una gattaiola perfettamente inserita, la cui metà inferiore era più scura. Su di essa era stato intagliato con cura il simbolo di Bastet: le due mezzelune.

"Il mio ramo. Casa mia. Progetto mio. Bellissimo, vero?" commentò estasiato Baffetto. "Giogatta vuole che la modifichi. Dice che dà troppo nell'occhio." E la scimmiottò: "*Troppo perfettina. Troppo tecnologica. Troppo umana.* Io invece credo che questa costruzione onori Bastet nella sua magnificenza. Avete visto il gong sul palco? Il cerchio diviso con le due mezzelune è il suo simbolo da millenni." Carico d'orgoglio, Baffetto mostrò loro il suo tatuaggio sul fianco con il medesimo disegno. "L'ho fatto io, con l'artiglio!" si vantò. Dopodiché si afferrò la coda glabra perso nei suoi pensieri e ne succhiò trasognato l'estremità, suscitando una serie di occhiate perplesse. "Mi sono consacrato anima e corpo alla dea gatta, fino all'ultimo pelo!"

Indy ne ebbe abbastanza. Squadrò spietata il sacerdote glabro da capo a zampe e disse: "Ah, ecco perché."

Baffetto sputò la coda mangiucchiata, la guardò con rabbia e andò in bestia: "Detto tra noi, Giogatta è troppo timida nell'interpretazione dell'antica fede. Ma dai! Tollera persino le coppie stabili! Non ci sono parole. Gatti che non cercano altri partner. E invece bisognerebbe accoppiarsi con tutti. Conosco addirittura delle gatte che non vogliono fare sesso! C'è chi non desidera nemmeno avere gattini." Sputò disgustato. "Quelle là non se la fanno con nessuno, restano completamente caste. Che schifo! Dove andremo a finire? Troppo pochi discendenti! Avete visto che la dea è in collera. Non a caso il fulmine ha colpito lo stadio. I comportamenti peccaminosi indeboliscono la comunità e vanno puniti!"

La sua voce si alzò di tono e divenne stridula. "E poi tutti quei non gatti. Giogatta si è rammollita troppo. Ragni, uccelli, cani. Che altro? Lupi? Dinosauri? Basta gentaglia! Non fanno che portarci malattie." Si grattò nervoso la gola glabra e fissò Moccino col muso protruso. "Anche tu mi sembri un po' strano, piccoletto. Chi è tuo padre?"

"Attento a te, rospo senza peli!" soffiò Indy in faccia al gatto sfinge, e tirò fuori gli artigli. "Quello è mio figlio! Tienile per te queste opinioni retrograde, razza di stecco rinsecchito. Bastet ama tutti i suoi figli! Senza eccezioni. Non importa da dove vengano e che aspetto abbiano. E a guardarti meglio si capisce che nemmeno nel tuo albero genealogico erano tutti gatti."

Baffetto s'irrigidì e tacque. Da sacerdote non era abituato alle obiezioni, ma Indy aveva solo preso la rincorsa: "Malattie? Bah! Non farmi ridere." E lanciò una rapidissima occhiata a Moccino, che aveva sempre qualcosa. "Per fortuna la cecità non è contagiosa. Rintanati nel tuo bel nido e continua a leccarti quella ridicola coda senza peli! Che mi pare abbia già una zecca attaccata. Quelle sì che fanno venire la meningite."

"Dove, dove, dove?" Baffetto perse le staffe. Temeva le zecche come la peste. Spaventatissimo, fece un balzo e si mise a rincorrere la coda sempre più svelto, girando in tondo. Non riusciva più a smettere. Ian osservò quella scena prima divertito, poi con crescente preoccupazione. Se il giovanotto fosse andato avanti così, sarebbe schizzato via dallo stretto ramo su cui si trovava.

Alla fine fu Maxim a interrompere la commedia. "Fermi tutti!" ruggì con toni da caserma. "Nel nome di Bastet, aaattenzione!"

Funzionò meglio di qualsiasi medicina. Il sacerdote nudo frenò di botto, s'immobilizzò col muso paonazzo e si portò la zampa al cuore in segno di saluto.

"Dedicati alla vera fede!" ringhiò Maxim, imperioso. "Fila in casa e intaglia cento volte i comandamenti di Bastet in caratteri minuscoli. E nel farlo rifletti sul significato delle sue parole di amore per il prossimo in tutto il regno animale. Non nel senso del sesso… che in effetti è una gran figata." Quell'aggiunta con tanto di ghigno gli garantì un'occhiataccia da parte di Indy.

Il sacerdote arruffato chinò la testa, mise il broncio, sbirciò dall'alto in basso quel gatto che incuteva rispetto e filò con la coda tra le zampe nel suo peccatuccio architettonico. Moccino lo seguì curiosissimo fin sulla soglia e vide che gli interni erano rivestiti di ariosi tessuti bianchi fatti all'uncinetto con lana di ragnatela. Ovunque coperte, cuscini, cuffie, mantelline. Tutte cose che tenevano caldo. In un angolo, contro la parete, c'era una pila di sofficissimi gomitoli di lana. Ci avrebbe giocato tanto volentieri, ma Indy gli rovinò anche quel divertimento tirandolo a sé prima che potesse allungare le zampine. "Lascialo perdere! Ha già abbastanza problemi."

Una volta dentro, Baffetto s'infilò sulla pelle nuda un corpetto casalingo che si era fatto a maglia. Da un lato sentiva spesso freddo, dall'altro quei capi sottolineavano il suo status particolare. Giogatta non amava i vestiti. Le ricordavano troppo i manufatti umani. Eppure il sacerdote sfinge, per via della pelliccia mancante, era riuscito a imporre per sé quell'eccezione. Dopodiché si mise al lavoro.

I gatti udirono Baffetto impegnato a intagliare le pareti. Stava davvero obbedendo a Maxim. Ian bofonchiò: "Santissima Bastet! Che gattechista ingenuo."

Moccino drizzò le orecchie, lo guardò con tanto d'occhi e domandò: "Cos'è un gattechista?"

Ian sospirò. "Uno che studia la fede e la spiega al popolo. Nel caso di Baffetto con fin troppo entusiasmo, tanto per essere gentili. Se non esce di senno e resta con le zampe per terra potrebbe avere un ruolo importante nel mondo felino come insegnante di scrittura. È ancora giovane. Ma ha bisogno di una guida per non prendere una brutta strada… proprio come te!" Rifilò al gattino un colpetto con la testa e gli tirò l'orecchio.

"Ma…" iniziò Moccino come per contraddirlo. Ian lo interruppe: "La conoscenza autentica non consiste nell'imparare a memoria, ragazzo mio." Accarezzò la grossa testolina stopposa di Moccino. "Viene dal cuore e va appresa direttamente alla scuola della vita."

Indy si guardò attorno. "La nostra guida è impegnata. Ne dobbiamo approfittare. Andiamo a cercare Honeyball e Foxtrot Kilo e vediamo se li stanno trattando bene. Ma prima devo comunicarvi che Giogatta mi ha ricattata: minaccia di giustiziarli entrambi. Per fortuna non ha ancora scoperto Trepuntouno. Se Maxim e io non partecipiamo alla sua azione di rappresaglia, i nostri amici ci rimettono la testa. Solo per questo motivo ho accettato di darle zampa forte. Inoltre potrebbe fare qualcosa a te e a Moccino, se stanotte le cose non vanno secondo i piani."

Ian corrugò la fronte. Non era d'accordo con la decisione della sorella di attirare nuovamente su di sé l'attenzione dei bipedi. Quel piano era rischioso. Ma Indy non aveva scelta. Giogatta Dark era una fanatica furba e pericolosa, che non avrebbe esitato a trasformare quella minaccia in azioni concrete. "E allora dobbiamo tenere al più presto un consiglio di guerra e pensare a come squagliarcela da qui senza rimetterci la pelliccia. È probabile che anche dopo la missione in Istituto Giogatta non ci lascerà andare tanto facilmente, ora che sappiamo con esattezza dove si trova l'accampamento," fece presente Ian.

"Inoltre, in questo preciso momento Sumo sta pianificando il prossimo attentato," aggiunse Indy. "Sa dove siamo. I droni erano solo un assaggio. Ha ben altre frecce al suo arco. Ieri notte ho avuto una visione." Per il nervosismo le si rizzarono i peli sulla schiena. "Siamo ancora nel mirino, non c'è dubbio. Vuole recuperare quei dati compromettenti. Sono certa che la talpa stia architettando proprio ora una nuova diavoleria..."

4

ORARIO DI VISITA

"Vuoi andare nel centro di accoglienza dai tuoi colleghi della CIA? Passando per un'area piena di trappole nascoste?" Maxim si toccò la gola per consultare il suo portafortuna. Cercò nervosamente, invano. La catenina con tanto di chiavetta USB era scomparsa. Boccheggiò in preda allo shock. Senza quel talismano era bell'e spacciato.

"Eh?" Indy reagì con stizza alla scenetta.

"Non c'è più... la mia catenina! Insieme alla chiavetta con le prove!"

"Sta' tranquillo." Ian gli mise la zampa sulla spalla. "Mentre eri fuori gioco, all'entrata dell'accampamento ci hanno requisito tutta la tecnologia umana. La catenina l'ha tenuta Anarchristos, e lo stesso vale per la mia sim dorata presa nel bagno di Sumo. Il comandante mi ha assicurato solennemente che riavremo tutto indietro al momento di andarcene."

Maxim non parve convintissimo. "Sì, e io sono la regina Elisamicetta." Poi si grattò selvaggiamente sotto il mento. "Iella in vista!" si lamentò.

"Se la fortuna ti avesse abbandonato, ora saresti una sogliola sotto il pilone dell'arena, proprio accanto alle tue gattine festaiole," ribatté Indy senza riuscire a trattenersi. Maxim alzò gli occhi al cielo e preparò una risposta a tono.

"Dai, andiamo a cercare gli altri," tagliò corto Ian, distraendolo da quel tema scottante. "Dobbiamo discutere al più presto su come uscire da qui sani e salvi. Per di là, mi ricordo la strada."

Lo sguardo di Ian cadde sul piccoletto arruffato. C'era qualcosa in Moccino che gli suonava familiare. Gli occhi? Pian piano l'azzurro tipico dei gattini stava scomparendo. Cosa gli ricordavano? Si mise in marcia rimuginando. Appena ce l'aveva sulla punta della lingua, ecco che il dettaglio gli scappava. Ma l'avrebbe riacchiappato. Poco ma sicuro!

Sgattaiolò con cautela lungo un sentiero a serpentina, aggirando le parti bucherellate della corteccia. Le abitazioni tutte intorno a loro continuavano a sembrare deserte. I gatti si stavano sicuramente dando da fare sul luogo della tragedia. La cosa sarebbe andata avanti fino al tardo pomeriggio. In lontananza vide le sagome di Big Data e Sakima nel riquadro della finestra di una capanna, chini alla ricerca di qualcosa che potesse mandare all'aria il server dell'Istituto. Tenendosi fuori dalla visuale, i quattro passarono oltre, balzando sul ramo di sotto.

Maxim aveva la sensazione che le zampe gli prudessero. Se lo stava solo immaginando? Il gatto albino scosse con forza quella anteriore. Esitò un attimo. C'era qualcosa che non andava.

"Vuoi un invito ufficiale? Muoviti!" sibilò Indy alle sue spalle. "Qui siamo come in vetrina. E tu il tuo show l'hai già fatto." Lo sorpassò frettolosa con Moccino al seguito, mollando all'indegno felino una frustata con la coda.

Ah, le femmine!, pensò Maxim con rabbia. Quelle non scordano niente, sono capaci di graffiarti per dispetto anche ad anni di distanza.

RABBIA DA RECLUSIONE

Pian piano le limitazioni e la monotonia di quella loro capanna stavano cominciando a dare sui nervi a Honeyball. Girava in tondo molto agitato lungo le pareti dell'edificio e raspava le assi di legno come se volesse scavare da qualche parte.

"Stai cercando qualcosa? Mettiti a sedere una buona volta, mi stai facendo impazzire," lo redarguì Foxtrot Kilo, che si stava scervellando in un angolino. "*You know*, penso spesso a ciò che ti lega ad Anarchristos," proseguì con nonchalance. "Sembra che vi conosciate." Al passero non era sfuggito che il comandante aveva cambiato opinione sul loro ingresso nel momento preciso in cui aveva visto Honeyball.

Il cagnolino ringhiò indispettito. "Tu sei matto. Credi davvero che sarei in questo buco se fossi il migliore amico di Anarchristos?"

"Non ci ha mica sistemati qui per niente. È contravvenuto a ordini precisi."

"Per niente? Ma guardati attorno! Siamo finiti in un centro profughi. Anch'io potrei sostenere benissimo che hai consegnato gli iCats ai maossoni. Del resto è stata tua l'idea di venire qui. Ho sentito che Giogatta sta trasformando Indy in una grande star."

"Ah sì? Quindi sei di nuovo più informato di me. Dove l'hai sentito?"

"I tuoi colleghi lo fischiettano di ramo in ramo. Ti conviene aprire bene le orecchie, caro il mio sapientone."

"E allora devono averti anche cinguettato che per via del temporale c'è stato un brutto incidente, o sbaglio? È crollato qualcosa di *big*. Ho udito molte urla. Verso la cima dev'essere anche bruciato qualcosa."

"L'ho odorato da un pezzo," commentò Honeyball con aria di sufficienza, cambiando argomento da vero esperto. "E nel momento del bisogno dove sono gli iCats, i nostri cari amichetti? Altro che squadra. Non mi pare che abbiano una gran nostalgia di noialtri. Potrebbero almeno chiedere come stiamo. E invece ci lasciano fare la muffa mentre se la spassano coi maossoni."

Foxtrot Kilo scosse il capo. "Riprenditi. Giogatta Dark li sta sorvegliando. Vengono appena possono. Spero che non gli sia successo niente di *bad*."

"Io però ne ho piene le fauci!" sbottò il cane. "Alla prima occasione taglio la corda."

"E allora in bocca al lupo coi ragni," ironizzò il passerotto. "Te l'ho raccontato cosa mi è successo durante l'attacco dei droni." Aveva ancora nelle orecchie l'avvertimento di Big Data.

"Dappertutto, qui intorno, s'annidano ragni velenosi programmati per mettere fuori gioco gli estranei."

"Tran.quil.li." Il lombrico nascosto nel ciondolo di Honeyball ne aveva già i segmenti pieni di quella discussione, così cacciò fuori la testolina tutto arrabbiato. "A.mi.ci ar.ri.va.no pre.sto. Non ci han.no di.men.ti.ca.ti. I.o so."

"Ma certo," insistette il cane. "Quelli là ci hanno già messo una croce sopra da un pezzo."

"Toc toc." Lupus in fabula, ecco Indy nello specchio della porta. "Vi siamo mancati?"

I gatti entrarono uno dopo l'altro nella casetta di Honeyball.

"Finalmente," sospirò Foxtrot Kilo con sollievo. "Com'è la *situation*? Riusciamo ad andarcene presto da qui?"

Honeyball diede sfogo al suo malumore. "Ma che bello che siete arrivati! Vi siete divertiti? Noi no, per la cronaca! DOVE SIETE STATI TUTTO IL TEMPO? Non è che potevate passare di qui o almeno inviare un messaggio con le ultime novità? Per un pelo Foxtrot Kilo non è stato divorato dai ragni. In che razza d'inferno siamo finiti?" esclamò ringhiando, schiacciato contro la parete.

Ora la capanna era piena come un uovo. Con addirittura quattro quadrupedi, un uccello e Trepuntouno, che si era sporto dal ciondolo per salutare. Ormai si stava stretti. Per ultimo, Maxim s'inserì a fatica in quello spazio sovraffollato dove respirare era già un'impresa. Tant'è che il suo sederone dovette restare fuori, scodinzolando tutto contento come una bandiera bianca. Per fortuna non lo vide nessuno.

A Honeyball non piaceva la vicinanza fisica. Era già troppo per lui quando il suo umano lo costringeva a lunghe sessioni di coccole. E di stare stretti stretti coi gatti non se ne parlava nemmeno. Fuori di sé, abbaiò: "Xplode, quel vecchio ratto, è stato molto più furbo di noi. Se l'è svignata per tempo e ora chi lo trova più!" E intanto lui era bloccato. Si sarebbe morso la coda per l'invidia.

"Per tua informazione, Honeyball: Xplode ci ha salvati attirando i cacciatori bipedi lontano dall'accampamento," precisò Ian. "Li ha sfibrati tutta notte, finché non hanno rinunciato.

L'ho intuito. Non chiedermi come. Si è comportato da vero altruista. Per me, e non solo per questo, lui è un eroe."

Foxtrot Kilo annuì. Era dello stesso avviso.

"Ciononostante dobbiamo svignarcela appena la via è libera," proseguì Ian. "Giogatta ha organizzato una missione di rappresaglia nell'Istituto di sperimentazione. Indy e Maxim daranno una zampa sul posto a lei, Anarchristos e i sacerdoti. Noialtri invece, per volere di Giogatta, restiamo qui come pegno, affinché i due iCats facciano del loro meglio. Ma a quel punto, con l'eccezione della siamese Senzanome," la voce gli tremò, "qui non resterà nessuno della cerchia ristretta a controllare. Appena la missione parte e gli abitanti dell'accampamento dormono, ce ne andiamo. Indy: dopo il tuo giochino di gatto e topo con la security ci ritroviamo nella radura dove hanno sparato a Maxim. E tu, Maxim, abbandona la squadra dei maossoni al momento opportuno e raggiungici là. Prima che Giogatta Dark se ne renda conto, saremo già lontani. Che ne dite?"

Honeyball si arrabbiò per il fatto di non averla avuta lui l'idea. Ma il piano era buono. "Come la mettiamo con Sumo? Forse dovremmo mimetizzarci. Appena uno di noi mette il muso fuori dal bosco, ce li ritroviamo subito alle calcagna."

"Questo succederà comunque," ribatté Indy. "Il crimine non dorme mai. Dobbiamo solo essere più veloci."

Maxim alzò la zampa e si prenotò come un gattino sui banchi di scuola. Ma nel farlo sbatté il gomito contro la nuca di Indy, che soffiò indignata. "E sta' attento!"

"Scusa."

Ian gli fece un cenno spazientito.

"Come la mettiamo col mio portafortuna? Senza non vado da nessuna parte. Tantomeno in una missione pericolosa." Il gatto scaramantico aveva già avuto abbastanza iella.

"Giusto. Bella pensata, Maxim!" lo lodò Ian. "Tu hai bisogno della buona sorte, noi dei dati sulla chiavetta. Ecco perché devi avere indietro a tutti i costi la catenina e la scheda sim prima che cominci la missione. Altrimenti è stato tutto inutile. Di' semplicemente che sopra c'è un software che ti serve per crackare il sistema di sicurezza. Del resto, stai per partire per una missione. Mi senti? È roba importante! Devi essere convinto."

Maxim annuì. Che fosse una cosa importante lo sapeva anche senza Ian. E la catenina non se la sarebbe scordata di sicuro.

Honeyball scosse il capo con tale forza da far svolazzare le frange delle orecchie. La fissazione di Maxim per quel suo portafortuna poteva diventare un problema per lui. Non aveva mica preso parte alla faccenda per poi lasciare ad altri tutte le informazioni riservate. Assurdo: lui, il capo della Cani Ispettori Addestrati, che finisce per regalare dati preziosissimi al Kombat Gatti Battaglieri. Voleva quella chiavetta per la CIA e per nessun altro. Di cosa si impicciava il KGB? Per la rabbia diede un morso a Moccino, che gli si era appiccicato troppo.

Basta carinerie! Un genio militare come lui aveva già un'idea in testa su come agguantare i dati al momento giusto. Doveva soprattutto mettere le zampe sulla sim. E appena fosse entrato in possesso di un cellulare, avrebbe analizzato il re dei bassifondi fin negli interstizi degli artigli. Una cosa che la CIA sapeva fare meglio di chiunque altro, a parte forse i nasuti colleghi dell'NSA…

IL MISSILE CHE SNIFFA

Terminata la discussione, gli iCats decisero di riposarsi un po' prima della partenza. Indy, Maxim e il resto della squadra avrebbero dovuto agire autonomamente rispettando una tabella di marcia minuziosissima. La tempistica era fondamentale per tutti, altrimenti il piano avrebbe fatto cilecca.

Indy e Moccino si ritirarono nell'infermeria o stanza degli ospiti che era stata loro assegnata. L'agente si sistemò nel nido col figlioletto stanchissimo accoccolato su di lei, ma non riusciva a chiudere occhio. Pensava di continuo a Sumo. Chissà cosa stava tramando contro di loro quella crudele creatura. Alla fine s'addormentò e fece sogni inquieti sul loro rapitore.

Lo vide in carne e ossa. Sumo schiacciava il pulsante per convocare la riunione plenaria e si dirigeva verso la sua postazione al tavolo, dov'erano sparsi diversi intagli in avorio. La sala da pranzo, che si trasformava in sala conferenze, era a dir poco degna d'un sovrano. Tutto, letteralmente tutto, era rivestito in legni tropicali che non ricrescono una volta tagliati, con colori che facevano a pugni tra loro. Gli enormi dipinti sul soffitto illustravano i suoi grandiosi trionfi sui nemici. Appena sotto spuntavano, addossate l'una all'altra, le teste imbalsamate di svariati animali, soprattutto specie in via di estinzione, alcune delle quali stecchite da lui in persona. Senza alzarsi dalla sua poltrona di comando, costeggiò il tavolo e le dodici sedie imbottite con zampe di elefante recise senza pietà. Gli schienali erano costituiti da tre zanne verticali di baby narvali. Erano così ben fatti, quegli affari acquatici, da ricordargli gli unicorni. E valevano anche un sacco di soldi, come ogni cosa lì dentro. Ben presto quelle bestiacce sarebbero scomparse. Poco tempo prima aveva freddato l'ultima femmina.

La mia bella tavola rotonda, pensò tra sé e sé. Re Artù avrebbe strabuzzato gli occhi. Compiaciutissimo, indirizzò la poltrona verso il pegno d'amicizia donatogli dal leader russo, appeso alla parete di fronte: un'antica teca con icone d'oro. Aprì due grosse ante e apparve un monitor a schermo piatto, in netto contrasto col pezzo d'antiquariato. Un ultimo controllino e... pronto! I suoi topolini da laboratorio potevano entrare.

Non dovette aspettare a lungo. Un minuto più tardi i ratti irruppero in massa nella sala e si fiondarono ai loro posti. Tutti i collaboratori scientifici avevano, nessuno escluso, il pelo bianco. Ansimavano pesantemente, come se da quella corsa fosse dipesa la loro esistenza. Il che peraltro era vero. La talpa non sopportava i ritardatari. Se arrivavi per ultimo significava che te l'eri presa comoda, e lui i ratti recalcitranti li trangugiava sul posto come stuzzichini. Tutti d'un fiato. Davanti agli altri, per spaventarli.

"La prossima volta più veloci," ringhiò indispettito. "Dobbiamo agire. Fatemi vedere cos'avete. Svelti!"

Gli inventori balzarono subito sul tavolo e presentarono col cuore in gola quel che avevano portato. Sumo detestava quella barattaonda.

"ZITTI!" Di colpo non volò più una mosca. "TU!" Con l'artiglio acuminatissimo indicò un ratto ben piantato che impugnava una sfera lucente. "Cos'è? Il boccino d'oro o che? Vola?"

Il destinatario dello sbraito iniziò a tremare. "N-n-n-o," balbettò. "È una combinazione tra un sistema di riconoscimento olfattivo e uno di attivazione." Smontò l'oggetto in due emisferi. "Le due metà si comportano come il bluetooth, sono magnetiche e aderiscono al metallo di qualsiasi arma. Prima o poi il sensore rintraccia chiunque abbia lasciato il proprio odore. Frammenta il dato olfattivo nelle singole componenti e se ne impregna." Boccheggiando, fece un respiro profondo e proseguì. "Appena il sensore trova più di tre di questi elementi nella giusta concentrazione, informa l'altra metà in cui è alloggiata l'attivazione. Questa si avvia e prepara la carica. Senz'alcun intervento esterno. Partendo dalla concentrazione di particelle olfattive, il sensore decide quanto è fresca la pista e dove porta. E in caso di concentrazione al cento per cento, l'arma si trova già davanti all'obiettivo... e spara. Bang! Il ricercato è fritto." Il ratto bianco ridacchiò dietro una zampetta, gli occhi rossi gonfi d'orgoglio.

"Fammi vedere!" ordinò Sumo. L'inventore trotterellò trafelato sul tavolo e gli allungò l'oggetto.

La talpa si sporse in avanti giocherellando con gli emisferi. Quello sì che gli sembrava un esempio raffinato di ricerca e sviluppo. Solo guardandolo da vicino s'individuavano i minuscoli buchi nell'involucro esterno. Era un'invenzione originariamente pensata per l'industria cosmetica, i suoi committenti più redditizi, soprattutto nel campo degli esperimenti sugli animali. E quella davanti a lui era proprio un'evoluzione sensata.

"Prendi i campioni olfattivi di ciascuno di quei luridi ladri di dati. Dalla botola da cui sono fuggiti!" ordinò brusco. Il roditore non tentennò e partì come un fulmine. "Aspetta!" tuonò Sumo subito dopo. "Non dimenticarti il sensore."

Con una mossa svogliata dello zampone lanciò il dispositivo oltre la tavolata verso lo scienziato, che correva avanti e indietro come un rugbista per non far cadere a terra quel prezioso prototipo. La forza dell'impatto fu tale che il ratto volò zampe all'aria ribaltandosi due volte, proteggendo il sensore col proprio corpo manco fosse un uovo crudo. E così facendo spalancò pure la porta. Sumo ghignò tutto soddisfatto.

"Allora, andiamo avanti. Che nuove armi avete da offrirmi?" Si guardò attorno, imperioso. "Abbiamo svariati gatti, un cane, un uccello e Xplode, il vostro amico traditore. Come facciamo ad ammazzarli tutti e alla svelta?"

Girò il monitor e mostrò ai ratti i fermi immagine dei ricercati presi dai video della sorveglianza, sistemati a mosaico attorno a una grande campitura vuota. "Sto aspettando le vostre proposte!"

Gli scienziati afferrarono i cellulari e caricarono in fretta e furia i loro elaborati tridimensionali sul campo vuoto del monitor, in mezzo all'elenco dei ricercati. Sul video si susseguirono rapidissime le idee più strampalate per veicoli a ruote, marini, striscianti, cingolati e volanti.

"Non tutti in una volta!" ringhiò Sumo di pessimo umore.

I ratti, innervositi, si agitarono sulle sedie d'elefante. Sapevano benissimo che una paroletta sbagliata poteva costar loro la vita. Eppure nessuno osava cominciare con la presentazione delle proprie invenzioni.

La talpa alzò le spalle e fece uno scrolling frenetico tra i vari modelli. Non sapeva su quale terreno dovesse fare i conti per la nuova missione, il che rendeva difficile la scelta. Ma appena vide un oggetto snello, con zampe da aracnide, si fermò di colpo. "Spiegazione!" gracchiò, schiacciando un pulsante ricavato nel bracciolo della poltrona di comando.

L'inventore saltò su come punto da una tarantola e si grattò il sedere impellicciato. Un chiodo d'acciaio affilatissimo gli si era piantato nel didietro. Balbettando agitato, descrisse cosa sapeva fare quel missile da crociera alimentato a elettricità: avanzare e volare. Se il missile dopo lunghe ricerche finiva la carica, atterrava, estraeva le sei lunghe zampe e marciava difilato verso la prima presa di corrente. Una volta là avrebbe messo fuori gioco eventuali concorrenti e sarebbe rimasto appiccicato alla presa per terminare la ricarica rapida delle batterie, che durava al massimo cinque minuti. Non di più. Dopodiché si rimetteva in pista come nulla fosse successo. All'interno era cavo e poteva trasportare qualunque cosa: gas, polveri, liquidi o solidi, per poi lanciarli contro il nemico tramite ugelli o una caditoia.

"Perfetto. Portalo nell'area operativa," ordinò Sumo. "È pronto all'uso, no?" aggiunse minaccioso. Il ratto bianco annuì zelante. Anche se il dispositivo non fosse stato pronto in tutto e per tutto, il capo non avrebbe accettato un no. Forse era meglio cacciarci dentro un altro paio di cavi, qua e là. Dopodiché bisognava pregare.

"Bene. Applica al razzo il sensore col sistema di attivazione appena i campioni olfattivi vengono riconosciuti, e torna qui da me con tutto l'ambaradan. Così ti prendi anche le munizioni adeguate. Ho preparato qualcosa di speciale per queste spie schifose." Sumo sorrise maligno. "Li aspetta una bella sorpresa!"

GATTASTROFE

Indy si svegliò coi tremori. Il sogno le era parso così reale! Aveva sognato sul serio? O era diventata pazza? Restò a letto inquieta, incapace di riaddormentarsi. Alla fine scostò dolcemente Moccino e si alzò. Si stirò gli arti appena fuori dalla porta. Sugli alti rami soffiava un vento fresco. Drizzò le orecchie con i lunghi ciuffi da lince. Il fogliame scuro degli alberi stormiva come il mare. Uno spesso tappeto di nubi copriva la luna diffondendo una luce soffusa. L'accampamento era immerso nella quiete: una pace esausta dopo la tragedia. Mancava ancora mezz'ora alla partenza. La missione di rappresaglia voluta da Giogatta doveva iniziare a mezzanotte in punto. Prima si sarebbe di nuovo toelettata a dovere. Amava sempre di più prendersi cura del proprio corpo, grazie a Confusio.

Reduce dalla pulizia, era seduta davanti al nido quando Baffetto la passò a prendere poco prima di mezzanotte.

Partirono.

Meno di quindici minuti dopo l'uscita di Indy, Moccino si svegliò di soprassalto, perché si sentiva strano. Le membra gli dolevano come all'inizio di una nuova malattia. Cavoli, era solo soletto! Indy non c'era. La mamma era andata via. Senza di lui! Doveva mettersi subito sulle sue tracce. Intontito dal sonno, si alzò e uscì zampettando dal nido. Annusò l'aria notturna col muso diretto al cielo. Era in grado di localizzare a occhi chiusi l'odore della madre adottiva. Si era già allontanata da lì. "Mamma, non lasciarmi solo!" piagnucolò mentre si affrettava in linea retta di ramo in ramo, più cadendo che saltando, sulla scia del profumo di lei. Si lasciò guidare dall'istinto, senza nemmeno pensare agli eventuali pericoli.

Il suo piagnucolio in compenso allarmò Ian, steso in solitaria sul suo ramo-dormitorio. Non aveva ancora chiuso occhio. Quella notte la siamese aveva ben altre incombenze. Benissimo, tanto non aveva mica bisogno della balia. Eppure, gli mancava. Aveva nostalgia della sua vicinanza.

Si era alzato, nervoso, poco prima di mezzanotte e aveva assistito alla partenza della sorella attraverso uno spiraglio nel fogliame. L'unità speciale era scomparsa silenziosamente nella foresta: in testa i sacerdoti, seguiti a ruota da Giogatta Dark con Indy e Maxim. Chiudeva la processione Anarchristos. Poi Ian si era di nuovo steso sul ramo, in attesa. Era ormai arrivato il momento di cercare Honeyball e Foxtrot Kilo.

Ma riecco il lamento. Maledizione, quell'inutile cucciolo era un'autentica fonte di disturbo! Una piccola ombra ruzzolava miagolando tra i rami fitti a poca distanza da lì. Che diavolo stava combinando Moccino? Tentennò. Che se ne andasse pure. Sul serio. Non avevano bisogno di un nuovo membro in famiglia. Per un attimo si sentì pienamente soddisfatto.

Il problema era che lo scocciatore faceva un gran baccano. Con quella lagna stava attirando su di sé, quindi anche su di lui, l'attenzione dei guardiani. La cosa avrebbe potuto mettere a rischio il loro piano di fuga. Con un gran sospiro si rialzò e balzò dabbasso.

Doveva fermare quel piccolo strillone, che però era dannatamente rapido. Come una pallina da flipper, il moccioso non faceva in tempo a toccare un ramo che già saltava sull'altro. I vari ragni guardiani non avevano neanche il tempo di reagire alla scossa. In veste d'inseguitore, Ian partiva svantaggiato. Il gatto raccolse le forze e scattò dietro a Moccino da vero atleta, saltando più rami alla volta, mentre i ragni, agitatissimi, si svegliavano di colpo. Quando Moccino toccò terra, tuttavia, il distacco non era diminuito. Ian imprecò. L'ultimo tratto comportava un balzo rischioso per un peso massimo come lui. Saltare o non saltare? La piccola palla di pelo si trovava ai piedi della quercia e gridava "Mamma" a squarciagola. "Chiudi il becco!" gli ordinò dall'alto. "Ci cacci tutti nei guai!" Se il piccoletto, oltre ai ragni, avesse svegliato l'intero l'accampamento, potevano scordarsi la fuga di nascosto.

Ma il cucciolo non lo sentiva, anzi sembrava non l'avesse neanche visto.

"Moccino, sta' zitto!" soffiò Ian trattenendo la voce.

Nulla di fatto. Disperato com'era, al micetto non interessava niente e nessuno. Sfrecciava come il vento seguendo la pista di Indy.

Il grosso gatto non indugiò a lungo, si buttò nel vuoto e atterrò con un tonfo. Miahio! Si controllò le spalle. Tutto a posto. Con le zampe che parevano volare, si mise alle calcagna di Moccino, che si faceva strada nel bosco come un machete. Era una questione di vita o di morte. Proprio nel momento in cui il cucciolo stava per cacciare di nuovo il suo strano lamento, lo acchiappò. Con un balzo gli fu sopra, lo schiacciò a terra e gli tenne le fauci chiuse. "Taci, per carità del cielo! Altrimenti ci riporti tutti in Istituto."

Moccino si dimenò in preda al panico sotto il peso di Ian, lottando tenacemente per liberarsi. Ian cercava di tenerlo a bada con tutte le zampe. Quel soldo di cacio aveva una forza incredibile!

Fu così che il maine coon non fece caso alle sagome scure che li avevano circondati in silenzio. Qualcosa calò leggero come una piuma su di loro nella notte nera. "Gatti nel sacco!" trionfò una roca voce da bipede.

I prigionieri si agitarono nella rete come pesci tirati a secco. Moccino lanciò un ennesimo piagnucolio disperato, scalciando in tutte le direzioni. E con un artiglio colpì inavvertitamente Ian. Svariate sagome nere trascinarono il pacchetto felino dentro uno speciale trasportino in alluminio. Lo sportello reticolato si richiuse e scattò subito una serratura di sicurezza. Attorno a loro si fece buio. La luce lunare penetrava flebile da un paio di fessure per l'aerazione sui lati.

Per i due gatti le cose si mettevano male, malissimo.

L'INIZIO DELLA FINE

Xplode drizzò le orecchie. Stava succedendo qualcosa sotto l'accampamento dei gatti. Cacciò fuori il muso dalla tana di coniglio abbandonata in cui alloggiava in via provvisoria e diede un'annusatina, scrutando il buio col suo occhio buono. Qualcosa o qualcuno stava piagnucolando. La conosceva, quella voce! Si grattò nervosamente le soffici zampette. "Zampe da chirurgo", lo prendeva sempre in giro suo fratello. Era daccapo. Il pericolo chiamava, proprio come a suo tempo in Afghanistan, quando disinnescava mine antiuomo.

Com'era ovvio aveva riflettuto, dopo aver sparso false piste per i guardiani dell'Istituto, se era il caso di proseguire da solo, cioè col fratello morto in spalla. Gli umani gli avevano accollato quello zaino dopo che suo fratello aveva condotto la sua squadra di bipedi in una trappola esplosiva nascosta. Era un monito per non ripetere lo stesso errore. E quelle spoglie erano diventate parte di lui. Per Xplode il fratello era ancora vivo e vegeto, tant'è che chiacchierava con la salma. Certo, sapeva che era una cosa strana. Ma un vantaggio c'era: in tutta la sua stranezza non rappresentava una minaccia per nessuno. L'esperto di esplosivi era capace di aggirarsi nelle peggiori zone di guerra senza dare nell'occhio. Era praticamente invisibile. E ne approfittava volentieri. In linea di principio era facilissimo: si adattava al terreno e usava qualsiasi riparo. Come quelle tane abbandonate nel bosco, con tante entrate e uscite.

"Vogliamo andare, fratello?"

"Tanto fai come ti pare," risuonò la risposta beffarda. "Che ci trovi in quei gattacci? Un saltello e via!"

Aveva ragione. Era piuttosto sciocco andare in giro con dei gatti, i suoi nemici e predatori. Eppure qualcosa di misterioso lo legava a quella truppa male assortita degli iCats. Era più una sensazione che un dovere. Dovere! Esplose in una risata amara. A lui, veterano di guerra, la parola faceva schifo. No, ci voleva qualcosa di più forte per vincolare uno come lui. Per strano che potesse sembrare, negli ultimi giorni aveva instaurato un autentico legame con Ian e l'uccello. Ma anche il mezzo verme aveva un che di straordinario. Malgrado quel suo modo di parlare frammentato, era più profondo di molti topi eruditi. Era incredibile: un invalido come lui aveva trovato dei veri amici senza neanche averli cercati. Dei compagni di ventura che lo prendevano con sé e lo accettavano senza se e senza ma nella sua follia.

"Ascolta," bisbigliò il fratello.

Rieccolo, il piagnucolio disperato di un gattino, non lontano da lì. Xplode sbucò come un razzo fuori dalla tana e annusò l'aria. Anche se aveva solo un occhio buono e la coda era andata, il suo naso funzionava meglio di prima. Da ovest-nordovest captò l'odore del suo amico felino Ian, e subito dopo il puzzo degli umani. Dannazione!

Partì di corsa.

Ben presto Xplode vide, protetto dai cespugli in cui seguiva la pista olfattiva, una torma di bipedi vestiti di nero immersi in un'animata discussione. Due di loro tenevano un contenitore di metallo ondeggiante, dal quale si sentì prima un gran grattare, poi un tonfo. Al suo interno qualcosa di pesante si lanciò contro le pareti. Era di sicuro il suo amico Ian, dovevano averlo acciuffato. I bipedi erano molto contenti di quella cattura, tanto da considerarlo un bottino prezioso. Interessante! Evidentemente conoscevano il maine coon e si erano lanciati su di lui con cognizione di causa. Del perché non parlarono. Moccino invece era visto come una preda benvenuta ma accessoria.

Il topo, in punta di artigli, seguì gli sgherri fino a un sentiero tra gli alberi. Un bipede scosse il capo alla vista del foulard fatto a maglia che il gatto aveva perso nella foga, e infilò anch'esso nella gabbia.

Apparve una grossa vettura quattro per quattro. Xplode iniziò a preoccuparsi. Nel trasportino era calato il silenzio. Gli umani vestiti di nero caricarono con slancio il pesante fardello nel retro dell'auto. All'ultimo istante disponibile, il topo sgattaiolò dentro, sistemandosi nell'angolo più buio del baule. Poi le portiere sbatterono.

Il SUV partì, avanzando traballante lungo il sentiero boschivo. Xplode uscì dal nascondiglio, si avvicinò di soppiatto a un pertugio e sbirciò all'interno. Ovvio, Ian era crollato a causa dell'agitazione. La narcolessia aveva colpito di nuovo. Era steso di lato a occhi spalancati, immobile nella sua gattoplessia, e aveva il fiato corto. Moccino era accoccolato contro la parete posteriore del trasportino e tremava tutto. Terrorizzato, si era portato le zampe davanti agli occhi come per far finta che non fosse successo niente. Stupido gattino! Quel piccoletto gli ricordava un pochino suo fratello. Dopo l'incidente aveva pensato anche lui che il peggio fosse passato. E invece era stato solo l'inizio della fine.

LIBERA SCELTA

La luna piena brillava come una grossa ciotola di latte per gatti attraverso la vastissima coltre di nubi e illuminava con dolcezza la pelliccia grigio argentata della Senzanome, rannicchiata all'estremità incenerita del pilone caduto. Il tronco sporgeva ancora ben oltre il bordo dell'arena devastata, indicando lo strapiombo con fare accusatorio. La siamese era sull'orlo di quell'abisso, cercando di penetrare la foresta con lo sguardo. Aveva seguito con orrore il dramma del rapimento notturno. Giogatta era partita poco prima insieme agli altri. Ora la responsabilità dell'intero campo gravava sulle sue spalle. Che fare?

Prima di tutto doveva schiarirsi le idee. Il vento era cessato e non si udiva volare una mosca. Dormivano tutti. Com'era potuto succedere? Che non avesse legato bene il foulard al collo di

Ian dopo che era caduto dal ramo? Per questo motivo i bipedi erano riusciti a localizzarlo e a prenderlo prigioniero? Era colpa sua? Aveva operato male?

Sentì una stretta gelida al cuore. Ian lo sentiva vicino. Molto più vicino di quanto potesse giovarle. Bastet, che mi prende? In cerca d'aiuto alzò gli occhi al cielo. Di solito era lei a suscitare forti emozioni nei gatti che sceglieva. Non doveva accadere il contrario. Mai! Era pericoloso. Con quel maine coon aveva trascorso una sola, eccitante nottata. Impossibile innamorarsi in così breve tempo. O no? No, non poteva essere! Che fine aveva fatto il suo giuramento segreto di non avere mai più una relazione stabile, dopo i duri colpi che il destino le aveva inflitto?

Era diventata negligente. E questo proprio all'inizio della grande rappresaglia pianificata da Giogatta! Quale sua sostituta, la Senzanome era rimasta all'accampamento per proteggerlo. Ora doveva scegliere a chi essere fedele. A Giogatta, che l'aveva presa con sé ai piani alti dei maossoni come sua preziosa zampa destra? E questo nonostante la pessima reputazione che si era portata dietro la siamese, peggio di un'orda di furetti puzzolenti! O avrebbe dovuto abbandonare quel luogo e aiutare un gatto di città sempre in fuga, che in tutta evidenza non si poteva lasciar solo un minuto perché alla prima occasione si faceva mettere nel sacco?

Era combattutissima. Ma superò l'esame. Sarebbe restata all'accampamento. A Giogatta doveva tutto, a quel gatto niente. Poteva comunque fare qualcosa per aiutare Ian: liberare i prigionieri. Stava a loro salvarlo. Una decisione che anche la somma sacerdotessa avrebbe sottoscritto.

Corse nel quartier generale e controllò il sistema ragnesco di difesa: c'era allarme rosso nel segmento più basso dell'albero. Con un colpo di zampa riavviò il sistema. Ci volevano cinque minuti prima che riprendesse a diffondere i feromoni. Fino a quel momento i ragni sarebbero rimasti senza orientamento. La Senzanome si precipitò verticalmente a rotta di collo giù per il fusto disinnescato, passando attraverso il marasma degli ottopodi smarriti e disturbati da Ian e Moccino.

"Il sistema di sicurezza è disattivato per altri tre minuti," dichiarò ansimando appena ebbe raggiunto l'alloggio dei prigionieri. "Non c'è tempo per spiegare. Correte finché potete! Ian e Moccino sono in pericolo di vita!"

Honeyball era confuso. "Eh?" ringhiò. "Ma se sono qui nell'accampamento, al sicuro." Non le disse che sarebbero dovuti fuggire a breve tutti insieme.

"Non è così!" soffiò la Senzanome. "E ora aria, la vita dei vostri amici dipende da voi."

Il cane capì l'antifona e scattò. "Grazie!" si affrettò a dire. "Ci penso io."

"E io ti aiuto!" cinguettò Foxtrot Kilo tutto eccitato.

"Pu.re i.o!" ribadì il verme cacciando fuori la testolina dal ciondolo a forma di teschio del collare. La Senzanome e Trepuntouno si guardarono negli occhi per un millesimo di secondo, poi la gatta scosse il capo.

"Andatevene una buona volta e salvateli tutti e due! Mi assumo io la responsabilità della vostra fuga, ma dovrete capire da soli come uscire dall'accampamento, non appena i ragni torneranno in pista." Il cane annuì. "E come la mettiamo con i nostri compagni partiti con Giogatta per attaccare l'Istituto? Indy e Maxim?"

"E che ne so io," soffiò la Senzanome. "Neanche m'interessa. O ve la svignate adesso, o è finita. In due minuti il sistema di sicurezza è di nuovo attivo. E proprio in questo momento i bipedi stanno trascinando via Ian e il cucciolo in una scatola."

"Cor.ri!" ordinò il lombrico al cane.

Honeyball annuì, scattò verso il tronco, fece presa con le zampe e scese all'indietro come un freeclimber lungo la ruvida corteccia. Degli occhi neri, sfaccettati e crudeli osservavano i tre amici da piccoli buchi. Foxtrot Kilo, seduto sulla schiena di Honeyball con gli artigli stretti al collare, diede subito una beccata quando un ragno attaccò. Il verme li metteva in guardia dagli esemplari più grossi, che riusciva a vedere dal ciondolo a forma di teschio tempestato di strass. Erano una bella squadra. Ben presto Foxtrot Kilo prese a martellare svelto come un picchio qualsiasi cosa si muovesse lungo il tronco. "Più veloce," ansimò il passero. "Sono troppi!"

Un ragno morse la zampa posteriore di Honeyball. Il dolore si propagò in tutto il fianco, ma lui non smise di scendere. Ancora due metri. Poi perse le forze nella parte posteriore sinistra, e il peso lo tirò giù. Gli artigli delle zampe di dietro scivolarono e il cane si staccò del tutto dal fusto. Perlomeno si allontanava da quei killer a otto gambe. Era caduto da ben altre altezze ed era sempre sopravvissuto.

5

IL BUCO NERO

Sotto lo spettrale cielo notturno, la squadra di attacco dei maossoni si muoveva rapida e senza fare rumore diretta all'Istituto. Gli attivisti al comando di Giogatta Dark erano immersi in un silenzio tesissimo. Lei stava rendendo onore al proprio nome: la sua pelliccia era più scura della notte e sembrava assorbire in sé qualsiasi chiarore, come un buco nero nell'universo. Era l'assenza assoluta di luce. Ma al contempo riusciva a emanare un potere sconfinato. Un raggio di luna che finisse intrappolato nei suoi occhi impenetrabili era destinato a brillare un attimo soltanto prima di essere inghiottito per sempre. Maxim aveva la sensazione che chiunque si fosse avvicinato troppo alla capogatta rischiava di andare incontro a un destino simile.

Quell'inquietudine gli mise i brividi, così rallentò di qualche passo. Senza gli amici non si sentiva a suo agio. Ora era parte di una squadra diversa, composta da fanatici organizzati con rigore. Se il gioco si fosse fatto duro, su chi avrebbe potuto contare? Solo su pressione di Indy si era detto disposto a disattivare le misure di sicurezza nella stanza del server. Per lasciare via libera ai suoi compagni in fuga, e per badare a Indy. Quella non era la sua battaglia. Lui non aveva nulla contro i bipedi. Il suo apriscatole umano era un tipo a posto. Gli voleva bene. L'Istituto di sperimentazione era sicuramente un pericolo per il mondo felino, ma i bipedi non erano cattivi in sé. E i maossoni stavano organizzando una guerra bella e buona. Quella roba non faceva per lui. Una zuffa rapida con botte da orbi, sì. Una bella lezione all'avversario, e poi di nuovo d'accordo. Diretto e alla luce del sole, quello era il suo stile. Non i sabotaggi. Ma non era nella posizione di dire di no a Indy. Sospirò. Anche se aveva l'aria di un tipaccio, dentro era morbido come burro. Soprattutto quando di mezzo c'era lei, la sua gatta portafortuna!

Grazie a Bastet, dopo un lungo tira e molla aveva avuto indietro la sua catenina con la conchiglia ad ala d'angelo e la targhetta identificativa, insieme alla chiavetta USB. Anarchristos aveva cerimoniosamente gettato la catenina davanti alle sue zampe. Come se fosse roba del demonio. Però la sim di Ian se l'era tenuta.

Quando Maxim ne aveva di nuovo parlato al greco al momento della loro partenza a mezzanotte, questi aveva dato di matto. Anarchristos sembrava non fidarsi di lui. "Ce l'ho con me. Te la darò quando ne avrai davvero bisogno. E alla fine della missione le potrai dare una sniffatina." Aveva tirato fuori la scheda dalla cintura per mostrarla a Maxim, che aveva subito memorizzato dove lui la teneva. "Quanto alla catenina, la restituirai appena tornerete all'accampamento, sia ben chiaro."

Col piffero! A missione conclusa non sarebbe certo rientrato all'accampamento con gli altri. E tantomeno avrebbe restituito volontariamente il suo portafortuna.

La piccola truppa si fermò. "Si comincia. Tutti fermi e in posizione!" ordinò Anarchristos.

Incredibile! Erano già arrivati? Maxim non si era reso conto di quanto si fossero avvicinati in fretta all'Istituto. Forse la somma sacerdotessa di Bastet non soltanto assomigliava a un buco nero ma poteva persino piegare il tempo e lo spazio?

La gatta nera sbirciò in direzione dell'area recintata. Una strada asfaltata conduceva all'ingresso del disadorno edificio principale, circondato da un ampio prato. Dietro alle finestre di uffici e laboratori brillava l'illuminazione notturna. Giogatta guardò nella direzione opposta, lungo la strada, sincerandosi che Indy fosse in posizione. Un rapido baluginio dei suoi occhi felini le diede la certezza. Ottimo. Con un colpo di coda ordinò di procedere, e Anarchristos diede il via all'unità speciale di avanzare a passi felpati.

Poco dopo raggiunsero la rete. Il buco attraverso cui Indy e Moccino erano scappati pochi giorni prima era stato solo provvisoriamente riempito. Maxim raspò via il soffice terriccio, poi drizzò le orecchie e le tese verso la centralina, cercando di individuare un lieve ronzio o ticchettio. Niente. I bipedi non erano ancora riusciti a risolvere il corto circuito da lui provocato nel recinto elettrificato. Fece un sorrisetto a Giogatta, afferrò il graticcio e si beccò una scossa che lo fece volare indietro di tre metri esatti.

"Niente paura, sto bene. Non è alta tensione!" sottolineò alla svelta tirandosi su con l'aiuto di Anarchristos. "Fatto apposta! Metodo un po' brusco, ma si fa prima," gracchiò in maniera poco convincente col pelo che gli schizzava in tutte le direzioni.

Per via della scossa la luminosità delle luci esterne era calata e ora, sfarfallando, stava cercando di tornare al livello originario. Nell'edificio c'era del trambusto, evidentemente i guardiani si stavano agitando. Un bipede uscì dalla porta e si guardò attorno. I gatti si schiacciarono a terra. Non era un bell'inizio.

Indy decise di anticipare la manovra diversiva. Uscì dal riparo, corse in mezzo alla strada e iniziò un beffardo concerto di miagolii che si sarebbe sentito fin nel centro cittadino. I fari si accesero e i loro coni di luce accecante raggiunsero la gatta impertinente, che alzò provocatoriamente la coda, fece una gobba incredibile e soffiò, pronta all'attacco. Mancava solo che dicesse nella lingua umana: "Venite a prendermi!"

"Eccola! È quella bestia maledetta che c'è sfuggita!" Il tipo di guardia la riconobbe al volo per via del motivo sulla fronte, visibile anche da lontano. "Adesso tocca a te, carogna!" Il bipede entrò in guardiola, afferrò un'arma e munizioni a sufficienza e si lanciò verso la gatta, ma un altro, scandalizzato, gli colpì la mano proprio mentre schiacciava il grilletto. Bang! La pallottola, innocua, si conficcò nel terreno.

"Sei ammattito? Ci serve viva! Li conosci gli ordini," lo redarguì. "Datti una regolata, altrimenti farò in modo che d'ora in poi porti fuori solo la spazzatura."

Svariate sagome nere armate fino ai denti si misero a correre verso Indy, che volteggiò elegante sulla zampa posteriore e schizzò via. Veloce ma non troppo, per evitare di seminare gli umani. Una mossa pericolosa! Restò visibile a occhio nudo, quindi a tiro. L'agente era nel proprio elemento. Il suo secondo nome era "Rischio".

I bipedi reagirono come previsto e la seguirono. Lei e solo lei. La squadra dei maossoni aveva via libera.

Maxim si appiattì, si spinse nel buco scavato nel suolo e fece attenzione a non toccare la rete. Sentì un pizzicore al momento di tirarsi su dall'altra parte, sfiorando il reticolo con un paio di peli della coda. Ma ce l'aveva fatta.

Gli altri, che erano gatti molto più piccoli, lo seguirono senza problemi. La fase uno, il superamento del muro di cinta, era andata a buon fine. Ora bisognava attaccare la fortezza.

VIRUS

"Entriamo da dietro, attraverso la vecchia ala." Giogatta indicò con la coda la direzione ai suoi seguaci. Maxim capì che quella, per i maossoni, non era la prima irruzione lì dentro.

Anarchristos era in testa. Malgrado avesse solo tre zampe saltò leggiadro sul davanzale di una finestrella, estrasse con decisione due artigli della zampa anteriore che gli rimaneva, la sinistra, e incise un solco perfetto nello stucco morbido. Con precisione chirurgica tolse il vetro dalla cornice. Solo allora Maxim notò che il vecchio partigiano aveva indosso due cartucciere nei cui passanti ben allineati, tra i vari utensili, c'erano diverse bottigliette con un liquido misterioso. Sembrava un eroe western dei tempi andati.

Con cautela Anarchristos allungò il vetro ai compagni. Uno dei sacerdoti lo accostò delicatamente al muro. Quella sarebbe stata anche la loro via di fuga. Dopo l'azione avrebbero rimesso il vetro a posto, stuccandolo, come se nulla fosse accaduto. Solo così si spiegava come mai quell'accesso posteriore non fosse stato ancora scoperto.

La truppa s'intrufolò silenziosa attraverso la finestra, uno alla volta, finendo in un ripostiglio. Giogatta, da vera esperta, balzò verso la porta, si appiattì, girò la maniglia e spiò nel corridoio dalla fessura. "Via libera," sussurrò. "Inizia la fase due. Restate nell'ombra schermante di Maxim."

Il jammer nella nuca dello specialista di IT rendeva un bel servizio. Appena si avvicinava a una videocamera di sorveglianza, sul monitor compariva un effetto neve e gli altri potevano passare senza essere visti.

Pian piano sgattaiolarono lungo il corridoio di linoleum. Era tutto pulitissimo, anche se non proprio nuovo. Passarono accanto a piante di plastica, divanetti beige e marroni e infine a un cucinotto con macchina per il caffè e bollitore. Accanto al lavandino, sopra un piccolo frigo, c'erano dei bicchierini allineati alla perfezione, doni promozionali col logo di varie case farmaceutiche. Maxim annusò l'aria, evidentemente lì era ancora permesso fumare. Sotto il puzzo acre di fumo di sigarette freddo colse anche quello di un forte disinfettante. Non volava una mosca, pure se lì dentro dovevano esserci molti umani e animali. Il silenzio inquietante gli faceva male alle orecchie. Era un luogo morto.

D'improvviso qualcuno con delle stridenti suole di gomma salì la scala, diretto al corridoio. Era un umano grassoccio con una camicia hawaiana, dal cui taschino penzolava una tessera di plastica tenuta da una molletta a coccodrillo. In mano aveva un foglio stampato. Imprecando, passò svelto davanti a loro senza notarli. I gatti si erano immobilizzati come statue. Ma non c'era alcun rischio reale, perché l'agitatissimo bipede aveva occhi solo per il suo pezzo di carta. Col viso rubizzo attraversò il corridoio come un fulmine e scomparve in una stanza sbattendo la porta. Gli intrusi espirarono all'unisono e tornarono a muoversi quatti quatti.

"Dannazione, c'è mancato poco," soffiò il sacerdote più anziano, di nome Ricciolino. Baffetto tentò di strusciarsi a lui per tranquillizzarlo, ma venne respinto senza tanti convenevoli.

"Di qua!" Giogatta condusse la truppa giù per le scale. In cantina si fermò davanti all'ostacolo principale: il vetro antisfondamento della stanza del server nell'ala di massima sicurezza. Fino a quel momento i computer erano rimasti inespugnabili per i maossoni. Ora, grazie a Maxim, era arrivata la loro grande occasione.

La stanzetta era dominata da cavi lunghissimi di tutti i colori che partivano dal computer principale, serpeggiando verso i dispositivi periferici. A causa delle luci ultraviolette, le parti bianche, i numeri e le diciture dell'inventario spiccavano in maniera innaturale. Molto interessante!

Maxim osservò il sistema di chiusura. L'ambizione lo afferrò immediatamente. Rispetto all'impero sotterraneo hi-tech di Sumo, i camici bianchi erano tutto sommato rimasti a un livello abbordabile: un vecchio lettore di tessere e una semplice tastiera. Niente riconoscimento delle impronte digitali o dell'iride. Niente sensori della temperatura corporea. Niente laser. Niente di niente. Roba quasi antidiluviana. Eppure, senza la giusta attrezzatura non sarebbe stato uno scherzo. "Ho bisogno della tessera magnetica del bipede che ci è sfrecciato davanti. Al resto ci penso io."

"Avete sentito? Rendetevi utili!" sibilò Giogatta ai due sacerdoti.

I membri dell'ordine si portarono la zampa al cuore, s'inchinarono davanti alla padrona e scomparvero senza far rumore in direzione dell'ufficio in cui era entrato di corsa il tipo con la camicia hawaiana. L'orologio interiore di Maxim gli diceva di darsi una mossa, ma in quel momento poteva solo aspettare.

Passò del tempo. Alla fine i due tornarono indietro e il sacerdote anziano mostrò loro, col fiatone, la tesserina di plastica col ritratto del grassone. Tra i denti della molletta c'era ancora un frammento di tessuto hawaiano a fiori. Quella missione speciale non era andata liscissima: la pelle nuda dei due sacerdoti era piena di scarabocchi fosforescenti blu, rossi e gialli da evidenziatore. Baffetto si tolse un post-it giallo rimasto attaccato sotto l'ascella e tentò di leccare via le tracce di pennarello con la lingua ruvida. Niente da fare. Era indelebile! Sul sedere di Ricciolino campeggiava un timbro imponente: "Fatto". Tre graffette argentate da spillatrice gli decoravano la coda glabra. E dal ghigno imbarazzato dell'alto sacerdote Maxim poté vedere che gli mancava anche un incisivo. Non osava immaginare ciò che doveva essere successo nel duello con l'umano sovrappeso.

"Comincia, una buona volta!" Giogatta fissava gli occhi rossi di Maxim. "Ora hai quel che volevi. Facci vedere che sai fare!"

L'esperto di IT flesse le zampe, piegò la testa facendo schioccare un paio di vertebre cervicali e si mise all'opera di buona lena. Un classico lavoro di zampe e orecchie senza bisogno di attrezzatura tecnologica. Solo fiuto. Dieci numeri, un codice di quattro cifre e massimo tre tentativi. L'ultimo doveva funzionare, altrimenti sarebbe scattato l'allarme rosso. Si arrampicò sulle zampe anteriori incrociate dei due sacerdoti, che si erano offerti come scaletta, e osservò da vicino la serratura a combinazione. A tu per tu col problema. Poi annusò ogni tasto. Quelli usati di più avevano un odore intenso e una chiara patina di grasso che restringeva il campo.

Concentratissimo, passò la tesserina nel lettore e appoggiò l'orecchio allenato al lucchetto. Digitò la prima combinazione, sapendo bene che doveva essere sbagliata. Idem per la seconda. Il ronzio di diniego del dispositivo innervosì gli altri, che battevano le zampe sul posto. Ora però Maxim era sicuro di conoscere i numeri giusti. C'era ancora un rischio residuo sulla successione. Seguì l'istinto e digitò 1703.

Per un lunghissimo secondo di terrore non accadde nulla. Poi l'illuminazione nella stanza cambiò dall'ultravioletto a quella normale e la porta si aprì con un gradevole scatto. Ecco fatto. Yes! Non aveva perso la zampa.

I sacerdoti lo rimisero a terra con cautela e Baffetto approfittò dell'occasione per strusciarsi di cuore contro Maxim, che lo lasciò fare con una certa riluttanza. Quel poveraccio aveva bisogno di calore felino. Là sotto faceva fresco.

Anarchristos passò la soglia per primo e stappò le fiale che teneva in cintura. Il server centrale sembrava un animale costretto da legacci multicolori in una gabbia quadrata, pronto a liberarsi in qualsiasi momento. Gli piaceva l'idea di liberare anche lì un prigioniero. Ghignando, il combattente sparse sui cavi colorati un mix di piccole larve, i protetti di Big Data, e di palline di frutta secca. Le comunissime tignole della frutta, nel loro stadio larvale, erano ghiotte di plastica tenera, tant'è che si papparono con gusto il rivestimento dei cavi. Poi s'infilarono sotto, e fu il turno della frutta secca. Fuori deliziosa, dentro ripiena di acido formico e pipì di cavallo, il mix ideale per corrodere le condutture in rame. *Ecco* come funzionava il virus a scoppio ritardato escogitato dal gattino. Ancora un paio di giorni e zac! I cavi sarebbero diventati difettosi. Corto circuito. Nessuno avrebbe ricondotto il collasso totale del server alla loro intrusione. Molto, molto intelligente!

Uscendo dalla stanza del server, Maxim richiuse piano la porta. Fatto! Non se n'era accorto nessuno. L'illuminazione passò di nuovo all'ultravioletto e dietro la vetrata apparve un dipinto astratto di luci. Che si agitava come un matto.

Merda! Aveva chiuso dentro i sacerdoti, che con gli occhi fuori dalla testa stavano correndo a destra e a manca come tigri al neon iperattive.

Prima che Maxim potesse reagire, qualcuno al piano di sopra cacciò un grido di aiuto. La palla di lardo! Rumore di suole che ciabattavano. Li avevano scoperti.

Ma Giogatta restò calma. Guardò con tristezza i due sacerdoti, appoggiò la zampa alla porta a vetri e disse loro addio con fare altisonante: "Bastet è la madre di noi tutti, non vi mancherà nulla!"

Baffetto e Ricciolino si misero in ginocchio e fecero il segno della croce felina sul cuore. Sembravano essersi arresi.

La capogatta si voltò verso Maxim e disse: "Andiamo. I bipedi saranno qui tra poco e abbiamo altro da fare." Senza attendere la sua risposta, corse dietro ad Anarchristos, già diretto verso l'ala dei laboratori.

Maxim capì al volo una cosa: nessuno era insostituibile. Per Giogatta era iniziata la fase tre. Semplicissimo. E senza i suoi sacerdoti! Impensabile per lui, gatto sociale. Non teneva granché a quei due pupetti ignudi, ma non poteva lasciar correre.

"Arrivo dopo!" ringhiò a Giogatta, poi spiccò un balzo, si aggrappò con gli artigli al lettore e trafficò disperato fino a passare la tessera nella feritoia. Troppo in fretta, diamine! Ancora. Ancora. E ancora. Finalmente! Proprio quando il primo bipede schiamazzante girava l'angolo del corridoio che portava alla stanza del server, la porta si aprì. I due gatti schizzarono fuori dalla fessura lanciandosi dietro a Giogatta.

Ovvio. Nessun ringraziamento. Maxim scosse il capo, rassegnato. Poco importava. Lì aveva finito. Doveva uscire dalla cantina prima che lo beccasse la torma furibonda degli umani, quindi tagliò la corda seguendo i sacerdoti più in fretta che poté.

STIMOLO CHIAVE

Per Bastet, quella gatta nera era proprio veloce! Quasi come la sua Indy. Con ampie falcate Maxim si mise alle calcagna dei maossoni, saltando manciate di gradini a ogni balzo, quasi volando. Il suo slancio era tale che scivolava a ogni curva sul pavimento lustro.

Provvidenza o mera fortuna? Ai piani bassi non si vedeva un bipede. Probabile che stessero tutti cercando nel posto sbagliato. Meglio così.

Restò appiccicato ad Anarchristos. Prima di mettere le zampe sulla scheda sim confiscata, avrebbe liberato quanti più animali possibile. Secondo il piano originale, Giogatta intendeva liberare solo i propri simili. Però anche gli altri animali meritavano una chance. Probabile che gran parte di loro sarebbe ben presto finita di nuovo dietro le sbarre. Ma molti ce l'avrebbero fatta, una volta ottenuta la libertà. Soprattutto i più svegli. Bastava questo a giustificare la missione.

"Restiamo uniti!" gridò Giogatta appena vide la prima videocamera nel corridoio in alto.

Quel tono perentorio! La gatta padrona gli stava sempre più sulla coda. Impossibile trovare un lato gradevole in quella vecchia bisbetica. Non era come Indy. Anche lei era una tosta, ma dolcissima. Quelle sue gracili zampette, quella coda cespugliosa gli facevano venire le farfalle nello stomaco…

"Non restare lì imbambolato, tieni il passo! Non ci possiamo permettere nessun errore."

Maxim dovette mordersi la lingua. La capogatta sapeva bene che il suo jammer aveva una portata limitata, così lo teneva d'occhio. Gli faceva un baffo, a lui. Il norvegese se la sarebbe squagliata appena liberati gli animali e riagguantata la sim.

Senza essere visti, arrivarono in una specie di stanza della security piena di armadietti, con una grossa mensola da cui pendevano un sacco di chiavi. Ciascuna con un diverso portachiavi, ma senza scritte. Maxim scosse il capo in preda alla rassegnazione. Quell'ammasso di bipedi era proprio rimasto all'analogico. Ben presto, con i loro "avanzatissimi" progetti di ricerca, avrebbero prodotto elettricità facendo correre i criceti nelle ruote. Roba da chiodi! Però... senza le consuete raffinatezze digitali, i sistemi di chiusura funzionavano anche in assenza di elettricità. Forse non erano così stupidi in fin dei conti.

Il norvegese effettuò un elegante balzo sulla mensola e con ogni colpo di zampa buttò a terra varie chiavi. Avrebbero dovuto provarle una a una.

"Lascia perdere!" Riecco che la gatta nera lo redarguiva. Ma prima di potersi innervosire per le imposizioni di Giogatta, vide cosa le pendeva dalla zampetta. La chiave passe-partout! Ci sarebbe potuto arrivare anche da solo. "Stava nel cassetto," spiegò Giogatta con tono beffardo, estraendo un artiglio la cui estremità sembrava quella d'un grimaldello. Poi ripartì di corsa. "Via adesso!"

La somma sacerdotessa doveva proprio essere in ottimi rapporti con Bastet. Nel corso del raid non s'imbatterono in anima umana viva. Tutto liscio. Aprirono una gabbia dietro l'altra. I prigionieri erano increduli.

Una volta liberati tutti i reclusi dell'ala felina, Maxim prese la chiave e proseguì in quella adiacente. Del resto il suo piano era di salvare anche i cani, i porcellini d'India, i ratti e qualsiasi altra specie si trovasse dietro le sbarre, soprattutto quelle esotiche. Una missione non del tutto priva di rischi. Alcune delle creature più interessanti del mondo animale uscirono o strisciarono fuori dalla penombra delle loro prigioni, battendo confuse le palpebre dinanzi all'improvvisa libertà. C'era chi ringhiava a Maxim, manifestando aggressività. Chi si rannicchiava negli angoli, impaurito. La maggior parte di loro era cresciuta lì dentro. Conoscevano solo la gabbia e la prigionia.

"Venite!" li incoraggiò Maxim. "Siete liberi."

Impauriti, gli animali arretrarono ancora di più.

Il gatto aprì tutte le gabbie in un colpo solo. La situazione si fece sempre più rumorosa e confusa. Interi gruppi di animali si assembrarono e corsero in ogni dove strillando, gracchiando o belando per i corridoi, neanche dovessero trovare la strada per l'arca in pieno diluvio universale.

"Ne hai abbastanza adesso?" chiese Giogatta innervosita appena lo raggiunse insieme agli altri, chiedendo indietro la chiave. Maxim vide i gatti liberati al seguito della loro salvatrice. Nuove leve per i maossoni. Spazientita, la sacerdotessa strappò la chiave dalla zampa di Maxim. "Sapevo che sarebbe successo. Ora via! Missione compiuta."

Non fece in tempo a finire la frase che partì l'allarme con un urlo spaccatimpani. L'orda animalesca, già agitata, perse del tutto il controllo. Le grida rimbombavano per i corridoi. Il pavimento tremava. Chi non riusciva a saltare sulle applique finiva calpestato senza pietà. D'improvviso, schiere di ratti che zampettavano in ogni dove. I gatti scapparono disperati e dovettero bloccarsi a un incrocio di corridoi. Due ammassi di animali liberati stavano accorrendo verso di loro in preda al panico, da destra e da sinistra. Quando i gatti provarono a fare marcia indietro, ecco arrivare alle loro spalle, appena dietro l'angolo, gli inseguitori umani. Erano accerchiati da tre lati. Restava loro solo la fuga in avanti, prima che il fuggi fuggi in avvicinamento li schiacciasse sotto zoccoli e unghioni.

A causa dell'accelerazione gli artigli di Maxim slittarono sul linoleum liscissimo. Doveva restare a tutti i costi accanto a Giogatta, che sembrava orientarsi in quel labirinto come tra i rami della sua quercia. Senza di lei rischiava di non trovare la finestrella da cui erano entrati.

Avevano sempre la strada sbarrata. Un'orda malridotta e furiosa di scimpanzé stava lanciando gambe di legno di sedie. Con loro c'era poco da scherzare. Maxim sentì un groppo in gola. Era l'incertezza. Aveva commesso un errore? Quanto era alto il prezzo per la libertà di quelle povere creature? Bisognava andarsene e basta!

Dopo alcune svolte improvvise sbucarono finalmente nel corridoio che conduceva al ripostiglio. Maxim vide Baffetto fare capolino dalla stanza e gesticolare come un folle. Ovvio, i sacerdoti li avevano anticipati per mettere al sicuro la ritirata della loro padrona. Appena furono dentro, Baffetto sbatté la porta e la sigillò dall'interno. Gli animali liberati avrebbero dovuto trovarsi un'altra uscita da soli. L'importante era che i figli di Bastet fossero al sicuro. L'amore per il prossimo non si spingeva oltre.

"Mio eroe!" Baffetto si strusciò contro il norvegese, il suo liberatore dalla stanza del server, abbracciandolo secondo tutti i crismi dell'arte coccolonica: bacetto a sinistra, bacetto a destra. Quel tipo gli stava proprio dando ai nervi. Non aveva né il tempo né la voglia per roba del genere. Ora doveva tornare dalla sua squadra.

Si dimenò bruscamente e spinse via il gatto glabro forse con troppa forza, tant'è che il sacerdote inciampò all'indietro cadendo sulla schiena nuda e un cellulare nuovo di zecca scivolò fuori da una tasca nascosta del corpetto.

"Mi spiace, non l'ho fatto apposta," si scusò Maxim mettendosi subito da parte. Con la coda dell'occhio vide Giogatta rivolgere uno sguardo incredulo verso il telefonino proibito, estrarre gli artigli e divampare come un falò appena irrorato di benzina.

"Acciuffatelo!" ringhiò ai suoi nuovi seguaci. Senza esitare, i gatti liberati si lanciarono sul sacerdote glabro.

Era la sua grande occasione, e Maxim la sfruttò. Con un'artigliata da maestro pescò la scheda sim dalla cintura di Anarchristos, se la cacciò nelle fauci e spiccò un balzo incredibile, finendo dritto fuori dalla finestra. Prima che qualcuno potesse reagire, scappò a zampe levate.

Mentre correva, con la lingua spinse la schedina in fondo alla borsa mascellare. Possibile che una sim card potesse arrugginirsi a causa della saliva felina? Poco importava, non c'era tempo per dubbi del genere. Doveva raggiungere la radura. Indy e gli altri di sicuro lo stavano già aspettando. "Fa' che i miei amici siano riusciti a scappare!" pregò stringendo il talismano, cioè la conchiglia che ciondolava allegramente dal collare accanto alla chiavetta USB. "Se non ce l'hanno fatta, tutto questo non sarà servito a niente."

UNA SITUAZIONE INDIGESTA

Strano! Indy rallentò, si voltò e protese le orecchie. Non aveva corso poi così veloce. Che gli inseguitori le stessero ancora alle calcagna? Per svariati minuti aveva giocato coi suoi avversari dandosela a zampe per un tratto, tornando a mostrarsi e ripartendo di corsa appena entrava nella loro visuale. In quel modo aveva attirato i bipedi sempre più lontano dall'Istituto. Ormai avevano fatto un bel giro, dando tempo a sufficienza ai maossoni e a Maxim di mettere in atto i loro piani di sabotaggio. Era arrivato il momento di disfarsi degli inseguitori e dirigersi al luogo prefissato. Poco prima aveva avuto l'impressione di udire in lontananza un grido felino attutito, ma era arrivata alla conclusione che doveva essersi trattato di un'illusione. Ora faceva del suo meglio tendendo le orecchie nella notte, ma non udiva... nulla.

Insistette, indecisa sul da farsi. La radura era ancora distante. O no? Forse aveva preso la strada sbagliata. Ma quel rumore... doveva tornare indietro, altrimenti i sabotatori sarebbero stati presi con le zampe nel sacco.

Si girò inquieta, e udì nuovamente quel grido attutito e prolungato, d'improvviso chiarissimo: "Mamma!"

Per tutti i cani dell'inferno, Moccino! Che fosse impazzito? Che ci faceva lì? Stava rovinando tutto, attirando gli inseguitori nella direzione sbagliata. Forse avrebbe dovuto prenderlo con sé. Ma no, sarebbe stato troppo rischioso. Il micetto era imprevedibile, troppa voglia di giocare. Indy accelerò e corse nella direzione da cui provenivano le urla del figlio. Era quasi arrivata quando frenò di colpo. Oh, no! I bipedi avevano fatto bottino. La maine coon dovette assistere impotente: gli umani trasportavano suo fratello e il suo piccolo in una cassetta metallica verso un'auto parcheggiata. Però quei tipi avevano un odore completamente diverso dagli sgherri dell'Istituto. E anche l'equipaggiamento da battaglia con sotto la tuta protettiva era del tutto nuovo!

Indy si affrettò verso di loro tenendosi al coperto in cerca di un punto debole da sfruttare. Aveva però a che fare con professionisti abituati a proteggersi. In fretta e furia caricarono la cassetta nel baule del SUV. E adesso?

In quel momento scoprì il loro punto debole. Dalla foresta stava arrivando di corsa, ansimante e facendo un gran baccano, un ritardatario evidentemente non abituato ad andare in giro con tutta quell'attrezzatura. "Aspettate! Prendetemi con voi! Non ce la faccio più," gridò agli altri bipedi già in procinto di partire, strappandosi di dosso la maschera nera.

A Indy le venne un colpo. Lo conosceva, quello lì! Era uno dei cecchini che le avevano sparato nell'ascensore.

"Puoi scordartelo, Mike," lo derise il caposquadra. "Devi tornare a fare la guardia all'Istituto. Non possono venire a sapere che sei tu l'informatore della nostra unità speciale." Sfoderò un gran ghigno. "Bravo che hai notato quel grosso felino quando la gatta col cucciolo è fuggita. Una soffiata preziosissima. Ma qui la tua missione è finita. Cerca la sorella insieme agli altri. Il capo vuole l'intera famiglia, se possibile." Con due dita si indicò gli occhi, poi la spia. "Fatti sentire!" Il tipo salì sulla vettura, che ripartì.

"Maledetti gatti," imprecò Mike mettendo via la maschera, poi guardò allontanarsi il SUV in preda allo smarrimento.

In Indy montò la rabbia. Da un secondo all'altro perse il controllo come se nel profondo non avesse mai dato retta alle suppliche di Confusio. Un'onda rosso sangue la travolse, offuscando qualsiasi pensiero. Ringhiò con cattiveria, poi si lanciò sul cecchino dell'ascensore e lo morse nella piega del ginocchio, facendogli cacciare un gridolino appena udibile. Il bipede cadde battendo la testa contro una pietra e restò immobile.

Gli esperimenti con la metanfetamina condotti su di lei in Istituto mostrarono di nuovo la loro efficacia e le impedirono di controllarsi, cancellando il libero arbitrio. Gli istinti da gatta selvatica di Indy tornarono a esplodere senza freni. Sentiva un solo, antichissimo impulso: uccidere!

Digrignò i denti, sovrastando la propria preda a zampe larghe. La bestia dentro di lei sentì il sangue fresco che stava scorrendo copioso dalla ferita aperta nella testa del bipede svenuto, ed era pronta ad azzannare. Che la bestia trionfasse!

La luce della luna piena proiettava la sua ombra lungo il sentiero boschivo. Le orecchie appuntite coi ciuffetti da lince sembravano due corna diaboliche. Spalancò le fauci e...

Un colosso bianco la investì come un treno veloce catapultandola in aria, lontano dalla preda accasciata. La maine coon rotolò più volte, finendo sulla schiena in stato di semincoscienza. Per via del colpo, le costole incrinate erano di nuovo in condizioni allarmanti. La cassa toracica le doleva a ogni respiro. Che male cane! Il dolore le fece riacquistare i sensi. Il cervello aveva ripreso a funzionare. Si rese conto di aver un'altra volta perso il controllo, malgrado il trattamento di Confusio.

Un muso canino ben noto apparve nel suo campo visivo, abbaiandole addosso: "Sei pazza? Non puoi ammazzare gli umani! Che ti prende, collega? E che diamine ci fai qui? Dovresti essere alla radura ad aspettarci!"

Quelle parole riportarono Indy alla realtà. "Ho fatto una deviazione per Moccino," miagolò lamentosa. "I bipedi l'hanno portato via insieme a Ian."

"Lo so, siamo informati. La Senzanome ci ha aiutati a fuggire in modo che potessimo seguirli." Honeyball l'accarezzò comprensivo sulla spalla. "Ti aiuteremo a salvarli."

Come a una parola d'ordine, Maxim iniziò a tossire forte. Dopo la collisione con Indy non riusciva più a respirare. Dalla gola gli uscì solo un pietoso kccchhh ccchhh rrrchhh. Sempre più disperato, si piegò in avanti allungando il collo, cercando di sputare fuori qualcosa. Honeyball gli diede una pacca sulla schiena. Niente da fare.

Foxtrot Kilo gli saltò sul muso e cinguettò: "Guarda in alto e fa': Aaaah!"

Maxim aprì le fauci senza molta convinzione, in modo che il sedicente medico alato gli ispezionasse il gargarozzo. Il passero scomparve per metà nella bocca felina e fece del proprio meglio per estrarre un oggetto splendente incastrato in fondo alla gola del gattone.

"Allunga il collo verso la *moon*," echeggiò la voce di Foxtrot Kilo da dentro le fauci. "Non vedo niente!"

Maxim fece come gli era stato detto, allungandosi più che poté. "Kccchhh ccchhh rrrchhh."

"È troppo in fondo," gridò il passerotto. "Non ci arrivo." Il norvegese tornò a protendere la testa in avanti ed ebbe un rigurgito. Tossendo, sputò fuori il passero. Ormai aveva il muso blu. Indy provò la manovra di Heimlich, ma non funzionò. Maxim crollò a terra gorgogliando. Al che prese la parola il lombrico.

"In.ghiot.ti.re!" consigliò Trepuntouno. "Non fuo.ri! De.ve scen.de.re! Be.vi!" E con la testolina indicò una pozzanghera lurida.

Il gatto iellato strisciò fin là con le ultime forze e, tossendo, bevve l'acqua salmastra. Che saporaccio! Non voleva sapere cosa c'era dentro. Olio di motore? Ma stava funzionando. L'oggetto che aveva in gola si disincagliò, scivolando lungo l'esofago. Con quel consiglio intelligente il verme aveva salvato la vita al gatto. Ancora una volta!

"Che diavolo hai inghiottito?" domandò Foxtrot Kilo lavandosi via schifato la bava di gatto dalle penne.

"La sim che Ian ha trovato nel bagno di Sumo," rispose Maxim, rosso di vergogna.

"Cosa? Che schifo! E l'hai mandata giù?" chiese Honeyball, nauseato.

"Non avevo una borsa in cui infilarla, ok?" si difese lui. "Allora mi sono messo in bocca la microsim e quando mi sono scontrato con Indy si è incastrata in gola. Cose che succedono!"

La piccola schiera trattenne una risata. La sfortuna di Maxim era davvero proverbiale.

"Non è affatto divertente!" soffiò il gatto. "Son quasi soffocato!" E adesso avrebbe dovuto pure controllare le feci, una per una, per evitare che andasse perduta.

"Hai portato a termine la tua *mission*?" s'informò Foxtrot Kilo distraendo il poveraccio da quel brutto argomento. "I prigionieri dell'Istituto sono liberi?"

"Tutti," rispose con orgoglio il norvegese. "Poi mi sono dileguato secondo i piani. C'è stato un problema con Baffetto, un'occasione d'oro per fuggire. Probabile che la cosa abbia anche trattenuto Giogatta dall'inseguirmi. Comunque non mi sono spinto molto in là: sulla strada per la radura ho udito le grida di Moccino, allora ho cambiato direzione e ho visto Indy davanti a me. E quando era sul punto di ammazzare l'umano, ho reagito alla svelta."

"Ben fatto," annuì Honeyball. "Meglio non pensare a cosa potrebbero farci gli umani se uccidessimo uno di loro."

"Arriva qualcun altro," constatò Foxtrot Kilo. "Ma che sorta di *strange* viavai!" Per lo stupore gli si arruffarono tutte le penne, perché la cosa che stava correndo verso di loro sembrava nuda. "Che mi prenda una poiana! Un gatto nudista sta seguendo la pista di Maxim!"

IL FELINO INFEDELE

"Che ci fai qui?" chiese Indy scorbutica. "Vattene!"

Il sacerdote glabro chinò il capo. "Per favore, non mandatemi via. Non so dove andare. Giogatta mi ha condannato all'esilio," ammise a mezza voce. "Quando Maxim mi ha spinto e sono caduto, lei ha scoperto il mio cellulare. Non l'avevo mai vista così infuriata. Ovvio, so che la tecnologia umana è proibita. La tecnologia è opera del demonio!" esclamò tutto d'un fiato per poi tapparsi la bocca con la zampa, impaurito. "Ma durante le missioni speciali me lo porto sempre dietro. Vuoi mai che qualcosa vada storto. Del resto, noi sacerdoti abbiamo una posizione privilegiata. Credevo che mi fosse concesso." Tirò su col naso, deluso. "E invece Giogatta è ammattita. Mi ha accusato di essere un infedele che tradisce il credo di Bastet. Sarei io il motivo dell'ira divina. Ha detto che, senza la mia disobbedienza, l'orrendo incidente nell'arena non sarebbe mai successo. Poi ha sbraitato che dovevo andarmene, che non mi facessi più vedere!"

Il povero Baffetto iniziò a singhiozzare. Tremava come un micetto alla disperata ricerca della tetta materna. "Ma io non volevo. Ora è colpa mia se sono morti dei gatti innocenti. Sono un emarginato, non so più dove andare. E allora, per disperazione, mi sono limitato a seguire Maxim. Non conosco nessun altro al mondo. Vi prego, vi prego, fatemi rimanere con voi. Non sopporto la solitudine." Tremando come una foglia, li guardò uno dopo l'altro con degli occhioni lucidi e supplichevoli.

"Avresti dovuto pensarci prima," brontolò Honeyball, che dopo il brutto trattamento al campo non aveva molta voglia di parlare al maossone. "Adesso capisci cosa significa proclamare nemico chiunque sia fuori dal gruppo. Ora sei tu l'estraneo nel *nostro* mondo."

"Dai, su! Litigare tra noi non è certo di aiuto," sbottò Maxim interrompendo la reprimenda. "Che venga con noi e basta." Provava compassione per quel giovane gatto. A causa dell'albinismo, il norvegese fin da piccolo era sempre stato un emarginato costretto a lottare duramente per conquistarsi il rispetto degli altri gatti di strada. Per un felino glabro doveva essere ancora più difficile. "E soprattutto non dovremmo dimenticarci quello là," avvertì indicando il bipede ancora immobile a terra. "Non si tratta di un gioco da cuccioli. Stanno portando via Ian e Moccino. E pare che questi tipi non si facciano scrupoli coi prigionieri."

Le parole di Maxim colpirono Indy, che venne sopraffatta dai sentimenti. "È colpa mia!" si accusò. "Non avrei dovuto lasciare Moccino da solo. Ho fallito come madre adottiva." Per non cacciare un urlo si morse la zampa. Il senso di perdita la travolse come un'onda urticante, togliendole ogni forza. I dolori ignorati con successo fino a quel momento tornarono alla carica più forti che mai: la zampa zoppa, le costole incrinate, il trauma cranico. Ebbe dei giramenti e il suo debole arto anteriore cedette. La bestia dentro di lei si risvegliò e si scrollò, ringhiando: È colpa dei bipedi, mica tua! Vendicati! Indy strinse gli occhi e scosse forte il capo per scacciare quella vocina. Non era lei a parlare! La vista le si schiarì, e guardò il volto preoccupato di Maxim.

"Che hai? Di nuovo un attacco?"

"No." Indy si tirò su a fatica e capì che erano stati proprio i suoi istinti vendicativi a portarla fin lì. Aveva voluto farla pagare ai malfattori e in corso d'opera aveva perso tutto ciò che amava e che le stava a cuore. Perché il male produce solo altro male. Non si sarebbe dimostrata migliore degli umani se fosse andata avanti così.

Il bipede stava lentamente tornando in sé. D'improvviso saltò in piedi e fuggì all'impazzata nel bosco.

Gli animali balzarono sull'attenti.

"Acciuffiamolo!" ringhiò Maxim.

"No," gridò Indy, ormai ripresasi del tutto. "Lasciatelo correre, noi dobbiamo inseguire i rapitori prima che la pista scompaia."

Ignorando i forti dolori, la gatta si lanciò verso la strada come catapultata. Era il segnale. Si erano trattenuti troppo a lungo parlando di cose ininfluenti. Una volta al sicuro avrebbero avuto tutto il tempo per discutere.

Il bosco era freddo e inospitale. L'umidità in aumento penetrava anche nelle pellicce più folte. Gli alberi antichi e fragili scricchiolavano piano. Tra le cime, la luna coperta da una coltre di nubi si lasciava più intuire che vedere. Il vento giocava coi rami isolati, che proiettavano ombre ballonzolanti sul terreno. Inquietante! La via sulla quale era scomparso roboando il SUV si rivelò essere una specie di sentiero più largo del normale. Maxim inciampò in una tana di coniglio e cadde di pancia lungo disteso. Appena raggiunsero la strada, li colse un senso di sollievo. Percorsero la carreggiata vuota scrollandosi la paura dal pelo e dalle piume.

Poi udirono una voce. "Ehi, avete visto? È quella bestia, e ha portato i rinforzi!"

Il bipede lasciato indietro dai rapitori di Ian e Moccino emerse a pochi metri di distanza dal sottobosco, calpestando l'asfalto. Indy notò subito con raccapriccio che sull'altro lato della strada, all'ombra degli alberi, la squadra di guardiani per cui aveva servito da esca la stava ancora cercando. Il bipede disertore si sbracciò e la indicò, sbraitando qualcosa su una "gattassassina".

Gli sgherri dell'Istituto si stavano già voltando. Li avevano proprio di fronte, come su un piatto d'argento.

6

LA SUPERSENTINELLA

Appena chiuso il portellone, il SUV coi prigionieri nel baule partì in quarta lungo l'accidentato sentiero boschivo. Moccino non riusciva a stare sulle zampe. Privo di controllo, finì per inciampare sul corpo riverso di Ian, che scivolava come un sacco di farina bagnata sul pavimento liscio della cassetta di alluminio. Che gli aveva preso allo zio? Era steso di lato, come morto, e fissava il vuoto con le pupille dilatate. A volte un sussulto percorreva il suo corpo massiccio, per poi spegnersi. Che stesse cercando di tornare cosciente?

Il micio gli diede un colpetto col muso sulla spalla. Forse lo zio stava facendo solo un brutto sogno? Poteva svegliarlo? Ma quando Ian non reagì, per fare una prova gli mollò un colpo più deciso con la zampa sulla testa. Niente. Doveva insistere! Moccino prese la rincorsa e gli saltò direttamente sulla pancia.

"Smettila!" lo ammonì una voce energica proveniente dal buio. Per lo spavento il piccoletto spiccò un balzo con tutte e quattro le zampe sul corpo inanimato del suo compagno di gabbia. Chi c'era lì con loro?

Pian piano il ratto si presentò davanti alla griglia del trasportino. La lamina d'argento cesellata intorno all'occhio cieco brillava nella penombra fiocamente illuminata dal lunotto del veicolo. Xplode!

"Aiuto!" miagolò Moccino con un fil di voce.

"Sssh!" Il roditore si portò un artiglio davanti alla bocca, fiutò in direzione dei sedili anteriori e drizzò le orecchie. Uno dei rapinatori stava telefonando.

"Ehi!" protestò Moccino. "Siamo..."

"Zitto!" sibilò il ratto. "Forse rivela dove ci stanno portando!"

Il micetto tutto offeso si acquattò in un angolino della prigione e mise il broncio, mentre Xplode continuava a origliare. Una volta chiusa la chiamata, il bipede osservò crucciato i due gatti nella cassettina metallica.

"Embe'?" sbottò Moccino alzando il muso e tirando su col naso.

"Una conversazione piena di espressioni militari," rispose Xplode strascicando le parole. "Come veterano di guerra me ne intendo. Sono stato in Afghanistan, unità speciale. Il bipede sul sedile del passeggero ha parlato di una sentinella 'dormiente'." Si grattò l'orecchio.

"Sentiche?" domandò Moccino con grande curiosità.

"Sono creature o organismi sensibilissimi che reagiscono in maniera veloce e selettiva ai disturbi registrati nel loro habitat. Ad esempio i pesci rossi, che le industrie chimiche usavano per individuare all'istante l'inquinamento delle acque. Oppure i linfonodi-sentinella. Si trovano nel corpo e riconoscono i primissimi segnali di un tumore maligno. Sono i primi ad accorgersi che il sistema è in pericolo, proprio perché molto sensibili." Xplode si alzò per girovagare davanti allo sportello reticolato. "Mi ricordo che i soldati della guerra in Afghanistan guardavano sempre una vecchissima serie americana con un ex ranger dell'esercito dotato di superpoteri. Lo chiamavano 'la sentinella' perché i suoi cinque sensi funzionavano meglio di chiunque altro. Lui li impiegava per proteggere i suoi da ogni possibile pericolo, poi però cadeva in coma per la troppa concentrazione. Probabile che fosse una funzione protettiva del cervello." Proprio mentre lo diceva capì qual era la natura della gattoplessia di Ian.

Si alzò di scatto. "Perbacco! Eureka!" Tornò a tamburellare contro la griglia del trasportino. "Ian non è affatto narcolettico! I suoi sensi sono stati acuiti. Ecco il motivo per cui era in Istituto!"

Per un millesimo di secondo Moccino rimase di stucco, poi prese a saltellare a destra e a manca. Il suo nuovo zietto era un supergatto e non sapeva nemmeno di esserlo! Che storia pazzesca. Entusiasta com'era, si dimenticò persino della situazione penosa in cui si trovavano.

Il bosco a lato della carreggiata si diradò. Il fracasso smise di colpo e l'auto proseguì dritta come un fuso lungo una strada ben asfaltata. Xplode stava cercando febbrilmente qualcosa da lasciare a mo' di indizio. Era certo che almeno Indy li avrebbe cercati. Trovò solo una vecchia tuta protettiva con un logo cucito sopra. Guardò meglio e riconobbe uno stemma con un'aquila che teneva una chiave tra gli artigli.

Coi suoi denti affilatissimi da roditore staccò la toppa in un battibaleno e la infilò nella fessura gommata del portellone. Sperava che sarebbe atterrata sull'asfalto, ben visibile ai suoi amici. Poi il veterano appoggiò per qualche attimo la testa contro la parete del veicolo, in un angolo buio, così che il cucciolo non potesse vedere il terrore nei suoi occhi.

"Fuck!" imprecò battendo la zampa posteriore. Lo conosceva bene, quello stemma.

Stavano pestando le zampe ai pezzi grossi.

I NASUTI SEGUGI D'AMERICA

Honeyball ne aveva davvero piene le frange. Correre, e ancora correre. Non si finiva mai? Se il gatto più importante sulla lista della CIA non fosse stato rapito, avrebbe già tagliato la corda da un pezzo. Era toccato proprio a Ian: tra tutti, quello condizionato in maniera più meticolosa. Usando il buon vecchio botulino, una delle neurotossine più potenti, lo avevano trasformato in un supergatto. I bipedi usavano quel secreto batterico solo per impieghi cosmetici. Se lo iniettavano in faccia di proposito per stirarsi le rughe. Si poteva essere più tarati di così? Era veleno, quello!

Solo pochi sapevano che il veleno antirughe otteneva esattamente l'effetto contrario in versione diluita: invece di intontire i muscoli e i sensi, rafforzava il loro potenziale. Dopo l'iniezione, tutte le cavie da laboratorio avevano registrato miglioramenti nella vista, nell'udito, nell'olfatto e nel tatto. Reagivano persino più svelti. Ma nessuno aveva raggiunto il livello di prestazioni di Ian. In lui il principio attivo si consumava così piano che si sarebbe potuto parlare di una condizione permanente. Le capacità acuite restavano stabili. Ok, la questione degli attacchi non era stata prevista. Ma perché diavolo si agitava di continuo, quel piagnone? Era ovvio che la cosa provocasse un sovraccarico nervoso. Un aspetto al quale i suoi partner dovevano, e volevano, lavorare ulteriormente. Gli esperimenti sulle cavie di punta non erano stati purtroppo portati a termine, perché il gatto era scomparso senza dare nell'occhio dall'ala di massima sicurezza. Fino a quel momento nessuno era riuscito a capire come avesse fatto. Ovvio, per natura il maine coon era altamente sensibile e fisicamente robusto. Ma anche con l'incremento delle prestazioni dovuto al trattamento, l'episodio non si spiegava. Doveva essere intervenuto qualcosa d'imprevisto. Il fattore X, una nuova variabile.

In occasione dello scontro coi barboni assassini di Sumo, Ian aveva funzionato a meraviglia, cioè a comando. Honeyball non aveva mai visto combattere un animale così bene come quel gatto rosso. Un autentico *gatterminator*. Anche se non aveva agito volontariamente. Ma non era responsabilità di Honeyball. Lui se ne lavava le zampe. Come cane alfa della CIA, alleato dei committenti nel campo dei servizi segreti, aveva potuto solo osservare l'esperimento ogni tanto, durante le sue visite ufficiose all'Istituto. Godeva di un accesso limitato ai lavori e voleva che le cose restassero così. Motivo per cui si guardava bene dall'invadere il campo dei finanziatori. Del resto erano stati loro a co-fondare la Cani Ispettori Addestrati.

"Venite qui!" urlò Indy. Come al solito era scattata in avanti e ora si trovava a qualche metro di distanza, in mezzo alla strada che portava fuori dal bosco. Stava annusando qualcosa, facendo cenno alla squadra con frenetici colpi di coda. Appena Honeyball si avvicinò, riconobbe alla prima sniffata di cosa si trattava.

Per terra c'era una toppa che puzzava di bipede e di grosso cane. Sopra c'era il logo dell'NSA. Poteva significare solo una cosa: i Nasuti Segugi d'America si erano di nuovo messi in saccoccia il gatto dormiglione. Non ci voleva! Quei bracchi non dimenticavano mai nulla, nessun messaggio, nessun sms. Nulla che fosse passato sotto la loro lente d'ingrandimento. E quando smarrivano qualcosa, se lo riprendevano. Zitti zitti, anche dopo anni.

Il papillon s'arrabbiò. Quegli impiccioni gli avevano fregato il supergatto da sotto il muso. E avevano un vantaggio impossibile da recuperare a quattro zampe. Ma non aveva alcuna intenzione di rinunciarvi senza combattere. Honeyball non dovette riflettere a lungo: c'era solo un animale in grado di far luce sulla situazione. Fischiò piano chiamando a sé Foxtrot Kilo. "Com'è messa l'ala?" chiese al passerotto. "Funziona?" La risposta non gli interessava. "Devi stringere il becco e scoprire dov'è diretta la macchina! Puoi farlo per me, ehm, per noi?" proseguì correggendosi alla svelta.

Il passero da ricognizione annuì con coraggio e si levò a fatica dal terreno boschivo, battendo le ali nell'oscurità. Alla fioca luce della luna i compagni lo osservarono svolazzare storto lungo l'asfalto.

"Più in alto!" gli abbaiò dietro Honeyball. "Devi volare più in alto, altrimenti la prima auto che passa ti stende."

Gli inseguitori avevano conquistato qualche metro approfittando della pausa degli iCats. Era il momento di proseguire. Ma all'improvviso i bipedi si piegarono, tastandosi da tutte le parti. Tutti i cellulari stavano ronzando contemporaneamente in modalità vibrazione. Appena risposero, dall'altro capo si udirono voci umane isteriche che tentavano di farsi sentire sopra un baccano di animali selvatici. Una voce tuonò più forte di tutte, ordinando con tono imperioso alla squadra di guardiani di fare dietrofront.

L'inseguimento fu subito interrotto. Ora i gatti erano il loro problema minore. Avevano compiti più importanti da svolgere. Maxim poteva congratularsi con sé stesso per aver liberato tutti i prigionieri, perché quel gesto aveva per così dire salvato loro la pelliccia.

"Aspetta!" gridò alla sua adorata, che stava correndo in avanti. "Dobbiamo restare tutti assieme. Forse c'è una scorciatoia. L'auto è troppo veloce, anche per te."

Indy non gli diede ascolto. La sua missione era assolutamente chiara: sarebbe corsa fino alla fine del mondo per porre rimedio ai propri errori. I compagni non potevano tenere testa alla sua velocità, ma questo non le faceva un baffo. Pazienza, sarebbero rimasti indietro.

A Maxim non restò che lasciarla andare, poi agguantò Baffetto scuotendolo con tale forza da disfargli il bustino all'uncinetto. "Rifletti! Come possiamo tagliare la strada ai rapitori? Tu sei un esperto dei dintorni, no?"

Baffetto balbettò: "C-certo, h-ho st-studiato le cartine di Giogatta nella sala delle mappe. Ricciolino e io fungiamo da navigatori per le missioni importanti." Ronfò nervosamente, poi affermò con certezza: "La strada conduce di nuovo all'Istituto disegnando un ampio arco, e poco prima di arrivarci si biforca: a sinistra porta a una piazzola sull'autostrada, poi dritta fino a Berlino."

Maxim annuì. Giusto. Erano venuti da lì. "Dobbiamo accorciare la strada fino all'incrocio."

"Conosco un sentiero poco battuto, ma passa proprio in mezzo al territorio dei cinghiali. Non ci va nessun animale di buonsenso quando le femmine hanno i piccoli, proprio come adesso."

"Vedi qualche animale di buonsenso tra noi?" ringhiò Maxim. "Io no. A parte forse Trepuntouno. A proposito, è da un bel po' che non lo sento. Ehi, verme da guerriglia, sei ancora vivo?" Bussò con l'artiglio contro il teschio splendente appeso al collare di Honeyball.

Il mezzo lombrico cacciò la testolina rosa nella cavità oculare del teschio, con un effetto raccapricciante. "Vo.i an.da.te. I.o par.lo con cin.ghia.le quan.do in.con.tra," propose.

"E allora via." Maxim si scambiò un'occhiata con Honeyball, che diede il proprio assenso. Poi seguirono Baffetto nel bosco.

Nel frattempo Indy correva come non aveva mai corso in vita sua. Ian e Moccino erano tutto per lei! Doveva assolutamente raggiungere il veicolo prima che arrivasse all'autostrada.

Sfrecciava sulla carreggiata vuota con ampie falcate. "Più veloce, più veloce, più veloce!" gridava incitandosi. Stava realizzando il proprio miglior tempo. Il suo maestro le aveva sempre detto che poteva ottenere qualsiasi cosa se solo l'avesse voluto. E adesso voleva correre *ancora più veloce*! Il suo corpo divenne come una piuma, le zampe toccavano appena il duro asfalto. Sembrava librarsi in aria. Persino la bestia nera che aveva dentro le dava energia, correndo insieme a lei.

Il puzzo di tubo di scappamento si fece più intenso, segno che si stava avvicinando al veicolo. Ma c'erano anche altre auto. In lontananza udiva già il mugghio dell'autostrada. Per interi minuti volò, più che correre, poi notò due puntini rossi alla fine della strada dritta come un fuso. Eccoli!

Aveva quasi raggiunto i rapitori felini. Senza farci caso passò oltre il cartello d'ingresso dell'Istituto, seguendo l'auto che svoltava a sinistra. Se i rapitori avessero imboccato l'autostrada, li avrebbe persi. Ce la stava mettendo tutta in quel testa a testa tra gatta e automobile, ma guadagnava poco terreno. L'auto superò la piazzola e accelerò col motore che ruggiva. Ormai nemmeno la gatta più veloce del mondo avrebbe potuto starle dietro.

Poco prima che il SUV scomparisse nel traffico dell'autostrada berlinese, Indy vide sopra di sé una piccola sagoma scura che barcollava nell'aria. Foxtrot Kilo! La sua ultima speranza. Il coraggioso passerotto era ancora in ballo malgrado l'ala slogata. Doveva fargli un gran male. Indy gli volle un bene dell'anima. Ma ce l'avrebbe fatta, sulle lunghe distanze, a inseguire i rapitori?

GRUGNITO DI FORTUNA

"E adesso, Baffetto?" Maxim non sapeva più dove andare, era buio e la biforcazione che stavano cercando non si vedeva.

Il sacerdote rovistò nel taschino del corpetto, guardò la mappa sul display del cellulare e indicò un sentiero battuto appena riconoscibile. "Di qua."

Honeyball lo sorpassò impaziente. "Vado avanti io." Non ne poteva più di essere il fanalino di coda. Si piazzò velocemente in testa al gruppo e imboccò il viottolo striminzito nel rado sottobosco. C'era puzza di fogliame marcio.

Quanto odiava quelle missioni all'aria aperta! Non vedeva l'ora di tornare nell'attico di casa sua e si ripromise, a missione compiuta, di non staccarsi dall'angolino coi cuscini di seta per almeno tre giorni di fila.

Poco dopo udì un fruscio nella boscaglia. Qualcosa di piccolo e striato schizzò fuori dai cespugli, tagliandogli la strada. Mentre seguiva ancora con lo sguardo il primo cinghialetto, si scontrò in pieno col successivo. Rimbalzarono l'uno contro l'altro rotolando zampe all'aria. Il piccolino squittì indignato.

Appena Honeyball si tirò su, il cespuglio lì accanto si aprì mostrando una mamma cinghiale infuriata, con altri cinghialetti al seguito. La scrofa grugnì minacciosa, abbassò le zanne e gli sbuffò in pieno viso. Honeyball s'immobilizzò per lo spavento. La cinghialessa era enorme, emanava rabbia e potenza, neanche un bulldozer avrebbe potuto fermarla. Lo spaniel nano si mise a sedere impaurito, fissando come ipnotizzato gli occhi di quell'animale.

Era arrivato il momento di Trepuntouno, che grugnì qualcosa di incomprensibile dal ciondolo appeso al collare, muovendo piano la parte posteriore del corpo. Il teschio tempestato di strass iniziò lentamente a dondolare, mentre il lombrico continuava a reggere con tenacia lo sguardo della cinghialessa. Dopo pochi secondi, l'animale incrociò gli occhi e il verme sussurrò: "Che.ta.ti... nien.te rab.bia... tran.quil.lo.na."

Trepuntouno padroneggiava alla perfezione l'arte dell'ipnosi. A ogni oscillazione del pendaglio la cinghialessa diventava sempre più tranquilla e rilassata. Il mezzo lombrico si allungò al massimo e mormorò: "Stan.ca... zam.pe pe.san.ti."

Le ginocchia dell'imponente animale tremolarono, poi lei ruotò gli occhi e crollò di lato sul soffice sottobosco come un albero abbattuto. I cinghialetti squittirono terrorizzati e corsero dalla mamma.

"Mam.ma dor.me," li tranquillizzò Trepuntouno. "Tut.to be.ne." Con fare solenne si rivolse a Maxim e Baffetto, sussurrando: "O.ra an.dia.mo!"

I gatti capirono al volo e si rimisero in moto con cautela. Honeyball invece rimase seduto immobile come la statua di un cane. Passandogli davanti, Maxim alzò la zampa davanti al suo muso e fece schioccare gli artigli per svegliarlo dall'intontimento.

Sarebbe stato meglio non averlo fatto! La cinghialessa spalancò gli occhi e grugnì in stato confusionale.

"Cor.ri i.dio.ta!" sibilò Trepuntouno, mentre il cinghiale selvatico ricominciava a muoversi. La suina si alzò barcollando, si scrollò, sbuffò facendo volare mezzo sottobosco e strabuzzò gli occhi incolleriti. I cinghialetti le salterellavano attorno facendo il girotondo, indicandole zelanti gli stranieri. Che razza di pesti setolose!

A quel punto Honeyball non ebbe più bisogno di alcuno stimolo per muoversi. Sfrecciò così veloce che le orecchie si allungarono all'indietro come banderuole e il lombrico nel pendaglio dovette tenersi ben stretto con la parte posteriore del corpicino. La cinghialessa li rincorreva come una locomotiva.

La caccia si protrasse per mezzo bosco. Solo quando la strada apparve tra gli alberi, l'inseguitrice fece dietrofront, non senza lanciargli dietro tutta una serie d'imprecazioni suine.

Nella frescura del mattino l'asfalto risplendeva umido e scuro. Sulla carreggiata non si vedeva un cane, tantomeno Indy. E adesso? Erano arrivati troppo presto o troppo tardi? Maxim fissò l'oscurità. Alla fine della strada ebbe l'impressione di vedere una gatta che si trascinava a rilento verso di loro.

MARLEY

Il norvegese si precipitò tutto contento dalla sua adorata, che si era seduta ansimando sotto un albero sul ciglio della strada, tenendosi il fianco. Solo all'ultimo momento notò il gatto che arrivava. “Ancora tu,” boccheggiò lanciando un’occhiataccia al resto della compagnia. Dovette mandar giù l’idea che quel branco di machisti le stesse di nuovo appiccicato. Era passato meno di un quarto d’ora.

“Che è successo con l’auto? L’hai raggiunta?” domandò inutilmente Baffetto.

La maine coon indicò senza dire una parola l’autostrada piena di macchine che portava a Berlino. “Foxtrot Kilo sta loro appresso. È la nostra unica speranza.”

“E adesso?” ansimò Honeyball, che ancora tremava tutto. “Se aspettiamo il suo ritorno perdiamo un sacco di tempo.”

“Yo, zio. Il tempo è relativo, eh?” si udì echeggiare da un albero lì vicino. “Datti una calmata, vedrai che la soluzione arriva da sola!” Lo straniero parlava così lentamente da far venire voglia di addormentarsi all’istante. Quasi a comando alzarono tutti gli occhi verso la chioma. Che uno dei maossoni li avesse seguiti di nascosto?

No, invece! Niente di tutto questo! Non videro altro che un ciuffo verde. Lunghi dreadlock coperti di alghe, per essere precisi. Era un piccolo biotopo creatosi all’interno di una pelliccia infeltrita. Dentro pullulava di mosche, anzi no, di tarme che ogni tanto spiccavano il volo. Una pelliccia di tarme capace di parlare? Il grosso animale munito di braccia e unghioni lunghi e massicci pendeva a testa in giù da uno spesso ramo, masticando serafico una foglia. Li guardava con occhi intelligenti, che brillavano come biglie nere. Una bestia così non l’avevano mai vista.

Maxim domandò, tutto curioso: “Chi sei e che ci fai qua, compare?”

“Ehi, con calma.” Il ciuffo vivo sbadigliò di gusto. “Una cosa alla volta! Fammi pensare. Yo, mi chiamo Marley Bradypodidae. Ma potete chiamarmi Marley. Yeah. Qual era la seconda domanda?”

“Che ci fai qui?” replicò Maxim spazientito.

“Be’, sono in fuga. Si vede, no? Due tipi mi hanno liberato dall’Istituto. Uno era simile a te. Fico! Yo, man.” Marley penzolava trasognato dal ramo dilatando gli occhi al rallentatore. “I guardiani non mi hanno beccato. Erano tutti troppo agitati per un bradipo come me. Capisci? Hanno cercato troppo in là." Si grattò meticolosamente il sedere. "Ero appeso al soffitto e quegli sciocchi nevrotici non hanno nemmeno alzato gli occhi." Perso nei suoi pensieri, tacque di nuovo, masticando la foglia. "Mi sono portato dietro una confezione di foglie di cannabis. Rilassano abbestia, sapete?"

Indy aveva sentito abbastanza. Quel monologo al rallentatore le aveva fatto saltare gli ultimi nervi rimasti. "Droghe? No, grazie. Me ne hanno già date a sufficienza, e con pessimi effetti collaterali. Lasciamo perdere. Stacci bene. Non abbiamo tempo da perdere con roba del genere. Dobbiamo proseguire e salvare la mia famiglia."

"Cosmica, la famiglia. Ne avevo una anch'io. Ma da giovane sono andato via di casa, per la musica. *Monsta rasta reggae*. Volete sentire?" Non aspettò la risposta e iniziò a cantare con una voce sorprendentemente bella e profonda, sempre ciondolando a testa in giù dal ramo.

Oooh yeah! Tutto a posto!
Chi stacca la spina con me?

Cos'è tutta questa foga?
Per me tranqui è sempre in voga.
Ehi compari, ciondolare,
tutti insieme a oscillare.
Basta obblighi e doveri,
basta leggi, siamo seri.
È una corsa nella mischia,
ma chi è bravo se ne infischia.

E noi ciondo-ciondoliamo…
tutti insieme o-scilliamo.

Yo zii, rilassaaatevi e drizzate le orecchie:

La vita è una gran pacchia,
senza stress e senza macchia.

Vacci piano, amico mio,
che è più fico, lo so io.
Altrimenti soffri abbestia
e i bisticci son molestia.
Basta poco e sei contento
se va tutto più a rilento.

Tutti insieme, adesso!
E noi ciondo-ciondoliamo...

Baffetto fece un bel contrappunto con la sua vocetta acuta. Anche Maxim si unì al canto, e Trepuntouno teneva il tempo con la testolina.

...ciondo-ciondoliamo...
tutti insieme o-scilliamo.

Basta pillole e iniezioni,
basta stress e imposizioni.
Ti conviene ciondolare
e la gioia masticare.
Che nessuno più ti vessi.
Siano bipedi o altri fessi
che ti vogliono asservire
è un bel NO che devi dire!

Yeah!
E noi ciondo-ciondoliamo...
tutti insieme o-scilliamo.

Marley era riuscito a trascinarli: improvvisavano in gruppo dimenticando tutto il resto. Persino Indy era presissima. Honeyball stava percuotendo una vecchia lattina con le zampe. Maxim aveva trovato un paio di pietre che batteva a tempo. E quando nemmeno questo gli bastò, se ne uscì con un assolo grandioso, tenendo un filo d'erba tra gli artigli:

Ehi, tu piano devi andare,
tutto il tempo è da gustare.
Ogni spina è da staccare
per scordar le robe amare.

E noi ciondo-ciondoliamo...
tutti insieme o-scilliamo.
Stacchiamo la spina, ragazzi!

Marley dondolava felice appeso al ramo, con un sorrisone rivolto al gruppetto. "Santi Caraibi, mi piacete! È un gran spasso ciondolare con voi. Ah, a proposito: tra poco arriva un camper sulla piazzola. Mi sa che va nella vostra direzione. Se vi date una mossa, con tutta calma, magari scroccate un passaggio. Io me ne sto qua appollaiato finché non mi viene un'altra idea geniale."

"Grazie, Marley!" esclamò Indy. "Ci hai aiutati alla grande." E diceva sul serio. Maxim diede un cinque a Marley appena quest'ultimo fece penzolare un braccio floscio.

"E non dimenticate!" concluse il bradipo quando erano già partiti. "Se avete fretta, andate piano!"

COMPARI DI CAMPER

"Senti un po', ma come faceva a saperlo, Marley?" chiese Maxim, che procedeva accanto a Indy.

"Cosa?"

"Be', del camper che stava svoltando nella piazzola là in fondo."

La gatta non era mai a corto di risposte. "I bradipi vivono prevedendo le cose. Altrimenti non combinano nulla, loffi come sono. Inoltre Marley se ne sta appeso piuttosto in alto. Da là può vedere fino all'orizzonte. Altre domande?"

Due fanali di diversa intensità baluginarono nella loro direzione, e un furgoncino malandato con le tende fiorate ai finestrini si arrestò con uno sbuffo. Appena la portiera del guidatore si aprì, echeggiò musica reggae a tutto volume da un mangiacassette antidiluviano che cantilenava con le sue ultime energie. Due tipi capelloni e pulciosi, dai dreadlock fin troppo simili a quelli di Marley, scesero dai sedili anteriori e aprirono la porta dell'abitacolo. Dal camper uscì una fitta nebbiolina, il cui odore intenso ricordava le foglie di Marley.

"Non è possibile. Credi che anche questo sia un caso?" domandò Maxim, che era estremamente superstizioso e propendeva sempre per il sovrannaturale.

"Che altro sennò? Pensi forse che li mandi il grande dio dei bradipi?" tagliò corto Indy. "Siamo fortunati. Tutto qui. E adesso via, in marcia!"

Fu la prima a intrufolarsi nel camper, e trovò un gran caos ad accoglierla. L'impiallacciatura in legno di pino sui mobili montati alla meno peggio si stava staccando dappertutto, e anche la moquette aveva visto tempi migliori: il pavimento nauseabondo dal colore ormai misterioso era adornato da innumerevoli bruciature e macchie indefinibili. Sulla panca, anch'essa orrida, giacevano svariati tamburelli e una chitarra scordata. Pareva che quei tizi fossero musicisti, proprio come Marley. Intanto canticchiavano in coro *No Woman, No Cry* pisciando contro gli alberi.

Malgrado il tentativo di aerazione, c'era ancora una gran puzza di fumo. Maxim sniffò, trattenne il respiro e seguì guardingo Indy all'interno. Honeyball e Baffetto entrarono dopo di lui. Ben presto ciascun clandestino si nascose da qualche parte. Solo Baffetto fu troppo lento. In preda all'indecisione, cercava un angolino che gli andasse bene. Se ne stava titubante proprio in mezzo al tavolo quando rientrò uno dei tipi per rovistare nel frigo. Per la paura, il gatto s'irrigidì come una statuina di porcellana. Il bipede chiuse con un botto la porta del frigo, lo vide e si prese uno spavento epocale.

"Merda! Vecchio, ma che roba oscena sei andato a rubare?" Corrugando la fronte, si tolse gli occhialini da intellettuale con le lenti azzurre e osservò da vicino l'ex sacerdote immobilizzato dal terrore. "Un gatto glabro con un corpetto. Roba cosmica! L'hai trovato al mercatino delle pulci?"

Il compare era già rientrato nella parte anteriore per alzare il volume della musica. "Non sento niente e non capisco di cosa stai parlando. Fuma meno hashish da due soldi. Lo fai fuori troooppo in fretta."

Il suo interlocutore borbottò qualcosa d'incomprensibile, si avvicinò al tavolo scorticato e stappò con un colpo da maestro una bottiglia di birra bella fresca. E nell'uscire urtò di nuovo il petto del gatto, facendolo cadere in una fruttiera vuota. Il tipo trangugiò un sorso, sbatté la portiera e si mise accanto al compare sui sedili davanti. Il camper ripartì lemme lemme.

"Ragazzi, c'è mancato poco." Baffetto si tirò su e ridacchiò divertito.

"Cosa c'è di tanto spassoso?" mormorò Honeyball.

"Non lo so, ma al momento mi fai morire dal ridere!" sghignazzò il gatto glabro dentro la fruttiera.

Indy guardò Honeyball, stupefatta. Il cane aveva l'aspetto di sempre, ma anche lei cominciò a sentire una risatina montarle dentro, insieme a una fame pazzesca di roba dolce. Trotterellò sorridendo verso il frigo e guardò cosa c'era dentro.

Honeyball era rilassatissimo. D'improvviso capiva Marley: era tutto a posto. Niente stress. La vita poteva essere così bella! Trepuntouno muoveva lentissimamente la testa al ritmo della musica proveniente dal mangiacassette, con un ghigno idiota stampato sul micromuso.

Baffetto aveva scoperto un trucco. Steso di schiena, girava su sé stesso all'interno della fruttiera che ballava sul tavolo. Intanto batteva le zampe sempre più forte. Finì per roteare così in fretta che dovette vomitare.

Maxim era entusiasta. Guardava gli altri come trasognato. Ehi, aveva un urgente bisogno di farla. Graaande! Ma non doveva far caso a una certa cosa? Rimuginò e rimuginò per un periodo che gli parve un'eternità, ma anche con tutta la buona volontà non gli venne in mente niente. Pazienza.

Ah, diamine, era in un camper. Lì non c'erano lettiere per gatti. Però gli scappava proprio tanto. Così tanto da non poter aspettare. Quindi? Si guardò attorno e captò un barattolo di biscotti trasparente e tondeggiante, con un coperchio argentato. Bingo! Due piccioni con una fava. Pescò un biscottino fatto in casa, gli diede un gran morso e lo divorò. Poi ridusse gli altri in briciole finissime e mollò dentro alla boccia un bel mucchietto di feci. Con la zampa smosse le briciole a mo' di copertura.

Soddisfattissimo di sé e del mondo, si diresse verso il frigo. Aveva una sete pazzesca. Indy c'era seduta davanti con un'espressione beota e le fauci inzaccherate, intenta a ingoiare qualsiasi cosa. Che carina, quella gattina. Al norvegese sembrava che fosse Natale. Wow, Honeyball stava persino ballando un reggae supersexy sul parquet, anzi no, sullo scolapiatti del lavandino. Quel papillon era un go-go dancer mancato. Maxim non credette ai propri occhi, vedendogli fare certe mosse col rubinetto... per Bastet! E adesso cosa si era messo in testa? Bah, comunque lì c'era un cuscino. Una pennichella non avrebbe fatto male a nessuno.

Indy scrollò il gatto intontito dal sonno. "Maxim, sai cosa c'è nel barattolo dei biscotti?" E nel dirlo fece un delizioso ruttino. "Sembra *scioccaccolata*. Stavo per papparla ma puzza abbestia..."

Il gatto era fuori come un balcone. Quel biscottino all'hashish era proprio carico. "Vieni qui, dolcezza! Facciamoci le coccole," bofonchiò sbavando sul cuscino.

E zacchete! Si era di nuovo meritato il sangue al naso. Quella ragazza era proprio intrattabile.

"Voglio sapere cosa c'è nel barattolo," ringhiò Indy. "E spero che non sia quello che credo."

"Autentica cacca gatta! Prodotta dal capo in persona. Qualcosa in contrario?"

"Sei un porcellino. Dov'è la sim di Ian?"

Ecco! Proprio a quello avrebbe dovuto pensare. "Dev'essere là dentro," la informò, sbadigliando in pompa magna.

Maledette femmine! Di punto in bianco si ritrovò con gli artigli di Indy alla gola. Per caso, o forse no, proprio sulla carotide. Un attimo dopo Maxim era accanto alla boccia di vetro con la zampa infilata dentro che ravanava nella cacca biscottata. Bleah, che schifo. Finalmente tastò qualcosa di duro. Ta-dan! Estrasse con gli artigli affilati la scheda sim, accompagnato dall'applauso assordante degli astanti. Poi la fece cadere schifato e si pulì per bene la zampa sulla moquette chiazzata.

"Grandioso!" Baffetto era felice come una pasqua. "Una microsim. Perfetta per il mio cellulare."

"Molla qui!" Honeyball gli strappò la sim dalla zampa e fece cenno al gatto glabro di avvicinarsi. Il go-go dancer era ridiventato un agente segreto in un battibaleno. "Fuori il cellulare. Questa è una faccenda per la CIA."

Offeso, Baffetto nascose il cellulare dietro la schiena. Non avrebbe certo consegnato a un cane quel che aveva di più prezioso, per colpa del quale era stato persino cacciato dai maossoni in malo modo.

"Ci vuole ancora molto?" insistette Honeyball.

"Te lo ridiamo," lo rassicurò Indy con tono accomodante. "Promesso."

Titubante, il gatto sfinge consegnò il telefono al papillon. "È quasi scarico," precisò.

Il cane cambiò subito tono. "Grazie." Cercò di aprire lo slot, ma coi suoi artigli spuntati frutto di zampicure non ci riusciva.

"Dai qua." Maxim allungò la zampa con impazienza e prese il dispositivo da quella di Honeyball. "Lo faccio sempre."

Con un artiglio affilatissimo il norvegese punzecchiò un foro minuscolo e il piccolo alloggiamento si aprì di scatto. Dopo aver inserito la scheda con una manovra da esperto, riavviò il telefono. Apparve un avviso. Le tacche erano al minimo. E il sistema richiedeva l'inserimento del pin.

"Qualcuno conosce il pin di Sumo?" chiese divertito Maxim. "No? Be', allora... potete essere grati di avermi con voi." Sogghignò. "Ci penso io in un batter d'occhio."

Maxim prese a schiacciare felice i tasti del display canticchiando il pezzo reggae diffuso dal mangiacassette. Poco dopo il cellulare emise tre segnali acustici consecutivi. Uno per ogni sms che Sumo aveva ricevuto nel frattempo sul suo numero privato. Poi apparve l'avviso che la batteria era definitivamente scarica. E il display si annerì.

7

FANTASCIE CHIMICHE

Alla massima velocità, Foxtrot Kilo riusciva a fare sessanta chilometri all'ora. Di più era impossibile. Sull'autostrada non era in grado di star dietro a nessuna macchina. Per fortuna si trovava comunque abbastanza in alto da azzardare una manovra rischiosa prima che i rapitori gli sfuggissero.

Il passerotto schiacciò le ali al corpo, allungò il becco e si lasciò cadere come una freccia verso l'obiettivo. Caduta libera, direttamente verso il muso del SUV. La corrente lo fece scivolare lungo il tettuccio, e per poco non precipitò contro il parabrezza dell'auto successiva. All'ultimo secondo riuscì a piantare gli artigli acuminati, che con uno stridio insopportabile rigarono la laccatura nera finché l'uccellino non riuscì ad afferrarsi al parapetto.

Stava diventando troppo vecchio per quel genere di acrobazie. L'ala slogata gli faceva male, gli artigli pulsavano. Ma adesso aveva almeno una presa stabile.

Si incastrò tra gli agganci del portapacchi in modo che il vento belluino non lo portasse via con sé. Avrebbe dovuto rischiare, cercando il contatto coi prigionieri? Piano, molto piano, iniziò a battere dei segnali Morse sul tettuccio metallico, nella speranza che Ian e Moccino capissero.

Nel baule Xplode drizzò le orecchie. Aveva già sentito un tam tam irregolare di quel tipo, nelle tane. I prigionieri di guerra amavano intrattenersi così. Si guardò attorno. Ian era ancora steso di lato con gli occhi spalancati, immobile. Moccino invece stava ascoltando i colpi attutiti e alzò la testolina incuriosito.

Con crescente sollievo il ratto decodificò i segnali Morse. "Abbiamo un amico qui fuori," annunciò tutto contento. "Foxtrot Kilo è sul tettuccio e viaggia con noi per rivelare al resto della truppa dove ci stanno portando." Xplode iniziò a girellare pensoso davanti al trasportino. "Vorrei tanto far detonare la gabbia, ma qui c'è poco spazio per un esplosivo concentrato. Siete troppo vicini. Inoltre Ian è andato. Dobbiamo aspettare un'occasione migliore. Magari una volta arrivati."

Moccino scoppiò a piangere. Non voleva finire di nuovo a fare la cavia. A Xplode il cucciolo faceva pena, però quella situazione era colpa sua e aveva pure trascinato Ian con sé. "Tranquillo, piccoletto. Vi tiro fuori io da qui. Mi è già venuta un'idea. Del resto siamo come una famiglia."

Xplode emise un risolino acuto pensando a quella battuta. Aveva appena adottato due dei più temuti assassini di roditori. Ma era abbastanza folle da compiacersene.

Ian continuava a non rendersi conto di nulla. Dinanzi al suo occhio interiore si dipanavano scene da far rizzare il pelo. Voleva saltar su e scappare, ma le zampe si rifiutavano di compiere il proprio dovere. Era spaventoso non avere più alcun controllo sulla propria muscolatura. Poi un tremore, che non fu in grado di arginare, iniziò a scombussolargli il corpo. Mai provata una crisi così. Le immagini cupe divennero sempre più nette. Vide qualcosa di grosso e scuro in una poltrona mobile. Una sagoma che sembrava quadrata, che fumava un sigaro e poi girò la testa. Ian riconobbe quel muso appuntito con dei tentacoli attorno al naso: Sumo! Era da solo in una stanza sfarzosa, a giudicare dal mobilio una sala da pranzo. La talpa si diresse verso una specie di armadio-altare con le ante chiuse. Si guardò intorno per sincerarsi che non ci fosse nessuno, poi schiacciò un pulsante nascosto lungo il fianco del mobile intagliato. Il pesante legno antiquario slittò di lato senza far rumore, rivelando l'accesso a una stanza segreta. Un sensore di movimento attivò luci accecanti al suo interno. Ian vide una gran quantità di scaffali in vetro alti fino al soffitto. Ogni centimetro era occupato da armi pesanti. Dovette stringere gli occhi per la troppa luce. E quando li riaprì vide in modo nebuloso che si trattava di diversi tipi di macchine da guerra. Niente di davvero nuovo. Alcune erano persino logore. Passando lentamente lungo gli scaffali con la poltrona mobile, Sumo accarezzava quasi con affetto i calibri più grossi, chiamandoli per nome come vecchie conoscenze.

Alla fine del sistema di scaffali c'era una massiccia cassaforte a muro. La talpa si tirò su e girò a destra e a sinistra un'agile manopola con minuscoli contrassegni. Alla fine infilò gli artigli dello zampone destro in una serie di profonde fessure su misura. Ci fu un piccolo clic e la porta si spalancò. In quel sancta talporum ogni cosa era analogica. E Sumo sapeva benissimo perché. Scelse otto cilindri d'acciaio e li inserì con cura negli alloggiamenti di un portasigari imbottito. Appena richiuse il coperchio, Ian si avvicinò con una zoomata. Sopra vide una toppa tonda dal contorno nero, con quattro cerchi rossi su fondo verde. Conosceva quel simbolo.

Nel suo cervello scattò l'allarme. Possibile? La talpa disponeva di sostanze chimiche proibite!

Con la scatoletta in grembo, Sumo tornò nella sala da pranzo e riportò il mobile al vecchio assetto spingendo di nuovo il pulsante. Quando riaprì le due ante apparve un enorme monitor con ai bordi le foto segnaletiche di tutta la truppa. Al centro ruotava l'immagine tridimensionale di un razzo con gambe estraibili. Il boccaporto di carico era aperto.

Ian si sentì mancare. Il re dei bassifondi progettava l'impiego di armi chimiche! Il gas velenoso che custodiva in cassaforte sarebbe finito nel razzo. E l'attacco era indirizzato a loro! La squadra era in massimo pericolo! Volle di nuovo saltar su e avvertire i suoi amici prima che fosse troppo tardi, ma era ancora intrappolato nella visione, incapace di muovere un artiglio. Aveva la sensazione che al suo interno fosse stata azionata una leva, e udì addirittura i pensieri del criminale.

Sumo voleva diffondere la neurotossina in forma di minuscole goccioline. Meglio della forma gassosa. Sarebbe bastato respirarla una volta sola per morire e sarebbe evaporata alla svelta. Nessun segno visibile. Ne aveva enormi quantità. Quello che facevano i bipedi, lui lo faceva già da un pezzo.

E proprio come loro, Sumo se ne infischiava del trattato internazionale sulle armi chimiche. Centonovanta Stati avevano firmato quel pastrocchio. Persino la Siria. Due anni dopo ecco il patatrac, col gas mostarda su Aleppo e due attacchi con sarin e bombe al cloro ai danni della stessa popolazione siriana. Con conseguenze devastanti!

La talpa si batté sulla propria spalla tutto orgoglioso. Il dittatore aveva ricevuto da lui merce di prim'ordine. Nemmeno gli yankee avevano reagito, dopo tutte quelle minacce a squarciagola. Tanto fumo e niente arrosto. La convenzione non valeva la carta sulla quale era stata scritta. Nessuno lo sapeva meglio di quel mammifero scavatore. Alla fine Sumo aveva smerciato la sua roba in quantità industriali. E aveva fatto i soldi. Il prezzo lo avrebbero pagato gli altri. O meglio, quelli che non avevano niente.

Non era un problema suo.

Bussarono. Un ratto bianco s'intrufolò nella sala da pranzo e ricevette da Sumo la cassetta con le munizioni e l'ordine di sbrigarsi. Uscendo, il ratto inciampò nelle sue stesse zampe. D'improvviso il campo visivo di Ian si estese, acquistando una nuova dimensione. Il tempo si fermò. Sopra la scatola aperta si librarono gli otto piccoli cilindri. Sotto il rivestimento in acciaio con diffusore, ognuno di essi disponeva di un sistema con due ventricoli pieni di liquidi colorati. Un piccolo diodo luminoso al centro passò da rosso a giallo.

Qualcuno afferrò Ian per il collo e lo scosse vigorosamente. Il gatto tornò in sé nel baule di un SUV, con la bava che gli colava dagli angoli delle fauci. Si leccò le labbra con cautela. Moccino lo stava strattonando. Meglio che la smettesse. Alzati!, ordinò Ian a sé stesso. Doveva avvertire la squadra. Non se l'era immaginato. Era tutto vero.

Finalmente! La zampa sinistra obbedì, e Ian tornò padrone del proprio corpo. Avrebbe potuto piangere di gioia. Vedeva e sentiva di nuovo come un gatto normale. Vide Xplode arrampicarsi sulla griglia del trasportino per guardare dal finestrino posteriore del veicolo, poi lo sentì esclamare: "Per tutti i diavoli, stiamo finendo dritti nella zona militare vietata!"

SUL TEUFELSBERG

Xplode ebbe i brividi. Proprio il Teufelsberg. Là c'era la "Field Station 25", ex sede dei Nasuti Segugi d'America. Tra gli addetti ai lavori, quell'area inaccessibile del Grunewald aveva la stessa fama del Triangolo delle Bermuda. Ed era colpa dell'NSA. Chi non andava loro a genio scompariva lì dentro per non tornare più. Per sempre! Puf. Non era un caso che le vicine acque del Teufelssee fossero così calme e scure. Bastava immergersi un po' in profondità per scovare ridde di cadaveri nella melma. E solo pochi umani, e pochi animali, sapevano che sotto la vecchia stazione spionistica si poteva scendere negli abissi della montagna, giù, sempre più giù. Dal lago, attraverso un passaggio segreto, si arrivava alle rovine della "facoltà di controspionaggio" voluta da Hitler nell'ambito del progetto "Germania", la sua capitale planetaria. Lì si trovava l'"auditorium maximum", il più grande di tutti i tempi. Mai nome fu più adatto per un centro d'intercettazioni.

Dopo la guerra l'area era stata occupata dagli yankee e poi abbandonata in seguito alla Riunificazione. O così dicevano! A suo tempo si pensava che, finita la Guerra Fredda, non avesse più senso intercettare le comunicazioni radio nel blocco orientale, tanto ormai si volevano tutti bene. Ah! Xplode aveva informazioni migliori. Le cinque cupole-antenna visibili erano state abbattute, ma gli impianti sotterranei erano rimasti dov'erano e poco tempo prima era stato installato nel segreto più assoluto un dispositivo radar sofisticatissimo nuovo di trinca. Scopo ufficiale: la sorveglianza del traffico aereo civile. Ridicolo! Quell'aggeggio era solo la punta dell'iceberg.

L'altura più famosa di Berlino era nata dopo la guerra come discarica di macerie. Vi avevano deposto i resti di più di quindicimila edifici bombardati e l'avevano coronata con ben un milione di alberi piantati uno a uno per nascondere agli occhi della popolazione civile la sua vera funzione. Un'innocua area verdeggiante con tanto di piste da sci e per slittini, eretta proprio sopra a quei misteriosi ambienti sotterranei. In inverno si udivano le grida divertite dei bambini, mentre nelle buie segrete sottoterra i prigionieri in attesa di essere interrogati non avevano nulla da ridere.

Proprio laggiù li stavano portando, nelle braccia dell'organizzazione detta NSA, i Nasuti Segugi d'America. Un ratto e due gatti. Allora sì che ci sarebbe stato da ridere. Ma per quale motivo avrebbero dovuto interrogarli? Cosa sapevano i due gatti che quei supersegugi ancora ignoravano? Xplode non riusciva davvero a raccapezzarsi.

Il fuoristrada aveva rallentato, arrampicandosi a fatica su un sentiero impervio per poi fermarsi davanti a un muro di recinzione fatto di lastre d'acciaio, con davanti un grosso albero. Il guidatore tirò giù il finestrino, individuò un buco nel tronco e piazzò il proprio badge da agente segreto davanti a un cartello con su scritto: "Vietato entrare!" Si udì un lieve clic e una delle lastre si abbassò davanti a loro, creando un ponte levatoio idraulico che conduceva oltre il fossato d'acqua che circondava la barriera dall'esterno. Il veicolo si rimise in moto. Non solo il ponte, ma anche la strada che proseguiva era fatta di lastre d'acciaio. Ogni volta che cambiavano lastra si sentiva il ta-tlac tipico dei treni merci. Al termine di quella breve tratta l'autista portò il SUV su una grande superficie tondeggiante e lampeggiò coi fanali.

Ci fu uno scossone, e il metallo scricchiolò sotto le ruote. Il pavimento d'acciaio stava scendendo insieme al veicolo. Sopra di loro, svariate lastre ricoperte d'erba si richiusero come un obiettivo fotografico, lasciando visibile solo un brandello di cielo. Poi Xplode vide un punto nero schizzare in alto attraverso la feritoia, all'ultimo secondo.

Foxtrot Kilo ce l'aveva fatta. Il passero conosceva quel posto. Avrebbe potuto portarci la squadra di salvataggio. La paratia d'acciaio si richiuse del tutto con un tonfo, tagliandoli fuori dal mondo. Buio pesto. Erano nei guai fino al collo!

All'esterno c'era un'oscurità insopportabile, e dal finestrino aperto si fece largo un odore penetrante di cane. I bipedi si slacciarono le cinture con un clic. Poi il guidatore mise la mano sinistra su un grande ologramma a forma d'impronta proiettato accanto all'auto come una colonna a mezz'aria. Di punto in bianco, dodici serie di tubi al neon s'illuminarono sopra al SUV. Sembrava giorno. La luce penetrò fin negli angoli più reconditi del trasportino.

Xplose strinse gli occhi e si arrampicò sulla griglia dello sportello per lanciare uno sguardo nei dintorni.

Si trovavano in un gigantesco tunnel di cemento armato che sembrava un vicolo cieco. C'era un cartello sulla parete.

"Z-E-C-C-H-E-L-O-N-2-5," lesse il roditore, poi sobbalzò.

Zecchelon! Erano nel quartier generale della più grande rete spionistica del mondo, gestita collegialmente dai servizi segreti americani, britannici, australiani, neozelandesi e canadesi. Si diceva che non servisse solo a intercettare conversazioni telefoniche e a raccogliere dati di internet, ma anche ad altri, misteriosi scopi.

Quindi l'NSA si era rituffata nel vecchio rifugio. I segugi erano tornati! Nel cuore della Germania. In piena Berlino. I gatti non avevano idea di cosa li stesse aspettando là sotto!

I BRACCHI DELLE ARDENNE

Una volta confermata l'identità dell'autista mediante l'impronta-ologramma, il bordo della calotta che chiudeva il tunnel s'illuminò. Come per magia, la parete di cemento armato in apparenza omogenea si divise in due ali del peso di tonnellate alte fino al soffitto, che slittarono lateralmente lasciando passare l'auto.

Dopo pochi minuti il SUV si arrestò davanti a un ingresso ben sorvegliato, con ai lati due enormi segugi immobili come statue. Gli umani nel SUV restarono a sedere senza muoversi, finché un'unità cinofila non ebbe annusato tutto intorno alla macchina. La tensione era palpabile.

A un cenno del caposquadra, il bipede passeggero scese e aprì il baule. Due grandi musi da segugio – proprio quei cani che si diceva fossero i migliori annusatori del mondo – si lanciarono all'interno. Per Xplode la situazione si fece critica. In fretta e furia alzò il tappetino e s'infilò sotto, nella conca della ruota di scorta. Ma sapeva che sarebbe servito a poco. I segugi avrebbero potuto captare lui e il suo zaino pieno zeppo di materiale esplosivo attraverso qualsiasi tappeto, a prescindere dallo spessore. Sicuro sicuro.

I bracchi delle Ardenne annusarono e abbaiarono forte a ogni scoperta: "Gatto!", "Acaro!", "Droghe!", "Gatto? Poco chiaro", "Ratto?". Il più grande dei due saltò disorientato nel baule per verificare quella pista olfattiva.

Forse fu per il panico, forse lo fece apposta, ma i problemi intestinali di Moccino tornarono a farsi sentire proprio in quel momento. D'improvviso esplose un tanfo rivoltante di carogna putrefatta. Il cagnone indietreggiò di colpo, guaì, si tappò il naso e in un attimo fu di nuovo fuori, dove respirò profondamente. Dai sedili davanti si udirono forti imprecazioni e accuse reciproche. Quasi a comando le altre portiere si spalancarono e i bipedi si lanciarono fuori dal veicolo. Un tipo grassottello corse in un angolo e vomitò.

Moccino aveva reagito alla perfezione. Ora entrambi i cani erano praticamente senza olfatto e si sfregavano il naso con le zampe, uggiolando. Il più scuro dei due si riprese per primo, guardò il piccoletto con fare minaccioso e sbottò: "Questo non ti servirà a niente!" Si girò e fece un cenno imperioso con la zampa in direzione dei bipedi. "Portateli via!" abbaiò, toccando il sensore che aveva sul collare.

La porta d'ingresso si spalancò. Dall'altro lato li aspettava una scorta di altri bracchi delle Ardenne. I bipedi afferrarono obbedienti il box pestilenziale trattenendo il fiato e si precipitarono all'interno del bunker, facendolo finire su un nastro trasportatore con tanto di tunnel radiografico, come ai controlli degli aeroporti. Fecero subito tre passi indietro. Il capo dell'unità segugi passò con discrezione una busta al capo della squadra esterna e ringhiò: "Ottimo lavoro!"

La tensione tra i bipedi si allentò di colpo. Si diedero reciprocamente delle pacche sulle spalle, dirigendosi verso un ascensore.

Xplode uscì di soppiatto dal nascondiglio, rischiando tutto. Schizzò sotto il SUV e corse come un razzo, nei limiti concessi dalle sue zampette, lungo il nastro trasportatore appena prima che si attivasse insieme ai raggi X. Fatto. Ora doveva farsi venire un'idea alla svelta per coprire il proprio odore. Altrimenti sarebbe finito di nuovo nel mirino dei supersegugi.

"Rifletti, deficiente che non sei altro!" sbottò il fratello morto fornendogli lo spunto decisivo: "I cani marcano sempre il loro territorio. E quello reclamato dal capo viene sempre evitato dai sottoposti. Aspetta che il comandante cambi l'acqua alle olive e rotolatici dentro come si deve!"

Davvero intelligente, avrebbe potuto arrivarci anche da solo. Quella proposta gli piaceva. A uno come lui che aveva vissuto a lungo nelle fogne, un po' di pipì non faceva né caldo né freddo.

Nella cassetta metallica Ian si era rannicchiato e teneva gli occhi sbarrati nella sua direzione. Xplode notò subito che il gatto non era ancora tornato del tutto sul pianeta Terra. Moccino stava appiccicato alla griglia e piagnucolava chiamando la mamma. Ed era anche ora che arrivasse a salvare la truppa! Lui da solo non ce l'avrebbe fatta. Ci avrebbe provato, questo sì, ma a che sarebbe mai servito quel poco di esplosivo contro pareti di cemento armato spesse metri e colossali porte in acciaio?

Su un grande monitor che sovrastava lo scanner, Xplode vide passare gli scheletri dei due gatti. C'era qualcosa di davvero strano nell'ossatura di Moccino…

"Tutto a posto. Potete passare." Il cane da guardia sembrava non aver notato nulla.

Che Xplode si fosse sbagliato? Del resto non era un biologo, ma un esperto di esplosivi. Quando i due gatti furono strattonati fuori dal box e spinti in uno stretto corridoio, rimase indietro.

"Siete fortunati," ringhiò un segugio. "Vi portiamo dritti da H."

"Eich, chi è Eich?" chiese Moccino.

"H è l'abbreviazione di Hubertus, razza di rospo. Noi agenti dell'NSA ci chiamiamo così. Maggiore il grado militare, più corto è il nome. Io ad esempio sono Hubert Green 64, dal colore della mia unità. Quello lì davanti è il mio superiore Hub Green 1, e il nostro capo supremo è semplicemente H, che in inglese si pronuncia 'eich', con la ci dolce. Non è difficile."

"Stupidate!" rispose Moccino, che non si lasciava impressionare tanto facilmente. Probabile che stesse entrando nella fase del rifiuto. "E perché hai delle orecchie così grandi? Per origliarci meglio?"

"Zitto, stai zitto!" lo frenò Ian, esausto. "Cosa volete da noi?" chiese al guardiano con voce così flebile che il cane dovette drizzare le orecchie. "Io sono malato, l'altro è un micetto. Non dovete proprio avere di meglio da fare."

L'interpellato, il segugio, corrugò la fronte. "Quelli del mio rango non sono informati sui progetti dei piani alti. Ma voi due dovete essere molto importanti. La vostra cattura ci è costata un sacco di energie!"

"Smettila di blaterare, idiota!" abbaiò Hub Green 1 girando la testa. "Stai rivelando dei segreti, una cosa che H non tollera. Se lo viene a sapere ti sbrana. Tieni chiuso il muso. I prigionieri scopriranno molto presto di che pasta è fatto il capo."

AUDITORIUM MAXIMUM

Stavano scendendo nelle profondità del Teufelsberg lungo sentieri sinuosi. Solo il fioco chiarore di qualche isolata lampadina a basso consumo illuminava lo sfondo roccioso. Qua e là sibilava dal soffitto un grande bruciatore a gas, che pareva la turbina di un aereo in fiamme. Ciononostante era freddo e umido. Lunghe piste di condensa convergevano in nasi di calcare che gocciavano senza sosta. C'era un'aria viziata che puzzava di muffa e cane bagnato. Arrivata in fondo, la truppa si fermò davanti a un ascensore. Che andirivieni estenuante! Hub Green 1 entrò per primo e un ventaglio di luce gli scandagliò il muso. Poi il cane alzò la zampa e fece qualche goccia contro un palo per il riconoscimento dell'urina. Un ingresso doppiamente controllato. Dietro doveva esserci qualcosa di molto importante.

"Piscia, piscia pure!" lo provocò Moccino. "La mia mamma arriva subito se vuole, e allora sei fritto! Arriva lei e mi salva prima che tu possa dire bau."

Ian gli tappò le fauci con la zampa. Perché quel cucciolo non riusciva a stare buono per tre minuti di fila? Il palo s'illuminò di una luce verde e fece ping, dopodiché la doppia porta a scorrimento si aprì con un lieve fischio. Era un ascensore rapido, come quelli che si trovano negli edifici altissimi. I cani spinsero dentro i prigionieri senza tanti complimenti ed entrarono a loro volta. La cabina d'acciaio schizzò in alto così in fretta da far loro schioccare i timpani. Poi rallentò con delicatezza e le porte si aprirono di nuovo, slittando. Erano in cima a una torre di guardia. "Torre di comando, Auditorium maximum," cantilenò una voce metallica.

L'ascensore poteva parlare? Be', anche Moccino. "Woah, che figo. Siamo in cima al mondo! E gli uccellini dove sono?"

Altro che uccellino. Al centro di una cabina dal pavimento in vetro, su una base girevole, si ergeva un'enorme cuccia che si girò verso di loro non appena uscirono dall'ascensore. Dentro, seduto, c'era un gigantesco segugio bruno con le orecchie all'insù, che guardò storto Moccino e mostrò i denti.

"Non renderti antipatico!" bofonchiò sottovoce Hubert Green 64. "Quello è H in carne e pelo, il nostro capo supremo." E aggiunse, coprendosi le fauci con la zampa: "Dicono che da giovane abbia divorato una confezione intera di compresse blu trovata sul comodino del padrone. Da quel momento ha le orecchie dritte come un fuso. Sempre. E ha perso il primato di cane da monta."

"Miao, allora quando va in macchina non può più tenere la testa fuori dal finestrino, eh?" sussurrò Moccino in risposta.

"In compenso ci sento molto bene!" tuonò H con un gran vocione. Il possente segugio abbandonò la sua postazione strategica. In quanto cane alfa di un'organizzazione militare rigidamente organizzata pretendeva rispetto.

Ian diede un colpetto di avvertimento a Moccino. "Micio, stai zitto una buona volta! Siamo dai Nasuti Segugi d'America, è gente che non dimentica mai un'offesa," bisbigliò appena nell'orecchio del gattino.

"Ho sentito anche questo." H li raggiunse, afferrò il maine coon e lo schiacciò come una mosca molesta contro il pavimento in vetro. Ian restò senza fiato. Si trovava in cima a una torre di sorveglianza alta almeno cinquanta metri, esattamente al centro di un'enorme postazione spionistica. Come un controllore di volo sulla pista di atterraggio, poteva vedere il gran viavai nel colossale auditorium sotto di loro. "Cosa vedi?" ringhiò H piegandogli la zampa dietro la schiena e facendogli un male gatto.

Ian ansimò: "Una gran quantità di postazioni distinte con degli scrittoi. Il tutto suddiviso da corridoi con pareti impermeabili al suono e alla vista. Segmenti di colori diversi. Segugi dappertutto..."

H aumentò la morsa, facendo scricchiolare la spalla di Ian.

"Quello lo vedo anch'io, gatto. Ti sto chiedendo cosa vedi *tu*."

Ian rispose boccheggiando: "C-ci sono... vari piani nella parete esterna cilindrica. Cabine in vetro zeppe di monitor. Miahi!" La spalla era a un passo dalla lussazione.

"Devi dirmi cosa vedi *sul serio*!" abbaiò il capo supremo dei Nasuti Segugi d'America, colpendolo forte con la zampa. Ian gemette. Non capiva dove stesse sbagliando.

Moccino gridò, si divincolò e morse la coda del segugio. H non ci fece caso e lo scalciò con la zampa posteriore, facendolo volare contro la parete, dove rimase privo di sensi. Impassibile, tornò a riversare le proprie energie su Ian, in attesa che cedesse. "Un ultimo tentativo, poi tocca a te! Cosa vedi?"

Ian cercò disperatamente di liberarsi dalla morsa, ma il possente segugio continuava a immobilizzarlo con la sua zampa di ferro. "Voi tenete sotto sorveglianza tutto e tutti. Ogni cellulare, ogni mail, ogni Paese. Persino voi stessi. Usate software che non solo spiano, ma possono pure fare danni."

Ian era giunto a quella conclusione perché vedeva una cabina con tre volpi sedute davanti alla rappresentazione tridimensionale di un enorme macchinario, rosso e pulsante. Sotto si leggeva "Fuxnet": era lo stesso malware che aveva già messo in ginocchio una centrale nucleare iraniana.

"Chiaro come il sole," gli sibilò H nell'orecchio, così piano che nessun altro riuscì a udirlo. E come se avesse schiacciato un pulsante, accadde qualcosa di stranissimo alle percezioni di Ian: l'immagine reale si scompaginò, ruotò e si trasformò di punto in bianco in una mappa 3D assolutamente realistica. Il tempo rallentò. Poteva captare e osservare ogni dettaglio avvicinandosi di più a ogni battito di palpebra. Avrebbe potuto ispezionare senza fatica anche il brufolo sul muso di un agente qualsiasi nella sala. La terza palpebra prolassò, eppure poteva vederci attraverso. Come davanti a un monitor trasparente, lesse lo psicogramma di tutte le personalità canine. Seppe all'istante cosa pensavano, come si sentivano. Anche quello che avevano mangiato. Conobbe le loro debolezze. Tre cani avevano una malsana aura umbratile. Inizio di cimurro, a quanto pareva. Un altro aveva gli acari nelle orecchie. Ian ebbe la tremarella. Non ne poteva più. Troppe informazioni! Zoomò all'indietro, si scrollò dalla presa – d'improvviso fu molto facile – e boccheggiò in cerca d'aria. Ma non era finita.

Quando alzò gli occhi vide, sulla parete tondeggiante della torre, una serie reale di 193 monitor allineati. Ciascuno per ogni membro delle Nazioni Unite. Mostravano i dati accumulati dai segugi. Sui sottopancia scorrevano le ultime notizie. Troppe, troppe informazioni!

Tutto questo il maine coon lo registrò nel giro di pochissimi secondi.

"Ancora! Sei sulla strada giusta," abbaiò H, che si era di nuovo avvicinato. "Cosa senti?"

Agguantò il gatto per la nuca e gli premette l'orecchio contro il vetro. Sotto c'era un gran ronzio, come in un alveare. Che Babele di lingue! Oltre a quella locale udì un miscuglio di varie lingue straniere che confermava la sua prima impressione: i segugi non intercettavano solo in Germania, ma nel mondo intero! Poté cogliere l'entusiasmo degli agenti grazie a una guarnizione difettosa. Un odore che il suo cervello collegò al colore rossastro, insieme a un sapore metallico in bocca. Prima che potesse dire qualcosa, H lo afferrò per la collottola e gli abbaiò addosso così forte da intontirlo.

"Basta adesso! Sputa il rospo! Come hai fatto a sfuggirci?" ringhiò. "Eri in isolamento, nell'ala di massima sicurezza dell'Istituto. Nessuno ne esce con facilità. Cosa sei, una forza della natura? Houdini, esperto in fughe impossibili? Ti ricordi adesso? Cosa ne sai del programma 'dormienti'? Per che cosa ti abbiamo addestrato? Canta, altrimenti ti riduco in Chappi!"

A Ian girava la testa. Che stava dicendo H? Aveva sempre pensato di essere malato. E invece, lo apprendeva adesso, era il risultato di un esperimento di laboratorio. Una cavia! L'NSA aveva condotto su di lui qualche studio perverso. Grande dea! Non solo sua sorella, ma anche lui era caduto vittima degli scienziati senza scrupoli dell'Istituto. E molto prima di lei! Evidentemente era riuscito a fuggire, ma come? Non si ricordava nulla. Forse i blackout servivano in realtà a fargli dimenticare cose orrende…

Hub Green 1 interruppe il flusso di pensieri di Ian facendo schioccare gli artigli. "Capo, messaggio dalla Casa Bianca." Indicò uno dei grandi monitor. Ian vide un bipede con un abito su misura che si chinava per accarezzare una creatura. La registrazione proveniva dal dispositivo nel collare dell'animale. Poi udì la voce del presidente americano: "Vieni qua, tesoro. Brava. Riporta la pallina!"

Una pallina da tennis volò sul prato e la cagna-cameraman le corse dietro, arrivando davanti a un paio di anfibi scesi da un elicottero appena atterrato. Quei botoli malati nella testa sorvegliavano persino i propri capi di Stato?

H abbaiò ai sottoposti: "Portate fuori i prigionieri! Nelle segrete! Li interroghiamo là sotto."

SEMPRE PIÙ GIÙ

Xplode era arrabbiato. Non poteva seguire i gatti in quel piccolo ascensore. Nessun nascondiglio, troppo pericoloso. Là dentro i segugi l'avrebbero annusato in quattro e quattr'otto. Doveva aspettare che tornassero giù. Inoltre salendo si sarebbe cacciato in un vicolo cieco. Ora poteva almeno seguire il buon consiglio di suo fratello. Aspettò qualche minuto che se ne fossero andati tutti e poi, con ardore, si lanciò verso il palo con la pipì di Hub Green 1. Non era l'urina del grande capo, ma quel cane aveva perlomeno un certo potere. Mentre si sfregava la pipì dietro le orecchie, tra le zampe e sotto le ascelle fischiettando piano, in lontananza udì un gorgoglio inquietante. Prima di capire cosa fosse, il terreno sotto le sue zampette si spalancò.

Stramaledizione!

"Incapace!" esclamò suo fratello indignato. "Ok se fosse successo a un soldato semplice, ma tu vieni dai bassifondi e sei stato allievo ufficiale in Afghanistan! Avresti dovuto prevederlo."

Fantastico. C'era sempre qualcuno che la sapeva più lunga. Come diavolo avrebbe dovuto intuire che stava per essere risucchiato in un tubo di scarico mediante una botola?

Precipitando nell'abisso a velocità supersonica, Xplode batté contro le pareti a destra e a sinistra così forte da fare bong. Per farsi meno lividi, tentò di frapporre lo zaino tra sé e il metallo. Così facendo mise a tacere il fratello. E proprio quando l'aria cominciava a mancargli atterrò a testa in giù in una pozza di liquido nauseante. Sbuffando tornò in superficie e vide che era finito in un enorme bacino di depurazione. Ora i gatti avrebbero dovuto cavarsela senza di lui. Aveva ben altri problemi, come ad esempio uscire vivo da quel pozzo nero. Il peso dello zaino continuava a trascinarlo verso il fondo della cloaca. "Smettila!" sbraitò contro il fratello, boccheggiando in cerca d'aria. "O mi vuoi ammazzare?"

Con tutto quel tira e molla si aprì la tasca laterale e ne uscì una bomba a mano. Mica stupida come cosa. Suo fratello aveva mollato la zavorra. Ora, prevalendo la spinta ascensionale a causa dell'aria rimasta nel sacco, Xplode riuscì a nuotare insieme al corpo rognoso fino a bordo vasca. Bagnato fradicio e ormai privo di forze, si arrampicò sulla fredda parete di cemento armato che circondava la fossa.

Suo fratello riprese a lagnarsi. "La granata buona! Avrebbe potuto esserci d'aiuto."

Xplode gli diede silenziosamente ragione. Lì dentro era tutto sigillato. Le poche entrate e uscite erano controllate alla perfezione. Ogni briciolo di esplosivo era prezioso. Ma un ratto furbo come lui trovava sempre una strada.

Con grande attenzione il veterano di guerra si guardò attorno nell'oscurità. Con le vibrisse verificò che nei dintorni non ci fossero trappole. Meglio stare dalla parte dei bottoni. Suo fratello gli avrebbe rinfacciato una seconda mossa maldestra per l'eternità. Poi si mise in moto cercando un'uscita da quella cupola sotterranea. All'inizio trovò solo pareti nude e nicchie di pietra. Eppure da qualche parte arrivava uno spiffero, ne era certo. Corse nell'altra direzione e scoprì finalmente un passaggio che portava in un tunnel cilindrico. Mentre si allontanava sempre più dal pozzo nero, captò d'improvviso un odore conosciuto. O meglio era più l'accenno di un odore. Tenero, peloso e predatorio. Gatti! Amici! Ian e Moccino si trovavano da qualche parte laggiù. Seguì la pista, correndo in una direzione precisa attraverso il sistema fognario. L'odore s'intensificò. Era vicino. Si infilò a fatica in una grata di scolo per poi trovarsi in un lungo, sconsolante corridoio che puzzava di paura e disperazione. Puah. Alle acque reflue era abituato, ma lì dentro...

A destra e a sinistra c'erano delle porte basculanti per cani in vetro antiproiettile, con tanto di tastierini per inserire il codice, che portavano a delle cellette munite solamente di scodelle in alluminio per l'acqua e di buchi nel pavimento coperti da grate. Dentro, delle creature tristi e abbattute se ne stavano accovacciate e malmesse negli angoli. Una delle celle, buia e con le pareti imbottite, sembrava vuota. Xplode si avvicinò incuriosito, guardando attraverso il vetro antiproiettile. Un pitbull nero con la museruola si lanciò contro il cristallo con forza inaudita, smascellandosi senza emettere alcun suono.

Le celle erano insonorizzate. In compenso Xplode era arrivato a un passo dal suo primo infarto. Procedette in tutta fretta, prima che qualcuno si accorgesse di lui. D'istinto guardò verso destra. La porta era aperta. Conduceva in uno stanzino per gli interrogatori ricoperto di muffa nera e dotato di stranissimi strumenti. C'era una specie di altalena con quattro ceppi, un grande telo e un tubo di gomma. Quali azioni nefande si consumavano lì dentro?

Deglutì a fatica. A quanto pareva non sarebbe mai sfuggito alla guerra e ai suoi orrori. E come se non bastasse, suo fratello iniziò a bisbigliare: "Che ce ne frega a noi di 'sti gatti? Zampe in spalla e via da qui! Coi segugi non si scherza. Se ci beccano, siamo bell'e morti."

Xplode si turò disperatamente le orecchie. Non voleva sentirlo. Suo fratello era morto, ma lui? Lui voleva vivere! Voleva provare emozioni. Stare con gli amici. Pensò a Ian, Foxtrot Kilo e gli altri. Doveva proprio abbandonare gli iCats al loro destino? No! Non avrebbe disertato di nuovo. Stavolta sarebbe rimasto fedele!

Con rinnovata energia passò in rassegna le celle restanti e si fermò davanti a quella più in fondo. Ovvio. Era sempre l'ultima quella giusta. Nel suo angolo più buio scovò Ian e Moccino. Quando lo videro, si appiccicarono subito al vetro. Ian si accanì sulla strettissima fessura inferiore della porta basculante. Voleva scardinarla. Ma non c'era niente da fare, Xplode lo capì subito. D'istinto rovistò nello zaino in cerca della dinamite.

Porcaccia la miseria! Era tutta fradicia a causa della scivolata. Per il momento i botti erano fuori discussione.

Fece un cenno dispiaciuto ai gatti. Niente da fare. Lui non poteva aiutarli. In quel momento si aprì la porta principale e due segugi dai neri collari pieni di aculei marciarono decisi lungo il corridoio. "Vediamo un po' a cosa gli servono i suoi poteri quando ingoia un po' d'acqua," ringhiò uno dei due. "Doti da sentinella, sistema di preallarme vivente, gatto da combattimento… pfff, non farmi ridere. A vederlo non si direbbe. Adesso sputerà fuori il nome di chi l'ha aiutato a fuggire. Noi qui sappiamo far cantare chiunque."

Il ratto si addossò come un fulmine alla parete, superò due celle e finì nello stanzino degli interrogatori proprio mentre passavano i due torturatori. Doveva fare qualcosa, chiamare aiuto! Ipersensibile com'era, Ian non avrebbe retto a lungo ai metodi dei segugi. A meno che non attivasse qualche suo potere speciale. Ma per quel che ne sapeva Xplode, il gatto non era in grado di controllarsi autonomamente.

Il ratto sfrecciò nel primo tubo di scolo che trovò, immergendosi nelle fogne. Doveva chiamare i rinforzi al più presto.

8

S.O.S. SMS

Foxtrot Kilo ampliò il raggio delle sue ricerche disegnando cerchi sempre più grandi attorno al punto in cui aveva lasciato la squadra. Dov'erano finiti quei vagabondi? Non potevano essersi spinti molto oltre. O no? Che avessero fatto l'autostop?

Quel volo a rilento aveva un vantaggio: l'ala slogata stava guarendo, ora che la stressava di meno. Doveva evitare qualsiasi sforzo. Per un attimo si fece trasportare dalla corrente ascensionale. Chiuse gli occhi, lasciando che il vento gli accarezzasse il becco. Che meraviglia librarsi nel cielo notturno. Decise di proseguire la ricognizione lungo l'autostrada, in cerca di segnali fuori dall'ordinario.

Incredibile! Il passerotto dovette sbattere le palpebre più volte. Quasi l'avesse evocata, un'immagine a dir poco stramba catturò la sua attenzione. Ciò che vide sotto di lui aveva dell'assurdo: un'auto dei pompieri stava viaggiando con un bradipo sul tettuccio! L'animale si era aggrappato alla scala allungabile e i suoi ciuffi verdastri svolazzavano al vento. Forse era il caso di darci un'occhiata più da vicino? Meglio di no. Aveva davvero altro da fare. Ma alla fine la curiosità ebbe il sopravvento.

Foxtrot Kilo fece rotta verso la scala dell'automezzo. Le manovre di atterraggio sui veicoli in movimento stavano ormai diventando la sua specialità. Dopo un approdo impeccabile su uno dei puntelli ricevette un caloroso benvenuto da Marley. Il passero venne a sapere due cose: che i bradipi andavano pazzi per le auto veloci e che la squadra di salvataggio stava viaggiando sull'autostrada dentro un camper malandato diretto a est. Fortunatamente nella giusta direzione, cioè verso il Teufelsberg. Un segno benevolo del destino. Foxtrot Kilo avrebbe dovuto solo aspettarli al varco. Su suggerimento del bradipo restò quindi in attesa. Per ammazzare il tempo i due musicisti sul tettuccio improvvisarono una gara di fischi; mica facile col vento che soffiava di continuo contro muso e becco. Con le guanciotte piene fischiarono con tutte le forze che avevano. Il tempo parve volare, fino a quando il veicolo di soccorso non uscì dall'autostrada.

Foxtrot Kilo allungò il collo. Stavano passando davanti a un vecchio camper fermo al bordo della strada col radiatore fumante.

"Ehi, eccoli!" esclamò Marley al rallentatore. Foxtrot Kilo allargò sollevato le ali e disse: "Devo andare. Stammi *well*, Marley," poi si lasciò portar via dal vento.

"Aspetta!" urlò il bradipo, ma ormai l'auto dei pompieri era scomparsa nel buio oltre la curva, insieme a lui.

I bipedi proprietari del trabiccolo fumante si trovavano sotto un lampione davanti al cofano aperto e si grattavano la testa con aria smarrita. "Eddai, tira fuori la cassetta degli attrezzi," biascicò uno dei due. Borbottando qualcosa, il compare si cacciò lo spinello all'angolo della bocca, aprì la porta dell'abitacolo e si stupì non poco. Indy, Maxim, Baffetto e Honeyball scesero dal camper ballando, uno dopo l'altro. Erano di ottimo umore. Passandoci davanti, il gatto glabro diede un colpetto amichevole al polpaccio del bipede sbalordito intento a fumare erba, e sparì nel cespuglio più vicino al seguito della combriccola. Il tipo si precipitò dall'amico.

"Non crederai mai a quello che ho appena visto!" Balbettando per l'agitazione, raccontò del suo incontro ravvicinato del terzo tipo.

"Vecchio, hai ragione! Non credo a una sola parola." Infuriato, l'amico gli strappò la cicca di bocca, la buttò per terra e la calpestò manco fosse un serpente velenoso. "Ti sei fumato fino all'ultimo neurone," sbraitò frustrato. "Fa' quello che ti ho detto una buona volta e va' a prendere la cassetta degli attrezzi, razza di fricchettone!"

Il poveraccio, offeso, incrociò le braccia. "Ma il gatto di porcellana mi ha colpito!" insistette.

"Smamma! Altrimenti sarò *io* a dartele, ecco cosa!" L'altro era sul punto di perdere le staffe. Si precipitò dentro e tornò con la cassetta. "Non c'è nessuno nel camper, deficiente! Il problema è che sembra un porcile. Se non sapessi suonare la chitarra così bene, ti mollerei qui nella pampa!" E cominciò a occuparsi del motore surriscaldato.

Foxtrot Kilo aveva visto abbastanza. In preda allo stupore si affrettò a seguire la piccola parata in fila indiana. Avevano un'aria proprio strana. Come facevano a sapere la direzione da prendere? Il Teufelsberg non distava molto da lì. Un caso?

"M'è semblato di vedele un uccellino... non è forse il nostro vecchio mangialombrichi Tango Kilo?" esultò Maxim.

"Foxtrot," fischiò in risposta il passerotto. "Mi chiamo Foxtrot!"

Maxim fece spallucce. "Per me puoi anche chiamarti samba o pogo." Poi tirò a sé l'indomabile Indy e azzardò un paio di goffi passi di danza insieme a lei. "Che bello che sei tornato, uccellino carino. Hai rimorchiato qualche passerotta facile?"

Il gatto si buttò a terra ridendo come un matto della propria battuta. Faticava a liberarsi dall'effetto del biscotto all'hashish. Indy invece, grazie all'aria aperta, stava tornando in sé. Arrabbiatissima, si divincolò dalla stretta di Maxim. "Dov'è mio fratello?" chiese all'uccellino guardandolo intensamente negli occhi come se volesse papparselo.

"Non lontano da qui ma irraggiungibile, temo." Foxtrot Kilo aveva captato e memorizzato tutte le misure di sicurezza del bunker spionistico, nei minimi dettagli. "Si trova circondato da pareti di cemento armato spesse metri, guardato a vista dagli yankee, nelle profondità del Teufelsberg. Con lui ci sono Moccino ed Xplode, ma non possiamo andare da loro. Sarebbe più facile accedere alle riserve auree di Fort Knox."

"Fantastico. Mai una missione facile," mugugnò Honeyball. "A proposito," aggiunse rivolto a Baffetto. "Com'è messo il cellulare? L'hai ricaricato nel camper come ti avevo detto? Dobbiamo controllare urgentemente gli sms di Sumo."

"Ovvio," replicò questi. "È pronto all'uso. Anche se non per molto: la batteria è al venti per cento."

"Ma bene," ringhiò il cane. "Potrebbero emergere fatti importantissimi sul più pericoloso criminale di tutta la Germania e tu non riesci nemmeno a caricarlo come si deve."

"Dacci un taglio adesso!" intervenne Indy, a sorpresa, per difendere Baffetto. "Il viaggio è stato troppo breve. Non può mica fare miracoli. Anzi, è un bene che abbia fatto almeno questo." Si guardò attorno. "Ecco, là in fondo c'è il Teufelssee. Possiamo magari fare una breve pausa, controllare i messaggi di Sumo e riflettere su come far breccia nella fortezza sotterranea."

Cercarono un posticino protetto sulla riva, si dissetarono – Maxim, a causa del biscottino, bevve come un cammello – e infine si sedettero in cerchio. Da brava agente del KGB anche Indy nutriva grandissimo interesse per i segreti di Sumo. "Accendi quel coso," disse a Baffetto. "Ma solo per pochi minuti! La sim può essere localizzata, se il cellulare è in rete. Non possiamo correre questo rischio."

Baffetto si affrettò ad avviare il telefonino e selezionò il primo dei tre messaggi arrivati mentre era spento.

"Dai qua," Honeyball gli strappò il dispositivo dalle zampe e fissò il mittente. Erkol & Kako, uno dei più grandi produttori di armi, scriveva: "Sumo, i 180mila fucili G36 ora possono sparare dietro gli angoli. Proprio come volevi. Il ministero degli Interni è un po' scocciato e ci sta facendo a pezzi sui media, non vuole pagare. Dobbiamo fare causa al governo?"

Il secondo messaggio proveniva da Darkwater-Why-Services Worldwide, un'organizzazione semiprivata di mercenari senza scrupoli che aveva ricevuto commesse per miliardi in Medio Oriente da parte del governo americano. Senza gara! Solo sulla base di rapporti personali, perché chissà quando avevano bussato alla porta delle alte sfere. Si erano cioè infiltrati nello studio ovale. Il messaggio recitava: "Capo, armi illegali dall'Iraq nascoste per bene. Se vuoi continuiamo a far fuori un altro po' di gente. Non più a casaccio, ma con precisione chirurgica. Manda altre munizioni per i droni-cecchini che usiamo per dare la caccia alle barbe lunghe al confine con l'Afghanistan. A proposito, le nostre riserve di razzi AGM-114 Hellfire stanno per finire."

La zampa di Honeyball iniziò a tremare da sola. Il navigatissimo agente della CIA non poteva credere ai propri occhi. Dovette intervenire con l'altra zampa per stabilizzare il telefonino traballante. L'ultimo messaggio era in caratteri coreani, e il software di traduzione lo trasformò in un pasticcio di parole: "Capace arma tu mandato noi con urina campione. Non male brucia per inizio. Cosa costa più? Quando tu puoi cucinare? Spariamo presto test razzo. Poco si vede manco." Il testo era firmato dal dittatore nordcoreano Ding Dong Bum.

Ciò superava di gran lunga i peggiori timori della CIA. La talpa non era attiva solo in Germania, né si limitava al settore edilizio e al traffico di droga. E soprattutto non era affatto così innocua come voleva far credere al mondo intero. In gran segreto il supercattivo stava mettendo a repentaglio la pace mondiale! Andava fermato al più presto. I droni che Sumo aveva impiegato contro di loro quando stavano dai maossoni erano solo dei giocattoli. I gingilli in Afghanistan erano di tutt'altro calibro.

"Sumo gestisce un traffico internazionale di armi." Indy aveva letto con cura gli sms alle spalle di Honeyball e ora confermava le sue riflessioni. "Il nostro vecchio conoscente ne ha fatta di strada da quando smuoveva la terra nel giardinetto del vicino. Hai già capito che non si parla di un campione di urina ma di *uranio*. Il software di traduzione è una schiappa. Se la Corea del Nord fa sul serio e lavora a una bomba atomica a lunga gittata, può portare allo scoppio di una nuova guerra mondiale!"

PALOMBARI NATI

Honeyball annuì e si alzò sospirando, come se dovesse reggere un peso immane. Guardò Indy con occhi stanchi. "Capisci che non posso più aiutare il tuo Moccino e Ian? Devo partire subito e avvertire il governo. In veste d'inviato della CIA sono responsabile della sicurezza di tutto l'Occidente."

Indy deglutì e si morse il labbro. "Capisco. Prendi con te Foxtrot Kilo?"

Honeyball guardò il passero fermo con le ali piegate. "Sì, e ho bisogno anche del cellulare. Devo esibire delle prove."

Fuori di sé, Baffetto saltò sulle zampe. "Mai e poi mai! Non mi separo dal mio telefono! Mi appartiene! È l'unica cosa che mi è rimasta. Ne ho assoluto bisogno. Ridammelo subito!"

Il cane rise beffardo e ringhiò a Baffetto scoprendo i denti. "Scordatelo, è confiscato!"

Maxim si mise in mezzo con la zampa. Non aveva nessuna voglia di litigare per questioni del genere. "E allora vai anche tu, sacerdote. Indy e io ce la faremo da soli." Del resto, in caso di pericolo, non voleva dover contare su quel mollaccione senza pelo né spina dorsale.

"Re.sto i.o!" sbottò Trepuntouno. "Già ab.bas.tan.za. A.mi.ci in pe.ri.co.lo. I.o a.iu.to!" Nel corpicino del mezzo lombrico batteva un cuore grande grande.

"Facciamo uno scambio," propose Honeyball con astuzia. "Io mi prendo la chiavetta USB coi dati sulle macchinazioni di Sumo e voi vi prendete il mio ciondolo a forma di teschio col verme."

Il cagnolino da salotto trattenne il respiro in preda alla tensione. Maxim avrebbe accettato? Il gatto stava già giochicchiando con la catenina che aveva attorno al collo, quand'ecco che Indy gli posò la zampa sulla sua, piano ma con decisione. "No," disse perentoria. "La chiavetta USB resta qua. Anche il KGB vuole vedere dei risultati!"

Quella gatta intelligente non si lasciava fregare tanto facilmente. Honeyball lasciò uscire tutta l'aria. Sarebbe stato troppo bello. In compenso i dati più importanti li aveva lui. Poteva rinunciare senza troppi crucci al ciondolo col verme dentro. Così passò a Maxim il teschio tempestato di strass. Si separarono senza tante storie né sentimentalismi. Foxtrot Kilo, Honeyball e Baffetto tornarono indietro verso il camper. Indy, Maxim e il lombrico restarono soli sulla riva del lago.

"E adesso cosa facciamo?" chiese il norvegese mentre allacciava il collare a Indy. "Come entriamo nella fortezza?"

L'agente pensò a voce alta. "Si tratta di un'enorme area sotterranea che gli yankee non hanno costruito con le proprie zampe, per cui dev'esserci almeno un'entrata non controllata da loro: un cancello, un condotto dell'aerazione, qualcosa." Prese un ciottolo piatto dalla riva e lo fece saltellare sulla superficie dell'acqua. Una volta, due...

"Ahio!" Piano, molto piano emerse dall'acqua una testa tonda e ispida con un paio di simpatici occhi a bottone, che si avvicinò alla riva.

"Che mi prenda un colpo! Marley, da dove arrivi?" esclamò Maxim tutto contento.

"Mi sono messo a nuotare quando i pompieri han fatto benzina. Le immersioni mi piacciono abbestia. Che figata! E ho pure catturato qualcosina." Marley rimestò con cura sotto i ciuffi fradici estraendo una piccola sagoma moscia con tanto di zaino. "Questa roba qua. Era alla deriva..."

"Xplode!" Maxim corse dal suo compagno così impopolare, che ciondolava inerte dall'unghione di Marley. Acciuffò disperatamente il piccolo roditore, lo prese per il sederino e lo scrollò per bene a testa in giù. Nessuna reazione! Con un balzo era di nuovo sulla riva, dove posò il ratto sull'erba umida. Appoggiò con cura le zampe sul petto spompato del topino e iniziò un energico massaggio cardiaco. Indy si piegò su Xplode privo di sensi, protruse la boccuccia e soffiò un po' d'aria nelle fauci dell'amico.

"Attenzione, sta tornando tra noi!" esclamò Maxim poco dopo. Indy interruppe la respirazione artificiale ed Xplode sputò un profluvio d'acqua a un millimetro dal naso della gatta.

"Ehi, non mi crederanno mai e poi mai!" gracchiò flebilmente. "Due enormi gatti mi hanno riportato in vita a forza di baci."

"L'erba cattiva non muore mai." Maxim si mise a sedere e sorrise a quel tipetto tosto. Impossibile far fuori quel ratto. Offesissima, Indy si leccò la zampa e si deterse il muso.

"A dire il vero volevo papparti ma puzzavi da far schifo," mugugnò.

"È piscio di cane," replicò Xplode, raggiante. "Ci ho fatto un bel bagnetto. A qualcosa almeno è servito. Sto di cacca, ragazzi.

Quanto sono rimasto sott'acqua? Il bradipo mi ha quasi fatto annegare!"

"Giusto dieci minuti o giù di lì. Io reggo mezz'ora senza problemi," sottolineò Marley battendosi il petto con orgoglio.

"Sul serio?" Maxim era impressionato.

"Certo. Tipico di tutti i bradipi. Che fretta c'è?"

Indy pensò bene di dare un taglio alle chiacchiere e si rivolse a Xplode. "Sei stato da Ian e Moccino… come stanno? E come mai sei tornato da solo?" In lei si riaccese l'antica diffidenza. Involontariamente sollevò il labbro superiore, per odorare il ratto. C'era forse puzza di tradimento?

Xplode vide brillare i canini a forma di pugnale alla luce della luna, ma restò calmo. Aveva visto spesso la morte in faccia. Non aveva più paura. "I due ragazzi sono imprigionati nelle viscere della terra, in una cella con vetro antiproiettile. Da solo non ce la potevo fare, oltretutto avevo gli esplosivi bagnati. Sono uscito attraverso le fogne. C'è un grande canale di scolo che sbocca nel Teufelssee e termina con una grata metallica. Io sono abbastanza piccolo da passarci attraverso, così sono risalito in cerca di aiuto. Il bradipo deve avermi trovato laggiù. Probabile che mi abbia pescato quando mi è mancata l'aria sott'acqua. Be', è andata bene un'altra volta. Grazie a voi tutti."

"Niente ringraziamenti," replicò Maxim. "Tra compagni di lotta è il minimo. E ora di' un po': come facciamo a portare Ian e Moccino fuori da là? Che proponi?"

Xplode rifletté. "Meglio sbrigarci. Se riusciamo a entrare nel bunker, abbiamo delle buone chance. Quando sono andato via stavano arrivando due segugi che volevano interrogarli. Immagino li abbiano portati nello stanzino con l'altalena, che non è chiuso a chiave."

Indy fissò Xplode con gli occhi da predatrice ridotti a fessure, cercando di capire se potesse fidarsi. Nel frattempo a Maxim era venuta un'idea poco gradevole. A malincuore strinse le labbra e disse: "Marley, tu hai braccia molto forti con lunghi unghioni. Credi di poter sollevare la grata?"

Il bradipo ci pensò su per un tempo adatto alla sua natura, poi se ne uscì con una valutazione al rallentatore: "Ma ceeertooo!"

“Bene, allora dobbiamo solo trattenere il respiro abbastanza a lungo da non crepare,” rifletté nervosamente Maxim.

Indy avrebbe preferito non affidarsi alla buona sorte. Si guardò attorno e sul lungolago individuò un bidone della spazzatura con dentro un sacchetto di plastica gialla. Poteva funzionare...

IL SOTTOMARINO

“Miahi!” Maxim si stava leccando la zampa. Si era rotto un artiglio nel tentativo di estrarre la vite arrugginita che assicurava il bidone al palo.

“Aspetta.” Marley lo spostò delicatamente, con teatrale tranquillità cercò una posizione sicura e si aggrappò al palo. Poi tirò su il bidone con tanto di sbarra come se fosse burro. Indy ci restò di sasso. Il bradipo se la prendeva comoda ma era fortissimo.

“Magnifico. Adesso abbiamo anche una chiglia che stabilizza il tutto,” osservò la gatta. Marley fece le cose per bene e finì di piegare il palo di 180° per evitare sporgenze. Poi Indy afferrò con cura il sacco giallo, lo estrasse dal bidone come fosse un micetto e lo vuotò. Il suo contenuto, in particolare tre bottiglie di PET col tappo a biberon, la fecero miagolare di soddisfazione. C’erano anche un paio di vecchi calzini e un logoro costume da bagno con l’elastico slargato. “Dammi una zampa!” sbottò aggressiva verso Maxim, che le stava accanto in stato confusionale. “Spingiamo il bidone con la stanga fino all’acqua, come una slitta.”

Una volta là, illustrò finalmente il piano a tutti quanti: con gli artigli ritirati avrebbero coperto il bidone col sacco giallo, come un preservativo da fermare alla base coi calzini pieni di ciottoli e l’elastico del costume. “Abbiamo bisogno di fare la tara,” spiegò Indy da vera esperta. “L’aria all’interno della campana subacquea crea una spinta verso l’alto che Marley dovrà contrastare in assenza di pesi. Se andiamo in profondità, Marley può staccare un calzino o tutti e due per bilanciare la spinta ascensionale. Le bottiglie sono la nostra riserva d’aria per le emergenze. E se ci manca l'aria all'interno del bidone bussiamo tre volte contro il metallo. Sott'acqua si sente. Sarà il momento cruciale, Marley! E ti dovrai sbrigare."

Woah! Per il bradipo era fin troppo stressante. Trascinare il bidone in acqua, sganciare i calzini e poi staccare persino la grata? Ridicolo! Avrebbe semplicemente portato giù quella roba e basta. Mai e poi mai avrebbe accettato che qualcuno gli fiatasse sul collo. "Vediamo poi!" rispose al ralenti. Non voleva attaccar briga. A lui piaceva stare da solo e decidere la propria velocità di crociera. Magari poteva ancora scomparire tra gli alberi senza dare nell'occhio? Di notte tutti i bradipi sono neri.

Indy parve indovinarne i pensieri e lo fulminò coi suoi occhi da predatrice ridotti a fessure: "Sistemiamo questa cosa insieme. Sono stata chiara?"

"Certo," sospirò Marley, rassegnandosi. Ma non si sarebbe comunque scapicollato.

Prepararono insieme il bidone e lo trascinarono in acqua finché non galleggiò secondo i piani. Poi ci saltarono dentro. Sotto il loro peso il sommergibile improvvisato calò fino al pelo dell'acqua. Dentro, due grossi felini e un ratto ci stavano strettissimi. Maxim però non la prese male, e diede un'annusata lampo a Indy. Che buon odore! Sembrava una belva della savana. Rrrr. Quanto avrebbe voluto darle un morso alla nuca. Ma appena vide il sorrisetto che la sapeva lunga di Xplode, decise di lasciar perdere. Non voleva fare la fine della carne in scatola. Purtroppo quella gattina non aveva il senso dell'umorismo.

Prima che Indy sigillasse da dentro il sacco della spazzatura, inspirarono profondamente. Un gran colpo e via, spediti come un pacco postale. Schiacciati l'uno contro l'altro tennero duro in quel microsottomarino di fortuna. Maxim notò con quale forza Indy stesse stringendo il sacco affinché non entrasse l'acqua. Quella splendida gatta era pronta a tutto, anche a sacrificare la propria vita, pur di salvare la sua famiglia. Lui desiderava tanto farne parte. Ma forse era appena suonata la sua ultima ora. Voleva che lei lo sapesse.

Era il momento della verità. "Ti amo, dolcezza," le sussurrò piano nella collottola pelosa.

"Eh?" Forse Indy l'aveva sentito, forse no. Maxim perse tutto il coraggio.

"Ho strizza," si affrettò ad aggiungere. L'agente del KGB abbassò lo sguardo con rabbia e s'innervosì. Attraverso un minuscolo buco da bruciatura nel sacco stava entrando acqua nella loro prigione sottomarina.

"Abbiamo una falla!" esclamò trafficando con la zampa libera contro la lamiera perforata del bidone. "Fori troppo stretti, non riesco ad arrivarci," constatò ansimando.

L'acqua filtrava veloce, troppo veloce! Aveva già le zampe fradice. Maxim fissava inorridito il livello dell'acqua in rapida crescita. Per quanto fosse coraggioso e nerboruto, aveva sempre avuto il terrore di affogare. Aveva visto troppi fratellini morire così da giovanissimi davanti ai suoi occhi. Solo perché erano bianchi e sordi.

Trepuntouno si fece sentire con la sua vocina: "Nes.sun pro. ble.ma. Va.do i.o." Senza giri di parole sgusciò fuori dal pendaglio, passò con agilità attraverso la lamiera metallica e serrò il sederino rosa come un tappo nel buco del sacco. "Stop!" annunciò perentorio. "Non muo.ve.te.vi! Pres.sio.ne gran.de."

Più per tranquillizzare sé stesso, Maxim abbracciò la sua adorata e s'immobilizzò. Insicuri come non mai, si guardarono negli occhi spalancati cercando di respirare piano, anche se diventava sempre più difficile. Maxim afferrò disperatamente l'ultima bottiglia di PET dietro la schiena di Indy. Si ripromise di aspettare l'ultimissimo momento prima di svuotarla dell'aria, diretto nelle profondità del Teufelsberg.

Klong.

Cos'era stato? Maxim morì mille volte.

Klang. Come una lattina, il bidone si ammaccò verso l'interno a causa dell'aumentata pressione. Crac. Il norvegese boccheggiò. Era in preda al panico. Come in una pressa per autodemolizioni, le pareti metalliche stavano avanzando verso di lui. Troppo stretto! Aria! Aveva bisogno d'aria! Con tre vigorosi colpi contro la parete ammaccata incitò Marley. E sentì subito che stavano risalendo. Tremante, aprì la bottiglia e fece un lungo respiro. Poco dopo il bidone rallentò. Espirarono appena videro che la pressione sulle pareti diminuiva. Poi ci fu un grande scossone che li fece ribaltare all'indietro. Da fuori Marley bussò contro il metallo.

Fuori, fuori, fuori! Era l'unica cosa che Maxim riusciva ancora a pensare. Quindi si svincolò freneticamente dalla sua adorata, che fece passare lui ed Xplode prima di uscire lei stessa dal bidone.

"Solo per sapere," chiese il ratto, "come la mettiamo col viaggio di ritorno? Se il lombrico si stacca dal buco, il sottomarino si riempie e affonda."

Indy corrugò la fronte. "È una strada a senso unico questa," affermò dopo qualche secondo di riflessione. "Con Ian e Moccino, lì dentro non ci entriamo. Cosa dici, Maxim?"

Il norvegese trasalì. Non ci aveva pensato. "Credo che non dobbiamo escludere altre possibilità di fuga," rispose. "Questa rischia di essere la nostra ultima chance. Marley può tranquillamente aspettarci sott'acqua con Trepuntouno... e, ehm... rilassarsi. Se non torniamo entro mezz'ora, che faccia quel che vuole. Idem per il lombrico."

Relax? A Marley l'idea piaceva, altro che tutta quella foga. Staccare la spina e fare quel che voleva... cosmico. "Yeah, andate pure. Io sto qua. Buona fortuna... e niente stress!" esclamò quando erano già partiti.

ACQUA, FUOCO, ACQUA

Dopo aver stiracchiato in tutte le direzioni le membra rattrappite, Xplode partì in quarta. In lontananza sentiva già il pianto di Moccino attraverso i tubi fognari. Non un bel segno. Il ratto accelerò per poi frenare bruscamente. "Fermi!" sibilò. "Eccoli là!"

Indy alzò la testa, spiò con cautela attraverso l'inferriata e incontrò lo sguardo allibito del fratello. Ian era steso di schiena su una panca obliqua, coda all'insù, testa all'ingiù. Aveva le zampe legate da lacci di pelle. Sul muso era posato uno straccio bagnato. Si dimenava nei limiti del possibile, tossiva e sputava acqua. Sembrava aver venduto cara la pelle, a giudicare dai tanti graffi visibili sul corpo di uno dei segugi, che teneva un tubo dell'acqua con la zampa e stava abbaiando a Moccino, rannicchiato in un angolo: "I tuoi graffi e i tuoi piagnistei non servono a un bel niente, piccoletto. Siete alla nostra mercé. Come ha fatto il gatto rosso a fuggire dall'Istituto? Parla! Altrimenti tuo padre affoga!"

Moccino scoppiò di nuovo a piangere e strattonò il collare a strozzo attaccato a un grosso anello di ferro nella parete. "Io non so niente! Sono ancora piccolo! E quello non è mica il mio papà. Io ho solo la mamma!"

Il torturatore rise. "Non scherzare, piccoletto! Tu sei solo il risultato di una delle nostre serie di test. Un brutto incrocio tra un gatto e una lupa. E adesso indovina chi era il gatto? Ovvio, il nostro signor forzuto qui, la cavia di gran lunga meglio modificata durante la serie di esperimenti antiterroristici dell'anno scorso. Credimi, tu sei proprio il figlio di questo miserevole pezzo di merda! E tua madre dev'essere stata una bella selvaggia. Che riposi in pace." Si batté la coscia e rise abbaiando.

L'altro cane gli tirò indietro la testa alzando la zampa con fare minaccioso. "Parla una buona volta, bastardo, o tuo padre schiatta!"

"No!" rantolò Ian a un passo dal soffocamento. "Parlo io..."

Indy vide tutto rosso. La bestia dentro di lei gridò di gioia. Finalmente! Finalmente libera. Come un demonio la gatta si lanciò sull'inferriata, che si staccò volando contro la parete con un gran baccano. Ora si trovava nel bel mezzo dello stanzino degli interrogatori. Con lo sguardo allucinato, dispiegò le armi e fece un processo sommario. Saltò direttamente sul muso del cane sadico e gli strappò gli occhi con un graffio. E appena lui si prese il muso ululando, lo morse sulla nuca e gli piantò tutti gli artigli nel dorso. Le fauci di lei si riempirono di sangue. Voleva sputarlo, ma non si fermò. Il segugio si tirò su ringhiando, con Indy aggrappata alla collottola come una zecca gonfia di sangue. Con impeto pazzesco il cane si lanciò all'indietro più e più volte contro il muro di nuda pietra, insieme all'assalitrice imbizzarrita.

Niente da fare. Indy non mollava la presa.

Allora tentò di scrollarsi di dosso l'agente come un toro da rodeo, impennandosi e rotolandosi, ma Indy serrò le zanne ancora più forte.

Non voleva mollare!

Infine la carne maciullata della nuca cedette e lei si ritrovò con uno straccio di pelo sanguinolento tra i denti, mentre il cane correva avanti e indietro guaendo in preda al panico. La gatta sputò schifata e si pulì le fauci col dorso della zampa, liberandosi del pelo e del sangue. Le pulsavano gli occhi.

"Sul serio, il pitbull nella cella lì in fondo è una merdina al confronto," commentò Xplode colmo di ammirazione. "Hai vinto alla grandissima contro il gran baubau." E diede a Indy un timido colpetto sulla zampa.

Lentamente la gatta abbassò il capo verso di lui. Nel suo sguardo c'era ancora il luccichio della follia.

"Indy!" strillò Xplode allarmatissimo. "Datti una calmata. È fuori gioco. Va tutto bene! Devi tornare in te, la tua famiglia ti aspetta."

Bastò quello a riportare la maine coon alla realtà. Pian piano lo sguardo ossessionato scomparve e la sua vista tornò a schiarirsi. Con cautela sgranchì le mascelle intorpidite e si tastò una zanna con la lingua.

"Mamma!" Moccino scattò per correre da lei, ma la catena col collare a strozzo lo fece rimbalzare all'indietro. Indy soffiò furiosa, ma la bestia in lei aveva trovato pace. Si era scatenata e già ritirata, lasciandole di nuovo il controllo. Fu in un lampo dal figlio e gli aprì il collare. Moccino si gettò singhiozzando al collo della madre, e lei lo abbracciò provando infinito sollievo.

Maxim nel frattempo non era rimasto con le zampe in zampa e si era occupato dell'altro torturatore. Torreggiava a gambe larghe su una specie di groviglio fatto di tubo di gomma e segugio, all'interno del quale quest'ultimo non riusciva a muovere un artiglio. Il cane poteva solo mordicchiare il tubo che gli passava per le fauci e abbaiare penosamente in cerca di aiuto: "Hau, hau, hau."

Senza fare una piega, l'albino allungò l'altra estremità del tubo fino al sedere del cane, aprì il rubinetto e inflisse al maltrattatore d'animali un clistere coi fiocchi. Il segugio restò senza parole, cercando di sopportare il contrappasso.

Intanto Xplode aveva tolto lo straccio bagnato dal muso di Ian e l'aveva liberato. Il gatto si rotolò sul fianco, vomitando una gran quantità d'acqua e pompando disperatamente aria nei polmoni. Poi si tirò su tremante. "C'è mancato poco!" ansimò. "Grazie. Ma non è finita. Siamo sorvegliati. Tra poco qui si scatenerà l'inferno." Esausto indicò un punto sul soffitto basso dov'era appesa una videocamera. "Poco ma sicuro i segugi hanno seguito la vostra azione. Dobbiamo andarcene subito."

Appena finì la frase, non lontano da lì udirono il trepestio di molte zampe pesanti. Stava arrivando una squadra d'assalto.

"Ritirata!" soffiò Indy. Estrasse due artigli dalla zampa anteriore, si disegnò un cerchio sopra la testa e poi indicò in basso verso la botola. "Se siamo fortunati, Marley ci sta ancora aspettando."

Quando apparve il primo muso canino nello specchio della porta, Maxim risistemò l'inferriata con un clac e partirono in quarta.

Ripercorsero al galoppo la stessa strada da cui erano venuti. La superficie dell'acqua si stendeva davanti a loro piatta e intonsa. Se Marley se l'era squagliata, la loro fuga sarebbe finita lì.

Plipp. Una minuscola bolla d'aria salì sfavillante per poi esplodere a contatto con la superficie. C'era luce in fondo al tunnel.

"Marley!" sbottò Xplode muovendo l'acqua. "Svelto! Maledizione, dove sei finito?"

"Be', qui." Il naso del bradipo emerse al rallentatore. "Ho fatto un pisolino." Sbadigliò. "Si riparte?" Senza fatica ripescò il bidone con una zampa sola e lo svuotò. "Entrare prego! Prima le mamme e i bambini."

Comunque si sistemassero, i gatti non ci stavano tutti. E già si sentiva l'abbaiare dei segugi dietro l'angolo.

"Uno deve restare fuori per salvare gli altri," constatò sobriamente Xplode. "Ma chi segue a nuoto sott'acqua ci rimette... com'è capitato a me!"

Ian si fece avanti tremante. "Resto qui io e distraggo gli inseguitori. Quelli vogliono me. Senza di voi sarei comunque affogato."

Maxim stava combattendo con sé stesso. Aveva una paura gatta, ma in tutta evidenza era anche il più grosso e il più forte di tutti. Senza di lui c'era posto per gli altri. Guardò negli occhi Indy, il suo grande amore, e prese una decisione. Senza tanti complimenti buttò il gatto allo stremo nel bidone e disse: "Scemenze, zampamolla! Sei alla frutta. Nel tuo stato non ce la farai mai. E allora tocca a un vero gatto! Datemi solo un paio di bottigliette, così mi immergo come il bradipo."

Nella gola del norvegese si formò un magone colossale. Si schiarì la voce e disse a Marley: "Promettimi solo questo: se succede qualcosa non lasciarmi sul fondo del Teufelssee. Anche se muoio. In nessun caso! Ok?"

"Yo," mormorò il bradipo indispettito. Sembrava proprio che quei gatti nevrotici volessero di nuovo complicare le cose. Non ci stava più dietro.

Trepuntouno era ancora aggrappato al buco nel sacco dell'immondizia. "Pronto all'immersione, capitan Marley?" pigolò Xplode nel disperato tentativo di rilassare l'atmosfera. "A tutto bradipo!"

"Aspetta!" All'ultimo momento Indy tirò fuori la testa dal bidone e diede una carezza sulla guancia a Maxim con la zampetta. "Grazie," bisbigliò. "Sei tanto caro e coraggioso. Se sopravvivi, saprò come ricompensarti."

CENTRIFUGA

"Morto stecchito." Xplode scosse la testolina, rassegnato. Il gatto bianco giaceva immobile sulla riva pianeggiante. La pelle brillava rosa sotto il pelo fradicio. L'enorme norvegese aveva l'aria delicata, fragile. Era immobile. Nessun respiro gli alzava il petto. Le avevano davvero provate tutte. Ian col massaggio cardiaco, Indy con la respirazione bocca a bocca. Nisba.

"L'erba cattiva non muore mai!" miagolò Indy in preda alla disperazione. "Io sono la tua gatta portafortuna! Non puoi morire. Per favore... e fa' qualcosa tu!" gridò improvvisamente al fratello.

Ian abbassò lo sguardo con tristezza. Sgomento e agitato, Moccino si stava mangiando gli artigli.

Marley sospirò. Stress, solo stress! Pian piano si mosse, afferrò le zampe posteriori dell'affogato coi suoi lunghi unghioni e roteò lungo il proprio asse, facendo vorticare il gatto come un martellista olimpionico. Centrifuga! L'acqua nella pelliccia di Maxim schizzò da tutte le parti. Marley rallentò, disegnò un grande arco e sbatté con impeto il gatto a terra, come fanno i pescivendoli di Amburgo col pescato fresco sui fogli di giornale. "Ecco, adesso è asciutto," mormorò soddisfatto.

Gli altri osservarono con orrore il gatto seviziato, che grazie a quel trattamento poco gentile aveva esalato l'ultimo respiro, insieme a un gran getto d'acqua che a quanto pareva gli era rimasto in gola. Indy era già pronta a scuoiare il bradipo, Ian la trattenne per la coda appena in tempo. Il che non servì granché a tranquillizzare la gatta incollerita. Ma proprio in quel momento il cadavere affogato spalancò gli occhi rossi e boccheggiò rumorosamente.

"Santo rantolo, il citrullo vive!" Xplode non aveva visto risorgere molti morti, ma quel gatto doveva proprio essere un maestro.

Quasi a comando tutte le luci del Teufelsberg si accesero e gli umani saltarono in fretta e furia nelle loro auto. Un grosso branco di segugi si lanciò all'esterno del bunker. Fuori di sé i cani in posizioni di comando abbaiavano ordini senza sosta. H in carne e pelo troneggiava sul tettuccio di un veicolo ringhiando: "Trovateli! Vivi o morti!"

La masnada uggiolava e ansimava in cerca di una pista. Non ci sarebbe voluto molto prima che i cani li cercassero anche in riva al lago.

"Io me la squaglio," annunciò Marley rilassatissimo. "Mi è appena venuta un'idea geniale per una nuova canzone. Magari ci si ribecca, eh?" Non disse quello che pensava di loro, cioè che erano davvero troppo agitati per i suoi gusti. Dopo una serie di baci e abbracci calorosi, si separarono. E sebbene il bradipo si muovesse con estrema lentezza, in brevissimo tempo si era già mischiato al verde degli alberi, come se non fosse mai esistito.

"Ci siamo?" domandò Xplode. "Ho come l'impressione che ci convenga tagliare la corda alla svelta. Abbiamo tutta l'NSA alle calcagna. Se ci pigliano, ci fanno una festa che entrerà nella storia!"

9

PECCATO DI SUPERBIA

Quaranta minuti prima, tronfio come un galletto, Honeyball era tornato impettito al parcheggio. Con quanta eleganza si era sfilato dalla faccenda! Visto che quelli dell'NSA erano quasi i suoi fratelli maggiori canini, non aveva intenzione di combatterli. Tantomeno voleva rischiare che gli iCats scoprissero cosa sapeva degli esperimenti. Quando a suo tempo H gli aveva chiesto se conosceva degli animali ipersensibili, gli era subito venuto in mente il fratello di Indy. Ma nemmeno per sogno si sarebbe immaginato che i segugi volessero compiere esperimenti del genere. Gli yankee avevano affermato di voler cercare volontari per la loro unità antiterroristica a quattro zampe. Il loro obiettivo era creare un perfetto sistema di preallarme e contrasto, formato da agenti dormienti attivabili in caso di pericolo. Uno strumento di cui anche la CIA avrebbe potuto approfittare. Il fatto che le cavie fossero state poi sottoposte a trattamenti anche contro la loro volontà e che gli animali più sensibili fossero stati praticamente distrutti e ricostruiti a forza di farmaci e lavaggi del cervello non era certo il massimo. Ma l'aveva scoperto troppo tardi. Il danno era già compiuto. Come ringraziamento Honeyball aveva ricevuto pochi spiccioli. In compenso, nel corso delle sue visite ai laboratori, aveva captato un paio di parole d'ordine che si era segnato casomai avesse dovuto usarle in piena emergenza.

Durante la fuga dagli sgherri di Sumo l'emergenza si era effettivamente presentata, così aveva dovuto attivare Ian per salvare tutti quanti. Il *gatterminator* aveva fatto fuori con un'efficienza da mozzare il fiato entrambi i barboni esperti di arti marziali. Pazzesco!

Non c'era da meravigliarsi che l'NSA volesse sapere a tutti i costi quale fosse il gene felino che lo rendeva così speciale. Volevano insistere con quell'esperimento, producendo combattenti in serie.

A conti fatti però Honeyball non aveva proprio nulla da rimproverarsi. Del resto, i cani erano ben più intelligenti dei "mentegatti", come amava chiamare in segreto i mici. Che cane senza scrupoli era diventato! Mentre i gatti stavano ancora cercando di raccapezzarsi, lui coi suoi fedelissimi era già un pezzo avanti. Proprio come il suo quasi omonimo Annibale, che aveva valicato le Alpi per aggirare i romani. Il cagnetto ridacchiò tra sé e sé. Forse avrebbe dovuto ordinare un branco di elefanti? Nessun problema, aveva contatti eccellenti. Lo spaniel nano scodinzolò divertito. Mai giudicare qualcuno dall'aspetto. I cagnolini da salotto avevano un sacco di risorse. Nessun altro arrivava così vicino ai segreti più intimi dei bipedi.

A parte Sumo, forse. Lui sì che era di un altro calibro. Honeyball lo considerava alla propria altezza. Il suo piano per scalzare il governo a forza di scandali edilizi, droghe e ora pure traffico d'armi andava ovviamente ostacolato. Quel tipo stava diventando troppo potente per i suoi gusti. Poco ci mancava che diventasse il padrone del mondo intero, con la stessa rapidità e imprevedibilità con le quali aveva conquistato il regno rattesco in solitaria. E ora aveva un enorme esercito alle sue dipendenze. I killer di Sumo facevano sul serio, Honeyball l'aveva imparato negli ultimi giorni, a proprie spese. Per fortuna quello stupido di Maxim si era sempre lanciato in prima linea e lui ne era uscito illeso. A parte coi maossoni, ovvio. Era inaccettabile che l'avessero messo sotto chiave. Solo perché era un cane! Gliel'avrebbe fatta pagare, a quei gatti. L'infiltrazione di quella setta di fanatici stava in cima alla sua lista di cose da sbrigare.

La prima a ricevere una bella lezioncina sarebbe stata Giogatta. Senza la loro dea, i gatti erano spacciati. Già. Avrebbe preso Baffetto sotto la propria egida, lo avrebbe rieducato e al momento giusto gli avrebbe consegnato il potere. Sotto la guida del gatto glabro avrebbe tirato tutt'altra aria. La sua. Un bel giorno dal suo loft Honeyball avrebbe fatto una scoreggina destinata a trasformarsi in tornado per i gatti. L'idea gli piaceva.

"Honey?"

D'improvviso il papillon venne strappato dai suoi pensieri. Foxtrot Kilo gli aveva chiesto qualcosa. Il passerotto era troppo tenero per essere messo al corrente dei suoi piani.

"Eh?" Honeyball scrollò malvolentieri spalle e testa, facendo volare le orecchie sfrangiate.

L'arruffatissimo uccellino da ricognizione, seduto sul dorso di Baffetto per proteggere l'ala slogata, ripeté la domanda: "Qual è il piano? Il camper se n'è andato."

Maledizione! Sarebbe stato troppo bello. Honeyball non dovette rifletterci a lungo. "Dai qua il telefonino!" sbottò rivolto al sacerdote, che lo estrasse titubante dal taschino del corpetto fatto a maglia.

"Non ha molta batteria."

Il papillon lo accese senza fare una piega e digitò rapidissimo un sms: "Jamal, vienici a prendere alla piazzola del Teufelssee, porta con te Paris e il nécessaire per la zampicure. Subito! Conferma quando parti. HB."

Due minuti più tardi arrivò un ping con la risposta: "Siamo partiti."

Perfetto. Ora si trattava di aspettare. I suoi artigli avevano davvero un aspetto spaventoso. Lo smalto era scomparso. Tutto rovinato. Ci avrebbe pensato Paris, la sua servetta bipede. Un genio nel campo della cura del corpo. Anche se non era granché come guardia... del corpo. Ma vestita di pelle nera era uno schianto. Gli dava proprio il look giusto quando lo prendeva in braccio.

Rimuginando, tornò a leggere gli sms ricevuti sul numero di Sumo. Traffico d'armi internazionale! Chi l'avrebbe mai pensato?

Una lucetta segnalò che restava il cinque per cento di batteria. Poco importava. Avrebbe potuto ricaricarlo in macchina. Lo lasciò acceso per leggere i vecchi messaggi di Sumo.

L'errore più grave della sua vita!

LA CANNONCIONA

"Beccato!" Sumo sbraitò trionfante. Con una sola zampata ridusse in tanti pezzettini la nuovissima scrivania del suo quartier generale-bunker. Aveva appena localizzato chi stava leggendo i suoi sms privati. Finalmente! La prima volta gli era sfuggito. Il tempo trascorso in rete non era stato sufficiente per una triangolazione. Ma adesso ce l'aveva. E chiunque fosse, era ormai suonata la sua ultima ora. Con un gesto secco chiamò il ratto servente. "Porta qui la Cannonciona! Mi serve!"

Il ratto sbiancò e iniziò a tremare. Non osò contraddire il re dei bassifondi. Poco dopo qualcuno bussò frenetico alla porta. Sumo sospirò. Poteva essere solo lei. La sua migliore hacker era praticamente cresciuta in internet, ma aveva qualche problema a usare gli oggetti reali privi di tastiera. Se qualcuno bussava alla sua porta, lei per aprire schiacciava i tasti "cmd + O" del Mac. Stava al computer giorno e notte. Dormiva persino su una copertina lisa all'interno di una custodia inutilizzata. E si cibava solo e soltanto di fast food, il che spiegava il suo nomignolo. Un nome che era tutto un programma, perché era davvero un'arma pericolosissima. La sorcina muschiata nativa di Tel Aviv si era formata alla scuola del TOPAD, i temuti servizi segreti israeliani, per poi passare alla Unit 8200. Là Sumo l'aveva scoperta mentre faceva shopping di spyware e si era subito innamorato delle sue arti informatiche. Nel giro di pochissimo tempo, sotto la sua guida, era divenuta l'incontrastata regina hacker dei bassifondi.

La talpa aprì personalmente la porta alla ratta che puzzava di rancido, salutandola con un gesto galante. La cura del corpo non era purtroppo il suo forte. In compenso lei stava lavorando a un algoritmo che serviva ad analizzare in maniera centralizzata i dati raccolti da quegli stupidissimi dispositivi wearable. Le assicurazioni sanitarie avrebbero sborsato un bel po' di soldi per sapere chi faceva una vita sana e chi no. E anche l'"internet delle cose" sarebbe presto diventato realtà. Le *sue* cose! Il software della Cannonciona era in tutti i frigoriferi, i forni, i mixer, i sistemi di riscaldamento e gli elettrodomestici smart, e lavorava per lui. In un futuro molto prossimo nessuno sarebbe stato al sicuro da Sumo, neanche a casa propria. Nessun politico, nessun concorrente alle gare d'appalto, per non parlare dei suoi avversari.

Tutto soddisfatto, il re dei bassifondi si diresse verso il quadro di comando e zoomò col satellite. I collegamenti per immagini erano diventati così precisi da poter individuare i peli sul sedere di un moscerino della frutta. Il cellulare con la sua sim si trovava all'interno di una limousine nera. Dentro c'erano due umani e tre animali diretti a Berlino in autostrada. Il cane e l'uccello li conosceva. Le loro foto segnaletiche erano appese ovunque nel suo regno sotterraneo. Il gatto glabro era nuovo. Indossava un corpetto fatto a maglia ed era interamente ricoperto di lineette e puntini colorati. Che razza di freak!

Sumo si baloccò col pensiero di far impagliare quella brutta bestia. Spostò l'obiettivo e controllò la targa: B-Dog 1. Ma certo! Quel veicolo era un modello speciale che resisteva persino alle munizioni in grado di sfondare i mezzi blindati. Poco importava. Chi aveva osato derubarlo non era comunque al sicuro. Attraverso il tettuccio apribile in vetro poté vedere che il cane ricercato teneva un telefonino tra gli artigli freschi di zampicure. Ingrandì l'immagine e decrittò gli sms...

Porcaccia la miseria! Quel cane d'un troll stava passando in rassegna i suoi messaggi più segreti! Doveva impedirlo immediatamente! "Vieni un po' qua, tesorino," mormorò. "Riesci a hackerare quest'auto per me? Magari modificando un cicinin l'itinerario? E se anche i freni cedessero, non sarebbe male."

La ratta pienotta si avvicinò, appoggiandosi sulle sue spalle. "Bah, è una VonVagonen Fètenz. Troppo facile. Quel trabiccolo è craccabile come un lettore dvd. Con la VonVagonen chiunque può rigirarsi il software come vuole. Dammi un compito più difficile!" chiese mettendo il broncio. Sumo non poteva farci nulla: la Cannonciona era proprio irresistibile.

"La cosa difficile è l'urgenza," rispose con voce flautata. "Devi farlo *subito*. Qui, su due zampette! Quel veicolo non deve raggiungere il centro."

"Mmm, allora forse è una sfida." La Cannonciona si mordicchiò gli artigli smangiucchiati e masticò pensosa una pellicina.

Poi un sorriso le balenò sul muso e scoprì zanne lunghe e giallastre, che con i loro buchetti neri ricordavano l'emmenthal. "Posso?"

Sumo si mise da parte e ammirò la hacker in azione. Le sue zampette anteriori si muovevano con tale agilità sulla tastiera che sembravano volare. Le immagini sul monitor cambiavano di continuo, come in un film d'azione accelerato. Per un attimo le zampe restarono a mezz'aria. Poi un artiglio piombò sul computer e schiacciò Invio.

Tutta contenta la Cannonciona alzò il naso e annunciò: "I freni sono morti e tu hai pieno controllo della vettura. Basta usare le freccette: alto e basso è l'acceleratore, destra e sinistra la direzione."

Sumo si sfregò le zampe assaporando il momento. "Tesoruccio, sei la migliore in circolazione." Tirò a sé la topina muschiata e le diede un pizzicotto sul didietro così forte da farle cacciare un gridolino. "Va' dal mio cuoco personale e prenditi quel che vuoi. Deve esaudire ogni tuo desiderio." Poi l'accompagnò personalmente alla porta. "E se posso fare qualcos'altro per te, non esitare," le sussurrò. "Magari ci vediamo stasera per prenderci una mousse al cioccolato?" Le fece un occhiolino sbarazzino, alzò la zampa per salutarla e richiuse la porta. Poi si fiondò sulla tastiera.

Ora era lui al volante. E ben presto quei miseri ladri avrebbero capito cosa significava attaccar briga col crimine organizzato…

SERVIZIO LIMOUSINE

"Jamal, cosa stai facendo?" abbaiò rabbioso Honeyball appena la sua esperta di zampicure perse l'equilibrio a causa di uno sbandamento della limousine, macchiandogli tutta la zampa con lo smalto azzurro. La flûte piena di S. Pellegrino frizzante si rovesciò sul vassoio, e il costosissimo liquido inondò il sedile. I biscottini per cani volarono sul pavimento ricoperto da uno spesso tappeto. Spaventatissimo, Baffetto si aggrappò alla maniglia di radica lucidata a specchio. Per una volta che poteva finalmente viaggiare con stile, ecco che il bipede al volante rovinava tutto.

La limousine serpeggiava sempre più fuori controllo, poi tentò un rischioso sorpasso a destra e rientrando sulla sinistra tagliò la strada a un coupé sportivo rosso fiammante. Infine la Fètenz frenò improvvisamente. Il guidatore terrorizzato dietro di loro strombazzò con tutte le luci accese, e dovette inchiodare per non tamponarli.

"Uff, c'è mancata una piuma!" pigolò Foxtrot Kilo impauritissimo. Baffetto era senza parole, la pelle bianca come quella dei sedili color champagne. Ora gli arzigogoli a pennarello si vedevano ancora di più.

Jamal intanto girava il volante come un pazzo, imprecando in una lingua straniera. O era stato morso da una tarantola, oppure c'era qualcosa che non andava. Honeyball l'osservò meglio: stava schiacciando il freno con tutta la forza che aveva. Senza sosta. Eppure niente. Girava il volante verso destra, e l'auto sterzava completamente a sinistra. Il suo autista non aveva più alcun controllo sulla vettura.

"Il motore!" gli abbaiò Honeyball. "Spegnilo e prova a riaccenderlo!"

Il bipede non capiva. Foxtrot Kilo si lanciò in avanti col becco e schiacciò il tasto di Start e Stop accanto al volante. E nell'impeto si prese una storta alla nuca. Per niente! Il motore continuava ad andare. Anzi, l'auto partì a tavoletta come telecomandata, diretta contro il pilone di un cavalcavia. "Fuori da qui!" gridò il passerotto trillando come il fischietto d'un poliziotto. E al contempo schiacciò il pulsante centralizzato dei finestrini. Almeno quello funzionava ancora, e i vetri si abbassarono tutti. Il vento soffiò nell'abitacolo e risucchiò subito fuori dall'auto l'uccellino col suo peso mosca. Come in un'istantanea, vide Honeyball e Baffetto sporgersi dai finestrini posteriori. A quel punto l'auto blindata si schiantò contro il pilone, falciando metà del cemento armato. Il massiccio veicolo si ribaltò, fece una capriola e svolazzò come una foglia secca in autunno prima di riprendere coscienza del proprio peso e schiantarsi a terra come una roccia. L'impatto si accompagnò a un fracasso prolungato. La Fètenz scavò un solco nell'asfalto tra mille scintille.

Il traffico sull'autostrada divenne di punto in bianco un gregge sconvolto dall'arrivo di un lupo. Gli altri guidatori tentarono febbrilmente di sfuggire al pericolo, ma la limousine e i resti del pilone fungevano da recinto. Stridio di gomme. Testacoda a raffica. Zero possibilità di sfangarla. Il pilone si piegò scricchiolando sull'autostrada. Un'orrenda carambola di automobili finì per bloccare il traffico diretto a Berlino.

SANTE LAMIERE

Baffetto pregava. Non si era mai sentito così vicino a Bastet. Sapeva che se mai si fosse svegliato da quell'incubo sarebbe stato un gatto nuovo. Più puro, più credente... e sì, forse anche più altruista. Era stato proiettato con una forza immane fuori dall'auto roteante. Il sacerdote si librava nell'aria, volando come un angelo. Era in un cielo a pecorelle. Qualcosa lo stava attirando verso una luce magica che gli pareva rossa e benevola...

Aspetta un attimo... rossa? Un metro sopra la luce posteriore del camion targato Limburg sbatté a zampe spalancate contro il duro pannello del semirimorchio, centrando in pieno l'immagine in grande formato di una nota azienda produttrice di materassi che prometteva "sonni celestiali" ai suoi clienti. Il gatto sfinge estrasse istintivamente gli artigli cercando un appiglio sulla parete liscia in modo da non cadere sotto le ruote. Il paraurti con protezione antincastro era finito. Con le ultime forze si aggrappò al parafango.

Baffetto agitava le zampe a mezz'aria sopra l'asfalto. Si guardò alle spalle in preda al panico. La limousine stava roteando sul terreno, e dentro di essa i bipedi con la cintura allacciata parevano nella centrifuga di una lavatrice. La spessa corazza dell'abitacolo li protesse dal peggio. Ma in quel momento il pilone esalò l'ultimo respiro. Il cemento armato era troppo danneggiato per reggere il peso del cavalcavia. La struttura pesante tonnellate crollò stridula verso l'asfalto. E quando precipitò sulle macchine, per i passeggeri fu la fine. Baffetto tamburellò contro la parete posteriore del tir. Il camionista doveva pur aver notato qualcosa! Doveva fermarsi! Poi un brivido di terrore lo percorse da capo a zampe: aveva visto solo degli umani nella limousine! Che fine aveva fatto il passero? E dov'era Honeyball?

10

BATTESIMO DEL FUOCO

Indy si sentiva a disagio. Non era per gli ululati della banda di segugi guidati da H che si stava mettendo sulle loro tracce. Era già stata minacciata da un sacco di cani, non era certo quello a farla sudare. Anzi, non ci pensava nemmeno. Eppure sentiva un caldo inspiegabile. Che stesse andando in calore? O era la felinopausa? Gli occhi le brillavano. Meglio, splendevano come due comete pronte a esplodere. Persino le zampe bruciavano come dopo un tip-tap su un forno acceso. Il suo occhio interiore sputava fiamme, la pelle delicata stava prendendo fuoco, e la pelliccia era già tutta infiammata. Indy era all'inferno. Quel calore insopportabile la consumava. Panico! Addio pensieri limpidi. Era divorata dal fuoco!

Improvvisamente cambiò direzione e tornò verso il Teufelssee, che si stendeva placido e scuro promettendo frescura. La gatta più veloce di Berlino accelerò, correndo a zampe levate. Vicino alla riva cosparsa di canneti si staccò da terra e volò, come una torcia felina, tuffandosi in mezzo al lago. Appena infranse la superficie, lo choc termico le tolse il fiato. Miahio, che gelo! Faceva male. Sconvolta, prese a respirare a scatti. La pelle le prudeva come se l'avesse punta un esercito di formiche giganti. Al contempo tornò in sé, armata di buonsenso felino. Che ci faceva lì? Mica era un pesce, non poteva stare in mezzo a un lago. Lei odiava l'acqua!

Disperata dimenò le zampe. Inutile! Il lungo pelo si era già infradiciato e la stava tirando giù. D'istinto divaricò gli arti per nuotare. Era forte! Proprio come la sua volontà di sopravvivere.

Estrasse gli artigli in automatico. Ma qualcosa la frenava! Stava facendosi largo tra piante acquatiche molto resistenti. A fatica trattenne il respiro e procedette aggrappandosi agli steli sopra il fondale fangoso. Che freddo! I suoi movimenti si fecero più lenti mentre l'acqua del lago si schiariva. Non poteva essere troppo lontana dalla riva, ma le forze la stavano abbandonando. Di colpo capì cosa doveva aver passato Maxim rischiando di affogare. Il bisogno di prendere aria sott'acqua si fece irresistibile, ma non poteva aprire le fauci. In nessun caso! La colse un orrendo senso di solitudine, e i movimenti si affievolirono in quel freddo umido.

Avanti! Non poteva arrendersi. Con le ultime forze fece leva sul soffice fondale lanciandosi verso l'alto. L'acqua frenò l'impeto, e Indy rallentò ancora. Teneva le zampe attaccatissime al corpo e resisteva alla tentazione di respirare. Poi finalmente il muso infranse la superficie del lago e la gatta pompò avidamente aria nei polmoni.

"Eccola, eccola là!" urlò Maxim. Poco gli importava che i segugi potessero sentirlo. Indy impiegò le ultime riserve di energia e nuotò a stile libero come una pazza verso la voce del soccorritore. Ma i suoi gracili arti erano al capolinea. I muscoli cedettero. Affondò di nuovo e il suo lungo pelo la trascinò a fondo. Un ultimo breve respiro, poi i neri flutti tornarono a richiudersi sopra di lei. Forse per sempre. Continuò ad agitare debolmente le zampe verso la superficie dell'acqua. Era una guerriera nata, e lo sarebbe stata fino alla fine.

Poi qualcuno la prese per la collottola e la riportò a galla. Il suo salvatore brillava nell'acqua scura come la luna nascente su un campo nebbioso. Che caro, quel Maxim. Indy fu invasa da un profondo senso di pace: si consegnò al proprio destino e per la prima volta in vita sua provò qualcosa di simile alla fiducia. Che quel gatto la salvasse, allora! Era così forte. Bastava per tutti e due.

L'albino trascinò a riva il corpo floscio di Indy, che pareva una bambola di stracci buttata via. Non aveva pensato nemmeno per un attimo se a lui, fresco di affogamento, convenisse davvero mettere le zampe in acqua. Il suo cuore aveva risposto in maniera incontrovertibile a quel dubbio inespresso. Gli altri compagni di squadra li aiutarono ad arrivare sani e salvi a riva.

Ian osservò sua sorella preoccupato. Il pelo fradicio era incollato alle membra. Adesso si vedeva che Indy non era solo magra, ma davvero troppo esile per le sue proporzioni. Aveva piegato le lunghe zampe sotto il corpo, per proteggerle.

Quel romanticone di Maxim si soffiò il naso facendo uscire un fiotto d'acqua, poi diede una leccatina alla testa fradicia di Indy. E quando lei lo guardò con gli occhi spalancati, lui mormorò burbero: "Ci sei tutta, bambola?"

Lei detestava essere chiamata così, ma in quel momento il norvegese poteva dire qualsiasi cosa. L'agente esausta annuì appena, cercando di tirarsi su alla meno peggio. Cosa le era preso? Aveva fatto perdere al gruppo un vantaggio prezioso. Inaccettabile! Evidentemente era stata di nuovo colta da allucinazioni. Quella sua situazione era sostenibile? O avrebbe fatto meglio ad andare per conto proprio?

"Dai sorellina, dobbiamo ripartire," l'avvertì Ian con gentilezza. Suo fratello aveva una mezza idea di cosa le stava passando per la testa. Anche lui aveva dei momenti in cui non era più sé stesso.

"Ma alla svelta," squittì Xplode con nervosismo. "Stanno arrivando!"

I cani avevano raggiunto la riva lacustre e abbaiavano agitatissimi nella notte gelida, sbuffando nuvolette di condensa davanti alle fauci. Avevano trovato una pista! La caccia era iniziata, non c'era più tempo da perdere, i cani da traccia sarebbero rimasti sul pezzo fino alla cattura della preda.

Indy si schiarì la gola. Forse poteva ancora rimediare al danno. "Se riuscite a tener chiuso il becco," sussurrò, "avrei una proposta: ripariamo nello stadio olimpico. Là c'è l'avamposto segreto del KGB! Non è lontano da qua." Con la zampa si stappò le orecchie facendo uscire l'acqua. "I segugi ci penseranno due volte prima di seguirci in un territorio notoriamente controllato dai gatti. Lo stadio è una fortezza. I cani non possono entrare. Credo che saremmo al sicuro per un po'."

L'EXECUTIVE CLUB K

Avevano forse delle alternative? I segugi stavano per saltar loro alla gola. Lo stadio sembrava l'unica ancora di salvezza. Stringendo i denti, sfruttarono le ultime energie residue. Indy ce l'aveva a morte con le proprie membra, che non volevano obbedirle. Prima aveva freddo, poi caldo, eppure stava correndo di nuovo davanti a tutti. Non era il momento adatto per mostrare le proprie debolezze. Aveva le orecchie girate all'indietro. Gli ululati alle loro spalle si fecero più forti: i Nasuti Segugi d'America bramavano il loro sangue. Ma il Grunewald era grande e intricato. I compagni d'avventura si buttarono nel fitto del sottobosco. C'era un odore intenso di fogliame e funghi. Per cancellare il loro odore guadarono un torrente. I segugi più esperti non si sarebbero comunque lasciati ingannare. La distanza tra i due gruppi restava scarsa.

Su un'altura Indy fece una pausa. Nell'avvallamento dominato dalla nebbia si vedeva lo stadio. Ben presto avrebbe albeggiato. A quell'ora tutto appariva quieto e pacifico. L'agente diede il via allo sprint finale. Volarono rapidissimi attraverso un insediamento diretti al parcheggio dello stadio, arrivando infine davanti al colosso ovale. Il cancello d'ingresso con tanto d'inferriata era sigillato. Ovvio! Indy fece un giro dirigendosi all'entrata riservata a tecnici e operai. C'era sempre qualcosa da fare in quel grande edificio.

Bingo! I corrieri avevano infilato una zeppa di legno sotto una porta tagliafuoco per tenerla sempre aperta. Appena furono sgattaiolati dentro senza far rumore, Maxim diede un calcio alla zeppa e verificò che la porta si chiudesse del tutto. Poi si diresse verso la planimetria appesa sulla parete opposta.

"Qui non c'è nessun Executive Club K," borbottò deluso. "C'è solo fino alla J."

"È evidente che i servizi segreti felini non vogliano rivelare la loro posizione al primo scemo che passa! Altrimenti non sarebbero segreti." Indy guardò il gatto con aria beffarda, attraversò i corridoi e si mise ad annusare in cerca di qualcosa di specifico. Ecco! Passò l'artiglio sui giunti tra le piastrelle, trovò una minuscola leva e la tirò finché non fece clic. Una grata dell'aerazione slittò silenziosamente lungo il pavimento. Sotto apparve un tunnel dalle pareti in acciaio inox in cui c'era posto per due gatti, uno accanto all'altro. Non fecero in tempo a entrare nel sistema di aerazione dell'edificio che la grata tornò nella posizione originaria con un sibilo impercettibile. Lì dentro era tutto diverso rispetto all'ingresso.

Indy scattò verso una piccola consolle. Sapeva bene che se non avesse inserito la giusta sequenza numerica nel giro di dieci secondi, si sarebbe scatenato l'inferno. Una volta scaduto il conto alla rovescia sarebbero partite le turbine, scaraventando via ogni cosa con getti potentissimi dalla conduttura più vicina. Sentiva un freddo gelido. Con la zampa tremolante digitò il codice, nella speranza che fosse ancora valido. Lo cambiavano ogni due settimane circa. Trattenne il fiato.

Si accese una luce verde e sul pavimento apparve un motivo a led pulsanti che indicò loro la strada nel buio. Era un *running rabbit*, come il percorso che illumina le piste aeroportuali di notte. Fondamentale, dato che anche la strada per il club cambiava costantemente. In quel labirinto d'acciaio c'era il rischio di perdersi senza rimedio. I servizi segreti avevano inserito delle prese d'aria removibili in grado di bloccare un passaggio o di aprirlo da un momento all'altro. Chi non conosceva l'itinerario finiva in un vicolo cieco.

La compagnia seguì obbediente i segnali luminosi. In lontananza si udiva una canzone dei Leningrad Cowboys, sempre più forte mentre procedevano. Le lucette pulsanti sul pavimento terminavano davanti a una porta piena zeppa di graffi. C'era un ultimo segnale luminoso: "STOP".

Speravano di superare il controllo a vista che consentiva l'entrata nel club. Altrimenti li aspettava una punizione bagnata. I gatti del club avevano infatti installato ai lati della porta dei dispositivi da autolavaggio potenziati. Il buttafuori doveva solo schiacciare un pulsante per far schizzare spazzole e idranti fuori dal muro.

Indy spinse Xplode in coda, appena in tempo. Un gatto dall'aspetto astioso aprì la finestrella all'altezza degli occhi. Dalla feritoia pompava musica a tutto volume. Il buttafuori squadrò con la massima attenzione l'agente e i suoi accompagnatori. Poi richiuse violentemente la finestrella. Nient'altro. La truppa restò allibita davanti all'entrata. E adesso?

Mentre riflettevano se bussare di nuovo, la gattaiola si aprì del tutto. Il buttafuori appoggiato alla cornice fece loro il gesto di entrare, masticando bello bello uno stelo di erba gatta. All'interno li attendeva una festa scatenata. Delle gatte a pelo lungo dall'aspetto mozzafiato li passarono in rassegna da capo a coda. Dei gatti con piercing appuntiti voltarono la testa per un attimo, per poi tornare a ruggire beati a suon di musica. Alcuni di loro si erano fatti cromare gli artigli. Al bar un paio di tipi tosti tracannarono latte per gatti per poi pulirsi i baffi imbiancati e sbattere i bicchieri vuoti sul bancone. Segno che il gatto barista doveva riempirli di nuovo, e subito. I potenti bassi dei Metallica facevano vibrare le pareti.

Un gatto con la chioma particolarmente lunga ma curata alzò la zampa con nonchalance in segno di saluto non appena vide Indy, che annuì felice dirigendo tutta la truppa verso di lui. "Attenti a quel che dite!" sibilò con l'angolo delle fauci. "Quello è Gogol, il nostro specialista delle comunicazioni. Ha l'aria rilassata ma reagisce malissimo se si sente offeso. State attenti!"

In punta di zampette sguisciarono lungo il soffice tappeto di rotoli erbosi mordicchiati, avanzi del campo da calcio appena sanato a suon di euro. Passarono oltre le tozze casse dei bassi. Al centro dello stanzone l'imprescindibile sfera da discoteca brillava sopra un podio tondeggiante ricoperto di agave sisalana a brandelli, su cui campeggiava una stella rossa. Illuminata da riflettori colorati, una bellissima gatta metteva su la musica martellante. Teneva le grosse cuffie appoggiate a un orecchio solo e sulla testa, storto di proposito, aveva un berretto con Che Guevara. Proprio in quel momento mise su un disco con un ritmo da paura, alzò il volume con un colpetto di zampa e sorrise sbarazzina.

"Unza unza unza..." Ian sobbalzò tappandosi le orecchie ultrasensibili. Anche Moccino venne colto alla sprovvista: cacciò un urlo di terrore e cadde a sedere. Alcuni gatti stravaccati in un'area relax piena di cuscini osservarono la scena divertiti. Dappertutto, lungo le pareti e sotto il soffitto, c'erano passerelle in legno su cui girellavano delle micette. Per fare colpo su di loro, dei gattoni ben piazzati ciondolavano appesi a grosse funi o facevano sollevamenti su una zampa sola. Un gruppo danzante di gatti a pelo lungo circondò i nuovi venuti sogghignando e improvvisò una sessione di *headbanging* nella loro direzione, facendo tintinnare i piercing.

"Volete rivelare i vostri segreti A QUESTI QUA?" sbraitò Xplode cercando di farsi sentire. "Siamo messi bene!"

Avrebbe fatto meglio a tacere. Tutti i gatti notarono il ratto al centro della scena e scattarono in modalità predatoria. Quando Xplode si girò verso di loro osservando la scena con nervosismo, i suoi amici avanzarono felpati e lo protessero alle spalle. Le luci stroboscopiche spezzettarono i loro movimenti fluidi in tante istantanee. La musica cessò, cedendo il passo a un'innaturale quiete prima della tempesta.

Lentamente Xplode infilò la zampa nello scompartimento segreto dello zaino e afferrò con assoluta determinazione un esplosivo ad alto potenziale. Sperava di non dover arrivare al grande boom. Era ancora il tempo della diplomazia.

Senza indugi Ian, Indy, Moccino e Maxim formarono un muro protettivo attorno al ratto. Per Indy non fu facile mettersi contro la propria gente. Ma il roditore le aveva salvato la pelle. Quel piccolo pazzo faceva parte della nuova squadra degli iCats.

"Compagni!" Ian non sapeva se stesse usando il registro giusto. Improvvisò. "Alla larga!" esclamò nel silenzio di tomba. "Quello è il *mio* spuntino, chiaro? Io mangio solo roba viva. Oppure qualcuno di voi vuole contendermi questo topastro stopposo, brutto come la fame e senza coda? E allora basta, perché quando mi viene il languorino divento intrattabile!" Per dare il giusto peso alle sue parole allungò le zampe, fece la gobba e alzò la coda, che pareva una rognosa spazzola puliscibottiglie. Più che sembrare fico, era solo penoso. Eppure le dimensioni del potente maine coon impressionarono le fila del KGB. La gatta-dj sul podio mise su un disco del coro dei cosacchi del Don e in quel modo riportò la situazione alla normalità. Qualche gatto iniziò a canticchiare, ne prese un altro a braccetto e ballò alla russa. Da un velocissimo passo scratchato partì una break dance improvvisata in stile kosachok da parte di tre giovani mici. Il buonumore crebbe, e ben presto si ripristinò il vecchio livello di baccano.

Gogol attraversò i puntini di luce sfavillanti proiettati dalla strobosfera e diede una gran pacca sulla schiena a Ian. "Compagno, tu sì che hai le palle. E dire che ti credevo un noioso gattino da salotto. Bel pelo, tra l'altro. Ma lo slang da agente lascia ancora a desiderare."

Ian annuì. La musica alta e le luci abbaglianti gli stavano sfracellando i sensi. Doveva stare attento a non collassare per via di quell'eccesso di stimoli.

L'ufficiale delle comunicazioni si voltò verso Indy. "Sei di nuovo in difficoltà, vero? Te lo leggo negli occhi." Il suo sguardo indagatore si posò sulla gatta esausta, che faticava a tenere sotto controllo i tremori. "Stai bene? Che succede?"

"Ci stanno dando la caccia!" urlò per contrastare la musica. "Sono già partiti! Nientemeno che l'intera squadra dell'NSA sotto la direzione di H. Possono essere qui da un momento all'altro."

"Maledizione, Indy, che hai combinato? Hai fatto scoppiare una guerra? Con gli *yankee*?" Il gatto si raddrizzò inviperito, fischiò con due artigli e gridò per tutta la stanza il nome della gatta sul podio: "DJane!" Lei alzò lo sguardo e lui fece un cenno ai monitor su cui scorrevano, senza suono, le migliori scene del balletto statale russo. Era il celebre *Laghetto delle oche* con le musiche di Piotr Gattacciovskij e interpretato da Rudolf Ron-Ronneev. Proprio in quel momento il ballerino si stava esibendo nel *pas de chat* per far colpo sull'oca più bella dello stagno.

DJane capì il cenno al volo, stoppò la scena sublime e proiettò invece le immagini live delle videocamere di sorveglianza esterne. Al che tutti fissarono stupefatti quel che stava accadendo davanti alle mura dello stadio olimpico.

Un branco rapidissimo di segugi con le zanne in bella vista si stava riversando contro la porta tagliafuoco, come un'onda compatta di corpi canini bruni e neri. Eccitatissimi, stavano annusando i bordi della porta abbaiando con tutta la forza che avevano. Persino gli agenti più festaioli del KGB smisero di ballare. Erano tutti furiosi e col pelo arruffato. Il loro acerrimo nemico era alle porte.

Gogol ringhiò: "Codice rosso!"

INTERVALLO

In preda alla rabbia, Gogol passò in rassegna la squadra sfatta degli iCats. Anche un gatto cieco avrebbe capito che quei fuggiaschi non se la passavano bene. L'ufficiale delle comunicazioni incurvò il labbro superiore, spalancò le fauci, cacciò fuori la lingua e inspirò profondamente. Grazie agli speciali recettori di cui dispongono tutti i felini assaporò in dettaglio la paura, la stanchezza e il pessimo stato di salute dei richiedenti asilo. "Seguitemi nell'area lounge," concesse loro. "Credo abbiate bisogno di una pausa."

La truppa accettò volentieri la proposta e lo seguì su per le scale in una grande sala con le porte imbottite e le pareti spesse. Dal club sottostante non filtrava il minimo rumore.

"La nostra stanza del silenzio," spiegò con un sorriso. "Qui riceviamo le visite importanti."

Anche in quell'area dell'avamposto KGB c'era erba fresca sul pavimento, dall'aspetto però molto migliore. Dei lettini tiragraffi ricoperti di agave sisalana erano disposti con eleganza davanti a un'enorme vetrata che dava sul campo da gioco. Ai muri erano appesi i ritratti dei giocatori dell'Hertha BSC, ovviamente con tanto di dedica. Tre vetrine contenevano palloni firmati, coppe e persino un paio di scarpe da calcio storiche, coi tacchetti svitabili. Cucite a mano! Di sicuro valevano una fortuna, se si fosse chiuso un occhio davanti ai segni lasciati dai denti di gatto sulla tomaia.

Sparsi sul pavimento erboso c'erano anche degli esemplari nuovissimi col logo di un felino rampante, alcuni dei quali mangiucchiati fino a essere irriconoscibili.

"Fanno bene ai denti," spiegò Gogol con un sorrisone. "Quando i giocatori non stanno attenti gli freghiamo le scarpe dagli armadietti. Tanto conosciamo tutte le combinazioni." Nel parlare giocherellava con le zampe anteriori. "Del resto ai nostri ragazzi le scarpe nuove gliele tirano dietro. Ormai si sono rassegnati al fatto che ogni tanto le loro cose scompaiano. Non le cercano neanche più. Per noi è un autentico paradiso."

Moccino scelse un paio relativamente nuovo, se lo portò su un lettino e si assopì beato mangiucchiando le scarpe. Il resto della truppa si recò verso le dodici cucce fatte a mano disposte in fila lì accanto. Erano a strisce blu e bianche, con grossi numeri e i nomi dei giocatori al centro. A un'osservazione più attenta si rivelarono delle maglie con le maniche cucite a formare un cerchio e imbottite di lana. Sul dorso, anch'esso imbottito, ci si poteva stendere.

"Tutte usate!" precisò Gogol impettendosi per l'orgoglio. "Se volete scoprire come odorano i ragazzi dell'Hertha, accomodatevi. Ci sono i nomi sopra."

Non se lo fecero ripetere due volte. Maxim scelse la cuccia con la maglia del portiere e vi si lasciò andare alla grande. Anche gli altri si scelsero un bell'angolino.

"Volete bere qualcosa?" Ai piani alti l'ufficiale del KGB si stava comportando da perfetto padrone di casa. "Abbiamo latte per gatti, acqua o tè alla valeriana."

Dopo che tutti ebbero ricevuto bevande e snack, Gogol chiese alla sua agente di fargli rapporto. Aveva bisogno di un quadro completo di quell'allarmante situazione. Intanto i segugi avrebbero continuato a spezzarsi i denti contro le difese dello stadio.

Indy raccontò le macchinazioni dell'NSA, parlò di H e dei retroscena della loro fuga. Faceva fatica a tenere gli occhi aperti, e riusciva solo a biascicare. Gogol se ne accorse subito. "Riposatevi come si deve, ne avete proprio bisogno!" mormorò. "Parliamo dopo del resto. Alla sinistra del bancone c'è un frigo, se avete necessità d'altro. E da quella porticina si raggiunge la toi*lettiera*." Indicò una specie di porta a vento da saloon dipinta col logo dell'Hertha BSC. "Solo per i maschietti!" sottolineò. "Le ragazze in cucina."

Se Indy non fosse stata così stanca gli avrebbe fatto una bella ramanzina sulle pari opportunità, ma voleva solo dormire. Gli altri fecero come lei. Ben presto si udì il sommesso ronfare dei gatti.

Moccino fu il primo a svegliarsi. Era giorno inoltrato. Andò dalla mamma adottiva e l'annusò. Indy non aveva un buon odore. Al contrario, puzzava di malattia. Guardandosi intorno con un senso d'impotenza, il micetto incontrò lo sguardo vigile di Ian, al quale non era certo sfuggito il pessimo stato in cui versava la sorella. Il *gatterminator* fece un cenno al piccolo meticcio e batté la coda per fargli capire che c'era. Insieme si alzarono, marcarono il territorio dietro la porta a vento e prepararono uno spuntino a mo' di pranzo posticipato. Dopo quasi dodici ore di riposo, il maine coon era in gran forma. Finalmente un po' di sonno profondo e senza interruzioni. Niente sogni, niente visioni. Si sentiva come nuovo.

Maxim si svegliò col rumore delle scodelle, si stirò a regola d'arte e sbadigliò appena annusò il mangiare. La coda quasi non gli faceva più male. Che bello! Poi sussultò. Indy urlò nel sonno. Pareva stesse avendo un incubo. Maxim balzò su e inciampò in una scodella piena di latte per gatti. Imprecando si leccò la zampa, saltellò verso la sua gatta portafortuna e le scosse piano la spalla. "Sveglia!" sussurrò. "È solo un sogno."

Ancora addormentata, Indy estrasse gli artigli e colpì violentemente attorno a sé, graffiando il petto del norvegese. L'unica parte del corpo ancora intatta. La micia stava avendo un'allucinazione. In preda al panico urlò: "Via, andate via! Niente siringhe! Mai più!"

Ian e Moccino uscirono di corsa dalla cucina.

"Tienila stretta!" disse il fratello di Indy a Maxim.

Tenerla stretta? Mica facile! Maxim aveva già tutte le zampe impegnate per arginare la furia cieca della sua amata. Dopo un altro paio di graffi riuscì a controllarla. Ian estrasse in fretta e furia la bottiglietta coi sali dalla pettorina, tolse il tappo e la piazzò sotto il naso della sorella. Bicarbonato di ammonio potenziato con ammoniaca. Funzionava già nel Medioevo. Bastò una sniffata e Indy sbuffò, spalancando gli occhi confusi.

"Tutto a posto?" domandò Ian. Sua sorella si guardò attorno senza capire. Non sapeva dove fosse. In quel preciso momento Gogol irruppe nella stanza e soffiò: "Venite! Abbiamo un problema: i cani stanno entrando."

GIOCHI OLIMPICI

Nel club trovarono riunita l'unità di crisi del KGB. Gli agenti fissavano come ipnotizzati le immagini delle videocamere di sorveglianza esterne. Dalla consolle DJane passava da un obiettivo all'altro e finì per beccare tre sederi pelosi di cane: "Eccoli, nella piscina all'aperto! Stanno tentando di entrare dalla piattaforma per i tuffi," ringhiò Gogol. "Alza la visuale."

Proprio così. H, il capo supremo, era in cima alla piattaforma alta tre metri. Abbaiava ordini al branco con le orecchie diritte. Svariati cani belli grossi si stavano scagliando contro una porta dall'aria traballante, che rischiava di non reggere alla carica.

"Ma è violazione di domicilio! Sono pazzi!" miagolò un gatto tigrato grigio con un piercing al naso.

Gogol annuì teso e domandò: "Chi se ne occupa?" Le zampe schizzarono in aria all'unisono. Il gatto grigio fu il più veloce. Con un roco miagolio riunì la sua squadra e si lanciò con la pelliccia al vento verso la scorciatoia per la piscina. Maxim, Ian ed Xplode gli andarono semplicemente dietro. Del resto quel guaio l'avevano causato loro.

Prima che Indy potesse mettersi al seguito, Gogol la trattenne. "Resta qui!" ringhiò. "Raccontami di Sumo. La tregua è finita."

L'agente obbedì controvoglia a quell'ordine, ma l'ufficiale delle comunicazioni aveva ragione. Era ora che le malefatte di quel criminale venissero alla luce. "Maxim!" miagolò Indy per tutta la sala facendo schioccare gli artigli davanti. "Portaci la chiavetta USB!"

In realtà il norvegese era già diretto alla piscina. Abbassò le orecchie con aria funesta e strinse i denti. Cos'era diventato, un cane da riporto? Non sopportava che Indy lo trattasse come un servetto. Certo, lei era nobile e lui veniva dalla strada. Ma non poteva sottolinearlo tutte le volte.

Ringhiando, staccò la chiavetta dalla catenina portafortuna ed effettuò un lancio prodigioso, facendola atterrare sulla testa di Indy. Centro! Be', e adesso che le era preso? La gatta guardava fisso davanti a sé e non muoveva un muscolo. Proprio lei, l'agente al top dai riflessi imbattibili. Mica andava bene!

"Mi spiace, dolcezza," sussurrò Maxim in preda alla vergogna. Gli altri lo guardarono come se avesse perso qualche rotella. Si vergognava da morire per quel comportamento da zotico. Avrebbe rimediato subito dopo la battaglia, ma adesso doveva seguire la squadra.

Appena vide Indy raccogliere la chiavetta e consegnarla a Gogol fece spallucce, si girò e si unì agli altri difensori dell'avamposto. "E ricordatevi," sbraitò Gogol ai combattenti. "Niente armi in territorio neutro! Noi restiamo fedeli allo spirito olimpico: una gara sportiva senza spargimento di sangue. E ci atteniamo al codice!"

Non fu solo Maxim ad alzare gli occhi al cielo per il nervoso. Era ancora pronto a mordersi la coda per come si era comportato con Indy. E aveva sempre più voglia di azzuffarsi. Lo spirito olimpico gli faceva un baffo! Qualcuno doveva pagare! Quegli scagnozzi abbaianti dovevano prepararsi al peggio.

Maxim volò come il vento raggiungendo Ian ed Xplode, per poi attraversare il labirinto dei condotti di aerazione insieme ai gatti del KGB. Poco prima della piscina salirono attraverso la grata di un pozzo e arrivarono in un magazzino pieno zeppo di anelli da immersione, bastoncini di polistirolo, palloni e altri accessori per gli allenamenti. Non erano sicuramente delle armi. Su ordine del gatto grigio raccolsero tutti i palloni e gli anelli. Xplode si lasciò prendere dall'ispirazione e staccò il fischietto da un gancio. Con quel bottino attraversarono il capannone e si posizionarono su due file davanti all'entrata laterale. La porta cigolava in maniera preoccupante sotto la feroce carica dei cani. Poco dopo esalò l'ultimo respiro. Circa una dozzina di agenti dell'NSA si riversarono nel capannone, disponendosi davanti ai gatti ringhiando e col pelo ritto in segno di minaccia.

Sorpresa! Due compagni che avevano preso un'altra strada aprirono bruscamente le grandi porte laterali che davano sulla vasca. Gli aggressori si guardarono attorno stupefatti. Che stessero per prenderli alle spalle? A quel punto il ratto usò il fischietto e Ian sbraitò con tutta l'autorità di cui era capace: "CERCA!"

I gatti lanciarono palloni e anelli nell'acqua e Ian ripeté il comando urlando a squarciagola: "CERCA LA PALLINA!"

Xplode fischiò a pieni polmoni. Quei cani avevano un addestramento militare, non potevano fare altro che eseguire ordini. Da quando erano cuccioli avevano obbedito a quelle parole. Un cane doveva cercare, se qualcuno gli diceva di farlo!

I segugi fecero compatti dietrofront e ansimarono con le orecchie al vento dietro a palloni e anelli. La maggioranza si lanciò nella vasca piena d'acqua. Molti s'immersero addirittura in cerca degli anelli di gomma. I gatti richiusero le porte e si diedero il cinque. Ben fatto! Un trionfo incruento su tutta la linea.

Purtroppo però non avevano notato che il capo supremo H, col grosso dell'unità canina, era entrato da un'altra parte. Il boss dell'NSA non era mica scemo e aveva suddiviso le forze d'attacco. I gatti avevano fregato solo le esche. Gli invasori seri li stavano invece attaccando ai fianchi. Anche loro avevano scoperto il magazzino attrezzandosi di palloncini colorati che ora, pieni d'acqua, valevano come armi. Una dolce vendetta…

"Mirate alle code!" abbaiò H. Una gran quantità di bombe d'acqua volò verso i difensori, che una cosa non potevano sopportare: avere la coda bagnata. Almeno otto gatti furono presi alla sprovvista. Il pelo bagnato appesantì moltissimo le estremità delle code. I felini colpiti cercarono di disfarsi di quel peso esasperante girando su sé stessi come trottole. E chi riusciva finalmente ad acciuffarsi la coda la inchiodava al terreno con la zampa, mettendosi fuori gioco.

Il resto della truppa si trovò di fronte a una forza schiacciante. Dall'ultima fila avanzò una schiera coesa di cani. A coppie, i segugi tenevano le estremità di un bastone di polistirolo nelle fauci, procedendo come mietitrebbiatrici verso le zampe dei gatti.

Ora basta! Il tigrato grigio si scrollò con rabbia il pelo bagnato, poi balzò direttamente davanti al cane più vicino. In rapida successione gli mollò un paio di ceffoni e gli strappò il bastone di bocca per usarlo come mazza sulla bestia sbigottita. Lo spirito olimpico si trasformò nel caos più totale. I bastoni di polistirolo volavano a destra e a manca. Alcuni cani riportarono orgogliosi i palloni recuperati in attesa di un nuovo comando. I gatti fradici si lanciavano sulla propria coda o su quella altrui. Alcuni duelli furono durissimi, soprattutto quando era Maxim a fare piazza pulita. Pian piano il quadro cambiò. Alcuni attacchi a base di morsi e graffi degenerarono. La cosa si fece seria.

Nel bel mezzo del tafferuglio, Ian si imbatté in H. I due avversari si scrutarono con attenzione, girando in tondo.

"Molla la mazza e mettiti in posizione! Solo tu e io. Se vinci tu, me ne vado col branco," propose il caposegugio.

Ian tentennò. Era il caso? Del resto lui era un pacifista. Ma aveva un conto aperto con H. Non aveva mica dimenticato la tortura nello scantinato dell'NSA. Forse era davvero arrivato il momento di mettere i puntini sulle i, anche se in fondo disprezzava la brutalità di certi scontri.

Ian levò la testa. La decisione era presa. "E sia!" Le truppe avevano notato che stava per consumarsi un duello ai massimi livelli. Con entusiasmo si schierarono dietro i propri rappresentanti e iniziarono a tifare a squarciagola. "Eich, Eich!" echeggiò il coro canino per tutto il capannone.

Ma qualcuno mise loro i bastoni tra le ruote. Xplode, che sapeva di cos'era capace Ian, gli si parò davanti. Il prezzo che il gatto avrebbe dovuto pagare per vincere gli era ben chiaro. Le cose potevano prendere un'altra piega. Il ratto alzò il moncone della coda e fece tutta la pipì sulla zampa del maine coon. "Ciccio, qui non siamo mica in *West Side Story*," lo apostrofò. Poi rise come il paziente di un manicomio. "Rahahahaaa… pappapperooo…"

Tutti restarono a fauci spalancate davanti a quell'assurda scenetta. Ian si sentì preso per i fondelli e mostrò i denti minaccioso. Xplode non mosse un muscolo. Ora bisognava ricorrere a un piccolo effetto speciale. Infilò la zampetta nello zaino degli esplosivi. Che importanza avevano i vari trattati sulle armi? Lui era cresciuto nei bassifondi e si atteneva solo alle proprie regole. Con fare malizioso mostrò a Ian una granata lacrimogena.

"Forse sarebbe il momento giusto per voi mici di levare le tende..."

H annusò confuso in direzione di Xplode. Quel roditore molesto puzzava come uno di loro. Come poteva essere?

"Urina di Hubert Green 64, getto intermedio," lo informò Xplode con un sorrisetto provocatorio. "Dovresti provarci anche tu. Ottima per il naso. Inspirare profondamente!" Dopodiché tolse la copiglia coi denti e fece rotolare la granata sibilante ai piedi del branco.

"Uh..." uggiolò H agitatissimo.

"Sssh!" Xplode si mise un artiglio davanti al muso in segno di silenzio, trattenne lui stesso il fiato e corse a occhi chiusi dietro ai gatti già in ritirata.

Un secondo prima che la pesante botola di metallo richiudesse il sistema di aerazione, il topolino s'infilò attraverso la feritoia. "Idiota!" urlò ringhiando al gatto grigio che si era rifiutato di proposito di verificare se il ratto ce l'avesse fatta.

"Specchio riflesso!" rispose il gatto annusando curioso il fianco del ratto.

"Ma vattene!" Schiamazzando come un galletto spaventato, Xplode corse a zig-zag dietro ai suoi amici.

Che bestia matta! Al grigio scappava da ridere. Gli tornarono in mente i vecchi tempi sovietici, quando era ancora giovane e selvatico. Intanto dal capannone udì dei guaiti soffusi e tossicchianti. Il gas lacrimogeno stava sortendo i suoi disastrosi effetti sui sensibilissimi organi percettivi dei Nasuti Segugi d'America...

TRAGEDIA

Quando i difensori tornarono al club, quasi nessuno ci fece caso. Tutti seguivano come ipnotizzati i racconti di Indy. L'agente stava raccontando di quando aveva trovato il collega Bondy nella camera mortuaria del laboratorio sperimentale. Morto stecchito in un cassetto d'acciaio! Gli irriducibili agenti segreti miagolarono in segno di empatia. In ricordo dell'apprezzato collega celebrarono un minuto di silenzio. I gatti reduci dalla battaglia si unirono al lutto e Ian appuntò occhi e orecchie su quel gruppo eterogeneo. Nelle file in fondo scovò una gattina snella col pelo argenteo corto e l'estremità della coda nera. Ebbe un tuffo al cuore. Non poteva essere… che fosse…

La gatta doveva essersi accorta che qualcuno l'osservava. Si girò e guardò Ian negli occhi.

No. Non era la Senzanome, la sua anima gemella. Aveva gli occhi gialli, non color fiordaliso.

Il cuore di Ian stava ancora battendo all'impazzata. Stupefatto, si afferrò il petto e si piegò. Che fosse quello il famigerato amore? Non poteva capitargli una cosa del genere! Proprio a lui, che sapeva sempre tenere le emozioni sotto controllo. E come mai gli faceva così male? Gemendo, cadde in ginocchio. Troppa agitazione per quel suo sistema nervoso già provato. Forse avrebbe dovuto prendere una pillola?

Moccino, col suo ottimo fiuto, fu il primo a notare il disagio di Ian. Come mai tutta la famiglia era k.o.? Miagolò piano verso la mamma adottiva, le smosse il pelo e così facendo interruppe il silenzio solenne. Prima tutta l'assemblea, poi Indy lo fissarono con severità. Del resto i cuccioli non c'entravano niente coi servizi segreti. L'agente del KGB si vergognò.

"Che c'è?" soffiò ancor più brusca di quanto avesse voluto. "Devi andare di nuovo al bagno o che?"

Il micetto si spazientì una volta per tutte. Voleva solo essere d'aiuto. Gli adulti non vedevano né capivano niente. Ma proprio niente di niente! Che si arrangiassero, allora. Con aria di sfida drizzò la coda, sbuffò con disprezzo e marciò fin dietro la consolle. Pfff! Aveva proprio voglia di guardare da vicino quel bell'aggeggio… magari sarebbe diventato anche lui un dj coi fiocchi. Come quella DJane, che lì dentro sembrava fare il bello e il cattivo tempo.

Indy alzò le spalle e guardò l'assemblea come per chiedere scusa. Gli adolescenti! Chi li capiva era bravo. Era ancora la vergogna o solo lei sentiva quel caldo tremendo nella sala strapiena? I dolori stavano riaffiorando. Ma non voleva darlo a vedere. Più tardi avrebbe potuto leccarsi le ferite. Adesso no!

Sui monitor collegati alle videocamere si mosse qualcosa. Qualcosa di grosso. Trepuntouno, che era l'unico a guardare lo schermo, cacciò la testa fuori dal pendaglio e sbraitò: "AT. TEN.TI!" proprio nel momento in cui gli agenti del KGB volevano levare il grande canto in onore dell'eroe caduto.

Attenti proprio! Senza dare nell'occhio, il branco canino era sgattaiolato oltre il capannone immerso nei fumi e adesso si trovava proprio all'entrata dell'arena. Un agente dell'NSA stava trafficando col lucchetto. Era solo una questione di tempo prima che i segugi riuscissero a entrare.

Gogol si consultò brevemente con DJane e alla fine brontolò a voce alta: "Lasciali fare! Se ne accorgeranno!"

La gatta schiacciò uno dei tanti pulsanti sul podio e zoomò usando la videocamera di sorveglianza della curva est. Videro saltare i lucchetti delle grandi porte laterali, che si spalancarono una a una. In primo piano la torma degli agenti dell'NSA ci passò attraverso. Come gladiatori, marciarono pieni di sé sul campo da gioco e marcarono il territorio fermandosi su tutte le zolle rialzate che trovavano. Impresa non facile sul prato omogeneo del campo da calcio. E quelli che non trovavano nessun angolino o palo per alzare la zampa, facevano malvolentieri la pipì sporgendosi in avanti. I gatti commentarono la scena con espressioni scurrili. Gli si arruffò il pelo e fecero la gobba, scoppiando di rabbia nel vedere insozzare così il loro territorio.

"E adesso?" chiese Moccino. "Si parte o no?" Voleva vedere un po' d'azione.

"Tu no, piccoletto! Questa è la grande battaglia del KGB contro l'NSA. Uno scontro fra titani. Noi ultime ruote del carro restiamo qui e aiutiamo la squadra con la tecnologia. Beninteso, non ce la farei mai senza di te!" rispose amichevolmente DJane facendo un rapido occhiolino a Indy, che lo captò con sollievo. "Ho bisogno di qualcuno che mi controlli la consolle. Mi dai una zampa?"

Moccino esplose subito d'entusiasmo. "Certo! Che pulsanti devo schiacciare?" Tutto eccitato ne provò un paio e l'illuminazione del club passò da rosso a giallo e infine verde.

"Brrr, piano, micetto! Aspetta che ti dia io il via."

"Senti un po', DJane, ma cosa vuol dire 'Executive' nel nome del club K?" chiese il cucciolo, curioso come una scimmietta.

"Vuol dire che facciamo fuori chiunque metta il muso nelle nostre faccende," rispose piccata la gatta del KGB. Ma quando vide il terrore nei suoi occhi, lo tranquillizzò: "Niente paura, era solo per dire. Noi siamo i buoni. 'Executive' significa 'direzione' e 'K' sta ovviamente per Kombat."

Subito dopo Gogol uscì da una porta laterale distribuendo tappi per le orecchie in cera a tutti gli agenti, che li usarono subito senza dire una parola. Sui monitor videro che fuori si stava facendo buio pesto. DJane aveva spento le luci dello stadio. Ma la cosa non impressionò i cani, che abbaiavano beffardi poiché vedevano bene anche al buio.

Con grande stupore di Moccino, gli agenti del KGB tirarono fuori degli occhiali da sole e li inforcarono. Fico! Li voleva anche lui. DJane intercettò lo sguardo desideroso e gliene diede un paio, un po' troppo grandi. Riuscì comunque a metterseli in equilibrio sul musetto. Che bellezza! Ora era un autentico agente!

Sui monitor apparve un conto alla rovescia. Gli agenti del KGB formarono un grande semicerchio attorno al podio. Ora la comunicazione funzionava solo con i numeri: a causa dei tappi, nessuno udiva più niente. Gogol alzò il pollice e si guardò attorno in cerca di conferma prima di dare l'ok definitivo. I gatti si fiondarono in avanti, e affilarono gli artigli sulla grande agave marcando così il centro del loro potere. L'odore del gruppo ne rafforzò la tenuta. Potevano partire. All'ultimo momento DJane lanciò oltre il bancone una gran quantità di corde per saltare, facendo cenno di prenderle con sé. I guerrieri le acciuffarono e si prepararono alla nuova battaglia.

A pochi centimetri dall'uscita, Ian collassò definitivamente. Con tutta quell'agitazione s'era scordato di prendere le medicine all'orario giusto. Nel cieco entusiasmo della caccia, i gatti combattenti si limitarono a scavalcare il suo corpo. DJane assistette alla tragedia da lontano. Il gatto giaceva abbandonato davanti alla porta. Ora non poteva di certo lasciare il podio. Il carnaio nell'arena stava per iniziare.

LUMACHE COI DENTI

In pieno stadio la torma dell'NSA brulicava come formiche in cerca di cibo, annusando le scale che portavano all'interno. I gatti si fermarono davanti alla balaustra e verificarono per l'ultima volta che i tappi per le orecchie e gli occhiali da sole fossero al loro posto.

Maxim la considerava una cretinata, così si tolse gli occhiali scuri. In quel modo poteva riconoscere il nemico molto meglio. Nello stesso momento Gogol fece un cenno con la coda alla base. Showdown. DJane abbassò con la zampa la leva del "cerchio di fuoco". Più di seicento superproiettori da duemila watt si accesero di colpo attorno al campo da gioco. Wow! Maxim ebbe l'impressione di essere atterrato su un pianeta alieno con tanti soli. Era cieco! Proprio come il nemico. Per udire almeno dove si stava consumando la battaglia, si cavò i tappi dalle orecchie. E come se la gatta alla consolle non avesse aspettato altro, sparò un feedback stridulo e fischiante attraverso l'etere. Quasi venti pali con attaccati centottanta altoparlanti, centocinquantamila watt in totale, produssero un suono brutale ed extraterrestre che raggiunse il livello degli ultrasuoni. A quel punto i cani erano fritti: iniziarono a rotolarsi sul posto ululando e cercando di coprirsi contemporaneamente occhi e orecchie. Maxim giaceva come fulminato e non sapeva più dov'era. Gli altri gatti sciamarono verso il basso in gruppi di due, immobilizzando senza fatica i cani incapaci di combattere e legandoli con le corde per saltare finché durava l'effetto sorpresa.

Appena Maxim si rese conto che sarebbe rimasto cieco per un po', vagò senza meta nel tafferuglio andando a tastoni con le zampe anteriori, fino a quando non toccò un enorme naso umido. Il cane, che pareva in gran forma, serrò la mandibola con un ringhio. Maxim non rifletté a lungo. Poteva combattere anche con le stelline davanti agli occhi, lui. Le innumerevoli zuffe di strada gli avevano insegnato a riconoscere i segnali sonori dei cani. Simulò una sventola, schivò le fauci azzannanti e si infilò sotto la pancia del cane per poi mettersi di schiena, alzare tutte e quattro le zampe e agguantare i testicoli con gli artigli di fuori. Da quel momento il cane li avrebbe potuti usare solo come colino da tè. E un guaito strappalacrime fece capire che la faccenda era piuttosto seria. Il grosso botolo cadde supino e si lasciò legare le zampe contratte proprio in corrispondenza dei testicoli feriti. Maxim sogghignò. Quel vecchio trucco da gatto di strada funzionava sempre. Un cagnaccio di meno! E poi stava finalmente ricominciando a vedere qualcosa.

D'improvviso s'illuminò il grande tabellone della curva ovest. "Arrendetevi!" vi si leggeva. "Altrimenti ci sono i supplementari."

Maxim si guardò attorno con fatica. Solo pochi bracchi delle Ardenne erano ancora sulle zampe, circondati da gatti a iosa. Tra di loro, H. Anche il più scemo tra gli scemi avrebbe capito che la battaglia era finita.

Gogol fece un cenno e arrivarono i carrellini, sui quali i cani ancora capaci di muoversi dovettero impilare i colleghi legati per portarli via, e quando si diressero verso l'uscita ingaggiarono sulla pista di tartan una specie di gara tra lumache.

Maxim scandagliò il campo di battaglia in cerca di Indy. Che fine aveva fatto la sua gatta portafortuna? A un certo punto la trovò. Sembrava minuscola. Quel concentrato d'energia e orgoglio non gli era mai parso così al lumicino. Corse da lei per sorreggerla.

Passandole accanto, anche H percepì la debolezza di Indy. In quanto alto ufficiale gli era stato concesso l'onore di camminare libero dietro i carrelli. Quasi con nonchalance si sporse per affondarle le zanne nella nuca. Ma non aveva fatto i conti con Trepuntouno. Il lombrico nel pendaglio, che aveva capito le sue intenzioni, urlò alla gatta sfiancata: "Giù!"

Indy reagì d'istinto e con le sue ultime forze si lasciò cadere sul fianco graffiando H di traverso, dalla fronte alle fauci. Il morso del cane andò in profondità, ma non nel collo. Indy restò stesa zampe all'insù, strillando come un cucciolo.

La ferita alla testa dell'aggressore sanguinava così copiosamente da impedirgli di vedere, eppure lui non reagì. Era un cane tosto! La sua cattiveria formava uno strano contrasto con quelle buffe orecchie sempre dritte. "Saluti alla famiglia," ringhiò. "Non abbiamo ancora finito io e te! Prima o poi uscirete da qui." Si spazzò il sangue dalla faccia. "E allora farò polpette di te e dei tuoi amici!"

11

UNA MICIA IN PERICOLO

Maxim corse preoccupatissimo dalla sua adorata, che stava tirandosi su faticosamente. “Sanguini!” constatò.

“Non è niente. È solo un graffio. Fatti gli affari tuoi!” rispose Indy con voce strozzata. Con occhi grandi e febbrili cercò di guardarlo con cattiveria, ma riuscì comunque a indovinare i suoi sentimenti. Poi il suo sguardo si spense. Maxim spiccò un balzo per prenderla al volo. Il norvegese era fuori di sé dalla preoccupazione.

“Ragazza mia, ma cosa mi combini?” le sussurrò all’orecchio. Si guardò attorno con un senso d’impotenza, ma nessuno stava prestando attenzione a loro. Per fare almeno qualcosa di utile leccò le ferite sulla spalla di Indy. Gli altri non avevano colto la serietà della situazione. Erano troppo impegnati a togliersi di torno i cani.

I guerrieri felini scortarono gli sconfitti fino alla piscina, ironizzando sulla “battuta di caccia” dell’NSA e paragonando i carrelli tirati dai cani alla celebre scena di Ben Hur. Poi Gogol mise le cose in chiaro: avevano vinto una battaglia, non la guerra.

Con un gran chiasso sbatterono le porte alle spalle degli sconfitti. A eccezione di Indy, i vincitori avevano subìto solo ferite di poco conto. I servizi segreti felini erano di ottimo umore e cantarono a squarciagola non appena gli altoparlanti fecero echeggiare *The First Scratch Is the Sweetest* di Cat Stevens.

Musica micia. A Maxim tornò la voglia di tapparsi le orecchie, mentre muoveva la zampa come un pazzo per attirare l’attenzione su Indy. Gli altri agenti, non capendo, restituivano allegri il saluto. Gogol fu il primo a notare che qualcosa non andava. Li raggiunse e annusò la testa di Indy.

"Gattinka, sveglia! Che ti prende?" Le toccò piano la fronte. "La nostra grande agente ha la febbre alta! Il morso non ha un bell'aspetto. Smettila di sbavarci sopra, cretino d'un micio. Potrebbe infiammarsi." Redarguì Maxim dandogli una botta sulla zampa. "Abbiamo kit di primo soccorso in caso d'incidenti sportivi. Questa ferita da morso va sterilizzata e fasciata. Non è un problema. Lo è invece la febbre alta. Indy sembra gravemente malata. Deve farsi vedere alla svelta da un bravo veterinario."

Con un roco miagolio e rapidi colpi di coda, Gogol ordinò alla banda di ritirarsi. Maxim non lasciò a nessun altro il compito di trasportare la sua adorata, che malgrado le dimensioni non pesava quasi nulla. Tornarono al club a passo svelto, appena in tempo per assistere al ritorno in sé di Ian. Grazie ai sali e alle pillole di Pervitin che costituivano la sua riserva d'emergenza, DJane e Moccino l'avevano rimesso in sesto.

Ma quando il cucciolo vide che gli stavano riportando indietro la mamma mezza morta dopo la battaglia, non ce la fece più. Corse da lei, le saltò addosso e cacciò un verso da brividi che fece rizzare il pelo anche agli agenti più scafati. E quando iniziò a ringhiare a chiunque si avvicinasse alla madre adottiva, Gogol perse la pazienza.

"Basta adesso!" sbraitò. "Vattene, dai solo fastidio! Dobbiamo medicarla," e senza tanti complimenti spinse via il cucciolo dalla gatta svenuta. Ma nell'arco di pochi secondi si ritrovò schienato con addosso una creatura ringhiante simile più a un lupo che a un micetto. Gli occhi di Moccino brillavano gialli e minacciosi. D'improvviso fu chiaro a tutti: una mossa sbagliata e il figlio di Indy avrebbe fatto sul serio. La situazione era spinosa.

"Tran.quil.lo Moc.ci.no," borbottò Trepuntouno spuntando con la testolina dal pendaglio di Indy. "As.col.ta co.sa ti can.ta zi.o Ver.me." E partì cheto con una ninnananna: "Tut.ti i mie.i gat.ti.ni nuo.ta.no nel la.go, nuo.ta.no nel la.go..." Con l'altra estremità fece capire a Ian e Maxim che dovevano cantare anche loro: "...Teste sotto l'acqua, code su per aria."

Cantarono e cantarono, finché il pelo arruffato del micetto non tornò liscio.

"Vogliamo tutti aiutare Indy," ronfò benevolo Ian. "Del resto siamo una famiglia e vogliamo che si riprenda. O no?"

Moccino lo guardò, infilò la coda tra le zampe e scese con cautela dal corpo del capo del KGB, per poi piagnucolare ancora una volta: "Mamma!"

"Andrà tutto bene," disse Ian. "E adesso hai anche un papà." Sollevò con cura il piccolo selvaggio e lo strinse forte a sé finché non si tranquillizzò.

"L'hai visto anche tu?" sbuffò uno degli agenti. "Il soldo di cacio ha steso il grande capo come una platessa. Più veloce della luce. Pazzesco!"

"La scritta sull'etichetta che ha all'orecchio la conosco," rispose l'altro con un filo di voce. "I MaSK sono macchine da guerra biologiche. Forse ha dentro di sé del lupo mannaro..."

"E allora auguri per quando quel monello diventerà adulto. Già adesso è un pericolo pubblico," concluse l'agente per poi abbassare subito la voce, visto che Moccino aveva drizzato le orecchie guardando storto nella sua direzione.

"Guarda, la mamma si sta svegliando," disse Xplode per distrarre il piccolo. La cosa riportò Moccino a più miti consigli. Appena Indy aprì gli occhi guardandosi attorno irrequieta, suo figlio si lasciò scappare un gemito.

Gogol si alzò scuro in volto, leccandosi l'orgoglio ferito. "L'ho detto e lo ripeto: non potete restare qui. Indy deve ricevere cure mediche."

"Niente veterinari!" balbettò la gatta ancora intontita. "Io non ci vado." Non voleva farsi di nuovo somministrare delle medicine chiusa in una stanza. Mai più!

"Allora la questione è semplice," disse Ian. "Dobbiamo tornare da Confusio. Il guaritore saprà sicuramente cosa fare. Ma ho i miei dubbi che i maossoni siano disposti ad aiutarci dopo la nostra uscita di scena. Piuttosto ci fanno fuori. Ma dobbiamo provarci, è l'unica chance per Indy." Poi si rese conto che avrebbe incontrato di nuovo anche la gatta siamese. Sentì un pruritino allo stomaco. Sorrise.

"Vecchio, cosa c'è di tanto divertente? Ti sei dimenticato che là fuori c'è un'orda assassina sulle nostre tracce? Aspettano solo che mettiamo una zampa fuori dallo stadio. E appena mostriamo i nostri sederini pelosi, quelli ci azzannano a morte." Xplode non aveva alcuna voglia di fungere da spuntino occasionale per i segugi.

"Non se vi munite di una nuova identità olfattiva," borbottò Gogol. "Molti di noi vengono dalla Germania Est. La Stasi amava collezionare i campioni olfattivi dei sospettati, conservandoli sotto vetro per i segugi. Così abbiamo sviluppato dei sistemi per fregare i cani."

"E allora filiamocela!" Il ratto era ben contento di sfuggire a quella compagnia felina che continuava a squadrarlo con occhi famelici. "Subito! Finché Indy si può ancora spostare. Se si becca una setticemia in seguito al morso, buonanotte al secchio," riassunse pacatamente. "Allora sì che tutti i nostri tentativi di salvataggio saranno stati inutili."

UN COLPO DI TALCO

"Non sarà un gioco da ragazzi," sottolineò Gogol. "Ma proviamoci." Stavano percorrendo il labirinto dei condotti di aerazione insieme ad altri quattro gatti del KGB. Il resto degli agenti era rimasto al club per festeggiare il trionfo pompando le casse.

In corrispondenza di un grande spogliatoio, Gogol si fermò e fece slittare verso l'alto le lamelle della grata di aerazione, come fosse una veneziana. "Mettetevi al centro e tiratevi su," ordinò agli ospiti. "Anche il ratto e il lombrico."

Xplode obbedì mugugnando. Lui aveva già raccolto un altro odore, e adesso gli toccava cambiare di nuovo. Ben presto non avrebbe più saputo chi fosse, se un cane, un topo o un gatto. Tutte quelle metamorfosi non l'aiutavano di certo a ritrovare sé stesso.

L'ufficiale del KGB armeggiò con un armadietto metallico, aprì il lucchetto a combinazione e tirò fuori numerose confezioni di talco per i piedi e deodoranti roll-on.

"In realtà sono per i giocatori dell'Hertha. Sudano come porci, l'allenatore non li molla un attimo. Direi di cominciare col talco. Sulle zampe posteriori, hop!"

Tutti gli animali obbedirono, tranne Indy, così sconvolta da non capire cosa le era stato detto. Ian e Maxim dovettero tenerla.

"Trattenete il respiro, si parte!" Gogol aveva distribuito le varie confezioni di talco ai compagni, che ne prendevano a piene zampe. A forza di lanciarsi il talco come pazzi, si alzò una coltre nebbiosa.

Indy udì dei suoni indiani. Prima piano, poi sempre più forte. Una moltitudine agitata la stava festeggiando. Zampe bramose la tenevano su e l'accarezzavano. Ma perché d'improvviso si ritrovava con una lunga proboscide e otto zampe? Che fosse Ganesha, la dea della fortuna? Con grazia muoveva quei suoi nuovi arti a suon di musica, danzando leggiadra sulle zampe posteriori. Ovvio! Era la madrina della festa indiana dei colori, Holi, nel corso della quale ci si tira addosso polveri colorate. Portava fortuna tutto l'anno. Si raddrizzò per fare il bagno nei colori.

Poco dopo la visione scomparve. Sembravano tutti degli spettri su cui si era depositata la polvere dei secoli. La piccola truppa tossì mentre il talco si posava.

"Ma che diavolo, questa sì che è robaccia chimica," protestò Maxim.

Sentendo quelle parole, Ian ebbe un tuffo al cuore. Se n'era quasi scordato. "Vi devo dire una cosa. È molto importante!" Aveva riflettuto a lungo se raccontare o meno agli amici la visione che aveva avuto nell'auto dei rapitori. Forse era stato solo un incubo, ma c'era sempre la possibilità che avesse potuto davvero sbirciare nella testa malintenzionata della talpa. "Temo che Sumo possieda armi chimiche e gas nervino, e che li voglia usare contro di noi con una specie di razzo terra-aria capace di annusare e camminare. Ho avuto una visione. Se ci becca, sono guai. Basta un'inalata e si crepa!"

Gli amici di Ian restarono di sasso. Andava preso sul serio? Era forse un chiaroveggente? Certo, la vendetta di Sumo era quasi scontata. Ma i gas velenosi?

"Ora spruzzatevi il deodorante sulle zampe e massaggiate per bene il talco nella pelliccia," continuò a ordinare Gogol, che si era perso l'ultima uscita del maine coon.

Massaggiare? Ah sì... Indy era ancora nel suo mondo. Un massaggio indiano era proprio quel che ci voleva. Di sicuro seguito da un trattamento ayurvedico con olio sulla fronte. E infatti qualcuno si stava dando da fare sulla sua spalla. Grande dea, che male! Quel massaggiatore zotico si meritava una bella lezione...

Poco dopo la ferita alla spalla era ormai disinfettata e coperta da un cerotto liquido.

"Non potete leccarvi per almeno tre giorni," li avvertì Gogol. "Il talco per i piedi non è uno scherzo se lo mandi giù. Inoltre adesso arriva la fase due."

"Eh?" brontolò Moccino, che ne aveva già le tasche pienissime e non capiva affatto a cosa servisse tutta quella mascherata.

"Hai sentito bene. Il peggio deve ancora venire. Sono le nove e trenta, quindi pausa colazione. Ora andiamo nella saletta degli addetti alle pulizie. Questi bipedi amano davvero gli animali," spiegò Gogol, sogghignando con malizia. "Ti acchiappano e ti fanno le coccole finché non ne puoi più. In questo modo, anche gli ultimi rimasugli del tuo odore saranno coperti dal tanfo umano. Alcuni di loro si spalmano persino il profumo sulle mani," mentì platealmente per sfottere il piccoletto. "E allora nessun animale al mondo potrà più riconoscerti come gatto... o qualunque cosa tu sia."

Indy stava ancora cullandosi beata, muovendo appena le zampe al ritmo di una musica che esisteva solo per lei. I gatti la portarono con loro e le risparmiarono il risveglio forzato quando gli addetti alla pulizia, deliziati, presero a coccolarli e spupazzarli. Il ratto ebbe la netta sensazione che per via della coda amputata l'avessero scambiato per un criceto.

Malgrado la pacchia Xplode non riuscì a rilassarsi. Se Ian aveva ragione, non erano al sicuro da nessuna parte. Sumo faceva fuori chiunque gli mettesse i bastoni tra le ruote. A costo di eliminare tutto il KGB. Il roditore era un esperto di armi, quindi nutriva una grande e soprattutto giustificata preoccupazione: se quel razzo velenoso poteva annusarli sul serio, era la fine. Ma forse l'odore estraneo di quegli umani era l'unica protezione in grado di salvarli da una morte orrenda…

UN ORSO DI NOME HERTHINHO

"Ottimo, direi che ci siamo." Gogol si sfregò le zampe tutto contento. Aveva osservato l'azione a distanza di sicurezza. "Ve l'ho già detto che il piano è in tre fasi?"

I gatti smanacciati e impregnati di talco guardarono con sconcerto l'ufficiale delle comunicazioni. Possibile che dopo "il catrame e le piume" ci fosse dell'altro? Ebbene sì.

"Non bisogna solo mimetizzarsi, ma anche ingannare il nemico! Dovete andarvene di qui senza che nessuno se ne accorga. L'NSA controlla ogni uscita. E anche se non possono più annusarvi, non sono ancora ciechi e sordi. Seguitemi, ora andiamo dalle ragazze pon-pon."

Ian cedeva malvolentieri il controllo della situazione nelle zampe altrui, ma era Gogol l'esperto lì dentro. Se lui diceva che non c'era altro modo per andarsene, aveva evidentemente le sue ragioni. Si mise la zampa di Indy sulle spalle e fece un cenno a Maxim, che capì al volo e fece lo stesso dall'altra parte. In quella formazione da troika fecero fare all'obnubilata Indy il breve percorso lungo il corridoio, poi Gogol si fermò davanti a una porta, si allungò, spiò dal buco della serratura e sospirò in segno di soddisfazione. Erano nel posto giusto.

Grazie all'udito ipersviluppato, i gatti sentirono gli sbuffi e i gemiti attutiti di almeno due bipedi che sembravano fare una gran fatica dall'altra parte. Stavano per interrompere un allenamento?

Gogol allungò la zampa verso la maniglia e aprì la porta con cautela. Era un altro spogliatoio.

Agli iCats ordinò: "Aspettate qui."

Sul pavimento erano sparsi vari capi di vestiario, bicchieri di plastica da spumante, bottiglie di vodka vuote, lattine aperte dell'energy drink "Orso blu". Su un tappetino di peluche marrone che sembrava una pelliccia d'orso con tanto di testa, c'erano dei calzini da uomo puzzolenti e un'enorme t-shirt a righe blu e bianche. Velocissimi, Gogol e i suoi compagni arraffarono e trascinarono pelliccia e maglietta in corridoio. Attraverso la fessura che dava sulla doccia videro che i due bipedi erano ancora impegnatissimi, tanto da non accorgersi di niente.

"E adesso tutti dentro," li incitò il gatto del KGB quando i cinque furono di nuovo in corridoio. "A ogni ricercato conviene dare nell'occhio. Questo è il costume di Herthinho, la mascotte dell'Hertha BSC. Il legittimo proprietario ha da fare ancora per un po'." E indicò con la coda la doccia da cui continuavano a provenire dei gemiti. Divertito, scosse il capo e ripeté: "Avanti, tutti dentro!"

Ian sospirò. Ne aveva passate di peggiori. Così si infilò nelle zampe anteriori dell'orso. Moccino gli saltò ovviamente sulla spalla e ficcò la testa nel testone dell'animale. Maxim, che era il più forte, si prese le zampe di dietro e si sollevò con Ian e Moccino sulla spalla, sistemandosi Indy contro il petto. La gatta in stato confusionale lasciò fare, docile come un agnellino. Bastava quello per capire quanto fosse malata.

"Su la cerniera!" Gogol non poté trattenere un sorrisetto quando la mascotte ursina apparve, barcollante, in tutta la sua grandezza.

Maxim doveva reggere il peso più considerevole e occuparsi al contempo della sua gatta portafortuna, che rischiava continuamente di cadere. Ian lo aiutava da sopra allacciandosi le zampe anteriori di Indy attorno ai fianchi. Xplode si aggrappò invece alla testa di lei e fece del suo meglio per tenerla ferma. Nessuno di loro vedeva alcunché all'interno di quel costume ammuffito e dipendevano tutti da Moccino, che dava ordini scalciando con le zampette. Ian trasmetteva i segnali a Maxim, che doveva ancora abituarsi al carico sulle spalle. Ma dopo un po' di esercizi riuscirono a camminare come si deve. O almeno a non cadere.

"*Do svidanija, tovarišči!*" borbottò Gogol spingendoli in direzione dell'uscita. "Ora potete contare solo su voi stessi."

L'addio fu breve. Nessuno alzò la zampa. Del resto là sotto non li avrebbero visti. L'ufficiale del KGB sgattaiolò coi suoi accompagnatori felini nell'altra direzione e scomparve.

L'orso girò l'angolo traballando e incontrò un umano in abiti civili.

"Eccoti qua! Ti ho cercato dappertutto! Ehi Herthinho, sei già ubriaco fradicio a quest'ora? Smettila di bere, altrimenti ciao lavoro da mascotte!"

Visto che l'orso calcistico continuava ad avanzare lentamente, il tono si fece più acceso. "Datti una mossa! Sono quasi le dieci. Se ciondoli ancora così ti puoi scordare il passaggio. Al contrario di te io ho moglie e figli che mi aspettano a casa."

Moccino trattenne il respiro. A destra e a sinistra dell'uscita degli atleti c'erano due segugi che annusavano con cura tutti i passanti dalla testa ai piedi. Quei tipi erano proprio cocciuti. Non intendevano lasciarsi scappare la preda ancora una volta.

"Pussa via, montagna di pulci!" L'autista non sembrava un grande amante dei cani. Spinse di lato i due guardiani, provocando un ringhio soffocato. I cani alzarono il muso e inspirarono profondamente, concentratissimi.

Via da lì! Maxim accelerò dietro al bipede diretto al parcheggio, incespicando in quel costume scivoloso. L'umano era già arrivato alla macchina e aveva aperto il baule.

Quando ormai non mancavano che pochi metri, inciamparono sul marciapiede per via della zampa d'orso troppo grossa. Come un albero abbattuto, Herthinho crollò in avanti sbriciolandosi nelle singole componenti. La testa con dentro Moccino rotolò sotto un cespuglio spelacchiato. Maxim ruotò sul proprio asse per non cadere su Indy e con prontezza di riflessi riuscì a infilarsi tra lei e l'asfalto duro, continuando a tenerla stretta con le zampe senza farle male. La gatta magrissima miagolò in pieno delirio.

Incredibile! Nessuno sembrava essersi accorto di quella scena assurda. Non c'era alcun dubbio che anche in quelle condizioni disperate la sua adorata continuasse a portargli fortuna. Il che sarebbe stato utile per sopravvivere al ricongiungimento coi maossoni. Maxim sfregò delicatamente la guancia contro la sua e sussurrò: "Tieni duro, dolcezza! Ti riprenderai presto. Ne sono certo."

"Herthinho, che fine hai fatto?" Il bipede si stava guardando attorno. Non poteva crederci! L'amico era di nuovo scomparso di punto in bianco. Il costume giaceva vuoto sull'asfalto come un bozzolo di peluche senza testa dal quale era sbucata un'enorme farfalla. Lo cacciò con rabbia nel baule, che richiuse con un botto. Per quel che lo riguardava, il suo ex compagno di viaggio poteva benissimo barcollare a piedi fino in città, nudo come un verme e con una testa d'orso sulle spalle. Ben gli stava.

Udendo il baccano metallico del baule, uno dei segugi alzò la testa di scatto e guardò come un falco nella loro direzione.

TESTE TOSTE

Il botolo dell'NSA abbaiò qualcosa al collega, indicandoli col muso.

"Ha notato qualcosa. Dobbiamo andarcene!" sibilò Xplode nervoso. Maxim però non era d'accordo.

"Indy non ce la fa più. Guarda tu stesso. È più bollente di un piano cottura e blatera cose senza senso."

In effetti la gatta stava menando le zampe in tutte le direzioni e fischiava con la stessa debolezza di un elefantino neonato.

"Non può più camminare. Dobbiamo trasportarla," constatò Ian.

"Andremmo troppo lenti," protestò Xplode. "I segugi ci raggiungerebbero subito."

Nel pendaglio di Indy si mosse il lombrico. Trepuntouno fece capolino e disse: "Tes.ta d'or.so è co.me cuc.cia di gat.to con ma.ni.ci. Ti.ra.te or.so da o.rec.chie. Tes.ta ton.da scor.re be.ne. At.ten.to Moc.ci.no che mam.ma non ca.da."

Esausto, Trepuntouno si lasciò cadere di nuovo nel ciondolo. Quella era probabilmente la frase più lunga che gli avessero mai sentito pronunciare. Eppure, ancora una volta, il più piccolo tra loro aveva risolto il problema. Il guerrigliero veniva spesso ignorato per via delle sue trascurabili dimensioni, ma nella botte piccola, alla bisogna, c'era il vino buono. Già! Anche in quel caso aveva trovato lui la soluzione.

Inserirono con cautela Indy nella testa d'orso e i due grossi gatti afferrarono il pupazzo per le orecchie.

"Aspettate!" sussurrò Xplode, che era sempre sul chi vive. Vicino al loro cespuglio c'era un segugio. Forse per caso forse no, nello stesso momento il bipede avviò il vecchio motore diesel del suo catorcio, dalla cui marmitta uscì una nuvola nerissima e puzzolente di gas di scarico. Il cane tossì e iniziò a girare su sé stesso. La pista che aveva seguito fino a quel momento era rovinata. In contemporanea, all'uscita dello stadio scattò un gran tumulto. Il KGB aveva impiegato dei topolini meccanici che stavano scatenando urla isteriche e crisi di panico tra le ragazze pon-pon dirette verso casa. Proprio al momento giusto. Il cane rivolse l'attenzione altrove. Era un attentato? L'agente dell'NSA fece dietrofront per dare zampa forte ai colleghi già presissimi.

"Fiuuu!" espirò il ratto con sollievo. "Via libera." Ringraziarono silenziosamente Gogol e trascinarono la testa d'orso nel bosco.

ANIME GEMELLE

Che fortuna rara: nessuno che li disturbasse, li attaccasse o li inseguisse. Ian e Maxim procedevano il più sincronizzati possibile attraverso il bosco silenzioso, trascinando con amore lo slittino a forma di testa d'orso tra radici sporgenti e legno marcio. Malgrado la fretta dovevano fare attenzione, perché Indy stava sempre peggio. Nel suo delirio febbrile farfugliava parole in libertà su bestie selvagge, divinità indiane e crudeli camici bianchi. Il lombrico e Moccino si stavano prendendo cura di lei nei limiti delle loro possibilità. Ma l'umore era pessimo, e la ciliegina sulla torta era una pioggerellina insistente che infradiciava le pellicce.

Ian ripensò alla loro odissea. Se Indy non avesse fatto quel singolo errore proprio all'inizio, tutto ciò non sarebbe successo. Perché si era fatta catturare mentre indagava sulla mala? Il re dei bassifondi le avrebbe dato la caccia in capo al mondo. Il maine coon sperava che Honeyball ce la facesse a trasmettere per tempo al governo le prove contenute nel cellulare.

Ma il problema più grosso dei gatti erano i Nasuti Segugi d'America. La caccia non era finita, e sarebbe stata spietata. Del resto, i cani volevano usare gli iCats per i loro piani poco chiari e i loro sporchi esperimenti. Per fortuna almeno la security dell'Istituto era impegnata con altre cose al momento. Avevano una bella gatta da pelare, dato che dovevano rimettere le mani sugli animali liberati da Maxim durante l'azione di rappresaglia. Sarebbe passato del tempo.

Nel frattempo le crisi di Indy erano diventate un problema serio. Era lei a subirle, ma non solo. Era un rischio incalcolabile quello di tornare dai maossoni chiedendo loro aiuto una seconda volta. Ian sapeva bene che Giogatta non si sarebbe certo accontentata delle briciole. Quella gatta non amava indugiare. Ai rinnegati riservava solo processi sommari. Ecco perché avrebbero dovuto evitarla a tutti i costi. Una volta raggiunto l'accampamento, Ian avrebbe subito cercato la siamese prima che qualcun altro si accorgesse della loro presenza.

Che gli succedeva con quella lì? Il solo pensiero della gatta siamese gli faceva venire le farfalle nello stomaco. Lui, il gatto pensatore, incapace di dominare i propri sentimenti. Ma l'intelletto gli diceva qualcos'altro. La Senzanome non era andata a cercarlo quando era stato rapito. Non aveva rischiato nulla per lui. Oppure sì? Gli altri li aveva liberati. Sicuramente non un bel gesto agli occhi della sua severa capa. Che fosse stata scacciata anche lei? Speriamo di no! Non ritrovarla all'accampamento sarebbe potuto costare la vita a Indy. Il suo istinto gli diceva però che lei era ancora là e che lui stava facendo l'unica cosa sensata. La Senzanome era la loro ultima chance.

Ian alzò il capo, cercando di orientarsi. Il bosco aveva il medesimo aspetto in tutte le direzioni. Avevano girato su sé stessi? Ormai dovevano esserci quasi. La strada cominciava a sembrargli troppo lunga. Indy gemette di nuovo. Xplode stava facendo una gran fatica per tenerla calma. Eccolo, finalmente! Ecco l'albero dei maossoni. Il bosco pareva deserto. La pioggia fagocitava qualsiasi altro rumore. Nessun fruscio di foglie al vento.

Non si muoveva una mosca. Qua e là udivano il lieve plop delle gocce più grosse che piombavano sul terreno umido.

I gatti trascinarono la testa d'orso con dentro la gatta malata fino all'ingresso della vecchia tana per conigli in cui Xplode li aveva aspettati. Come procedere adesso? Dovevano trovare la Senzanome senza dare nell'occhio e convincerla a chiamare Confusio. Un'impresa difficile. Quasi impossibile che Giogatta Dark non si accorgesse di nulla nel frattempo! E soprattutto Ian non sapeva se la siamese si sarebbe lasciata attirare da lui giù dall'albero, e come avrebbe reagito Confusio alla notizia della sua presenza. Per il guaritore superstizioso, il gatto era e restava un demone.

"Se solo Foxtrot Kilo fosse qui," disse Maxim corrucciato. "Il tronco è una trappola mortale. Salirci significa schiattare."

"Posso arrampicarmi io!" Moccino amava offrirsi quando si trattava di cercare qualcosa o di aiutare la mamma.

"Non se ne parla. Tu resti qua buono buono," rispose Ian fissando il cucciolo temerario dritto in quei suoi occhietti delusi. "Molto gentile da parte tua." Accarezzò il figliolo sulla testa e si sforzò di usare un tono amorevole: "Lassù ci *vola* qualcun altro."

Il gatto registrò col sorriso lo sguardo stupefatto di Moccino. Proprio in quel momento Ian si era ricordato di chi, spiccando un balzo dalla grande cascata, era atterrato con eleganza sospinto dal vento: "Ci lanciamo Xplode!"

"Ehi, cosa? Vecchio!" Il ratto aveva la sorpresa stampata sul muso. "Sei ammattito? Lanciarmi nell'accampamento felino? Per loro non sono altro che una preda!"

"No che non lo sei. Ti lanciamo direttamente in casa della siamese, e ti porti dietro questo..." Ian si tolse dalla pettorina il foulard ripiegato che gli aveva regalato la gatta, e lo portò al naso. C'era ancora il suo odore. Fece un lungo respiro dimenticando tutto il resto, poi passò malvolentieri il foulard a Xplode. "Dille che ho bisogno di lei, e illustrale la situazione. Saprà cosa fare per convincere Confusio."

"Ragazzo, lo sai vero che la Senzanome è la zampa destra di Giogatta?" fece presente il roditore.

"Spero lo sia ancora dopo la nostra fuga," replicò Ian con un sospiro. "Hai forse un'idea migliore?"

Calò il silenzio nel bosco. Anche il lombrico stavolta non disse nulla.

"Allora, ci stai?" La domanda di Ian infranse il silenzio. Il ratto si grattò pensieroso sopra la protesi argentata.

"Un'operazione suicida direttamente nelle fauci della morte? Dovrei essere pazzo. Ehi, fa proprio al caso mio!" ridacchiò Xplode. "Affare fatto."

Maxim era scettico. "Non si riesce a lanciarlo così in alto solo con la forza dei muscoli. E lo dico io che sono palestratissimo. Abbiamo bisogno di una spinta maggiore. Una catapulta, una fionda, qualcosa del genere."

Ian ci pensò su, poi svuotò le tasche della pettorina d'emergenza che portava sempre con sé. Armeggiò un poco con la molletta sulla schiena, staccò la pettorina e la diede a Maxim, che flesse i potenti muscoli dorsali e come prova la fece roteare tenendola per la cinghia e facendola fischiare. Alla fine fece un cenno al passeggero unico con lo stesso charme di un giostraio: "Venghino, venghino, tenersi stretti! Inizia la corsa."

Xplode strinse i cordoni dello zaino e non fece caso alla protesta di suo fratello morto, al quale quella faccenda non piaceva affatto. Ian si chinò e sussurrò nell'orecchio al ratto: "I maossoni sentono tutto. Non urlare quando sei in volo. Parla solo con la siamese, con nessun altro. E riportami la pettorina..."

"Ottimo! Desidera altro?" Con scarso entusiasmo, Xplode si aggrappò alla fionda per topi.

Il norvegese fece girare vorticosamente la pettorina prendendola per la lunga cinghia, fino a raggiungere la "maxima" velocità possibile. Quando la sagoma del ratto divenne indistinguibile, lasciò andare. Il roditore si sentì come durante l'addestramento per astronauti, pronto all'allunaggio.

La pettorina penetrò il fitto fogliame del grande albero con uno stormir di fronde. Allo zenit della traiettoria di volo, Xplode vide la strana casa di Baffetto spuntare tra le foglie, e saltò giù. La gatta siamese abitava lì vicino, così gli aveva detto Ian. Divaricò le zampe in tutta fretta e usò lo zaino per planare come uno scoiattolo volante. Con estrema precisione atterrò sulla casa di Baffetto, aggrappandosi con gli artigli al tetto della capanna disabitata. La pettorina si depositò leggiadra sul ramo. Capolavoro!

Il ratto si tirò su e fece un profondo inchino davanti a un pubblico invisibile, come un artista reduce da un'acrobazia piuttosto azzardata.

"Che ci fai lì, preda?" ringhiò qualcuno alla sua sinistra.

Xplode sobbalzò. Maledizione! I maossoni avevano scoperto il suo allunaggio. Due sottili occhi color fiordaliso lo stavano fissando. Vide del pelo grigio argentato. Possibile che avesse tutte le fortune? "TU!" bisbigliò senza respiro. "Proprio te cercavo!"

La gatta era confusa. Non aveva mai visto prima quello strano scoiattolo volante.

"Calorosi saluti da Ian. Ti devo consegnare questo..." In fretta e furia tirò fuori il foulard e glielo allungò.

La siamese ebbe un tuffo al cuore. Il gatto rosso ce l'aveva fatta! Era sfuggito alla prigionia. Oppure era solo uno scherzo di pessimo gusto da parte di quella specie di opossum? Annusò il foulard con diffidenza: c'era l'odore di Ian, e un pizzico del proprio. "Dov'è?" chiese nervosamente. "Non può essere qui. Giogatta fuma di rabbia da quando siete scomparsi nel nulla."

"Posso immaginare," rispose il ratto. "Ma questa è un'assoluta emergenza. Ian ha immediato bisogno del tuo aiuto, altrimenti sua sorella muore. Per aiutarla devi andare a prendere Confusio."

La Senzanome tacque. Avrebbe dovuto agire alle spalle della capa. Era proprio necessario? Da tempo aveva deciso di stare dalla parte dei maossoni. Bastava davvero l'amorazzo di una notte per mettere in gioco la fiducia conquistata con tanta fatica? Ripensò allo sguardo del gatto quando l'aveva ignorato nella sala delle mappe. Ci era rimasto così male! Però si era ripromessa di non innamorarsi mai più. Non dopo che era stata accusata di aver portato la rabbia solo perché una volta aveva ingoiato una saponetta che sapeva di lavanda, facendosi venire la schiuma alla bocca. Il suo irrequieto miagolio e la collera visto che nessuno le aveva voluto dare ascolto erano state interpretati male. Le avevano tutti voltato le spalle. Gli amici e persino il suo compagno di lungo corso, il più bel siamese di Berlino. Che in quell'occasione aveva creduto non a lei ma alle voci di corridoio, aveva preso con sé i gattini e se ne era andato. Lei quell'orrenda malattia non l'aveva avuta. Eppure nessuno aveva più voluto vederla. Da innocente era diventata un'emarginata. Giogatta era stata l'unica disposta a prenderla con sé. Le era riconoscente ancora adesso. Perché da sola nella natura selvaggia non sarebbe mai sopravvissuta.

Poi si era isolata. Il suo cuore era diventato di pietra. Ripensando ai gattini, alle tante bugie... no, non aveva più voluto amare. Si era concentrata solo sul lavoro, svolgendolo al meglio.

Ma in quel momento s'intenerì. Ian era davvero speciale, lo sentiva dentro di sé. Quel maine coon vibrava di vita. L'aveva colto nei suoi occhi. Era sensibile, buono, anche se giocava a fare il duro. Altroché! L'avrebbe aiutato a salvare sua sorella. Nessun altro l'avrebbe scoperto. In veste di aiutante di Giogatta sapeva come muoversi in gran segreto senza che nessuno la scoprisse.

"Vieni!" sussurrò al ratto avvolgendosi il foulard attorno al collo. "Nasconditi qui dentro, nessuno deve vederci insieme."

Xplode non se lo fece dire due volte e si mise comodo all'interno della sciarpa, dondolandole davanti al petto come in un'amaca. La Senzanome si diresse dritta come un fuso all'ospedale, dove trovò il guaritore chino su un libro scritto in caratteri cinesi. Il vecchio trasalì appena la gatta sbatté la porta.

"Confusio, svelto! C'è un caso urgente di febbre alta e altri sintomi gravi. Vieni con me, ho bisogno del tuo aiuto."

Il medigatto avvertì l'allarme nelle sue parole, preparò il fagotto delle emergenze e si mise a disposizione.

"Ricorda il segreto professionale. Ora ti devo bendare gli occhi," disse la siamese con determinazione. "Prendiamo una scorciatoia. Non devi parlare a nessuno di ciò che vedrai. Neanche a Giogatta!"

L'anziano rispose alle istruzioni annuendo e facendo l'occhiolino. Ormai non si sorprendeva più di nulla.

Dalla sua postazione Ian spiava nervoso in tutte le direzioni. Tra i cespugli si mosse qualcosa. Bastet sia lodata! Xplode lo raggiunse di corsa.

"Complimenti per la micia!" bisbigliò con una zampetta davanti al muso. Senza attendere la sua reazione fece marcia indietro e portò la Senzanome e Confusio direttamente alla cavità a forma di testa d'orso in cui Indy riposava, accanto alla tana abbandonata.

"Aiutala per cortesia," chiese la siamese al guaritore togliendogli la benda.

Appena Confusio vide chi aveva davanti, sospirò. Proprio lei! Avrebbe dovuto mettercela tutta. Annusò con cautela la gatta malata e formulò una diagnosi: "Infiammazioni a reni, vescica, costole, zampa, psiche. Poco ci manca, sì. Poco, pochissimo! Ma ancora troppo tardi non è." Le posò dolcemente la zampa sulla fronte. Era la febbre più alta che avesse mai misurato. Il pranoterapeuta frugò nel fagotto mormorando. Non poteva sbagliare nulla.

La Senzanome si allontanò piano per non disturbare Confusio. E si portò con sé l'indomabile Moccino, appiccicato alla mamma come una piattola. "Vieni, andiamo dagli altri. Il medico e la mamma hanno bisogno di stare tranquilli," lo rassicurò. Col cuore a mille e Moccino al seguito, la siamese seguì Xplode da Ian e Maxim.

A ogni passo sul muschio bagnato le parve di essere più leggera. E quando vide Ian da vicino ebbe la sensazione di librarsi in volo come una gattina adolescente con le farfalle nello stomaco. Era un gigante, anche per la sua razza. Aveva il pelo fradicio, appiattito, e pure l'aria ipnotizzata, come se stesse vedendo un fantasma. Ian si alzò incerto e le andò incontro. La siamese lo annusò sconcertata, protese le vibrisse e aprì un po' le fauci. Bleah! Dovette rallentare. Quel gatto aveva un pessimo odore di roba chimica, e di umano. Poi però lui la guardò negli occhi con un'espressione triste e dolce. Le mostrò la sua anima. Senza filtri. Fragile. E il cuore di lei, così ben custodito, si sciolse. Non avrebbe mai più simulato per piacere agli altri. Con Ian non c'erano aspettative da soddisfare. Si sentiva accettata in pieno da lui, così com'era. E lui l'amava anche per i suoi errori, le sue debolezze. Già, persino quel suo terribile segreto sarebbe stato in buone zampe. Dopo una lunga strada era arrivata a destinazione. Da Ian.

Il bosco tornò alla vita. Ronzio d'insetti. Piccoli boccioli fioriti spuntarono come gemme tra il muschio imbevuto di rugiada. Un fringuello cantava a più non posso. Il sole irruppe tra il fogliame bagnato e allungò dita delicate verso il terreno fumante. Erano guancia a guancia in piena luce e si sfregavano la testa l'un l'altro, con le code che sventolavano all'unisono. La gatta siamese sentì una felicità purissima. Aveva fatto bene a rischiare tutto per vivere quel momento. Aveva trovato la sua anima gemella.

E ronfando piano sussurrò nell'orecchio a Ian: "Mi chiamo Katrice."

E come continua?

Riuscirà il vecchio Confusio a salvare Indy? E la nuovissima coppia formata da Ian e Katrice potrà restare insieme e magari metter su famiglia, nonostante il grave handicap di Ian? Che ne è stato poi di Foxtrot Kilo e Honeyball? Sono sopravvissuti all'incidente in autostrada?

Domande, domande, domande. Le risposte le leggerete nel prossimo libro della serie *00gatto*. Scoprirete anche se Sumo riuscirà davvero a impiegare contro gli iCats la sua nuova arma, il missile terra-aria col gas tossico, e che ne sarà dei piani orditi dai Nasuti Segugi d'America di rimettere le zampe sui fratelli maine coon e su Moccino, il misterioso incrocio gatto-lupa, per trasformarli in supersoldati alle loro dirette dipendenze.

Se vi è venuta voglia di leggere cosa è successo prima di *Si vive solo sette volte*, vi consiglio caldamente di recuperare *Licenza di graffiare*, il primo caso degli iCats.

Ringraziamenti

Il ringraziamento più caloroso va ai miei cari e fedeli lettori. Il vostro incrollabile interesse per il destino degli iCats mi ha davvero motivata. Spero che questo secondo volume vi piaccia quanto *Licenza di graffiare*. Se sì, ditelo a tutti! E in caso negativo, fatemelo sapere via mail o inviandomi un messaggio privato su Facebook. Le vostre critiche sono molto importanti. Ne farò tesoro per il terzo volume e, almeno spero, per migliorare sempre.

E tu, Thomas. Anche se non intrattieni alcun rapporto con gli animali e devi aver detestato ogni singola riga, ti sei immerso fino ai capelli nella sostanza di questo libro. Grazie di cuore per gli spunti intelligenti e fondamentali confluiti nella trama. Credo che *Si vive solo sette volte* sia diventato molto più chiaro proprio grazie a te.

Simon, malgrado l'agenda strapiena ce l'hai fatta a darmi degli spunti di regia per un'eventuale versione filmica o audiolibro di *Si vive solo sette volte*. Ti ringrazio dal profondo del cuore per il tuo prezioso aiuto. Grazie a te mi sono fatta una cultura sulla drammaturgia.

Ovviamente il mio grazie va anche alla madre spirituale del bradipo Marley. Maike, senza il nostro indimenticabile viaggio in treno verso Berlino non avrei mai immaginato cosa gli passava per la testa. Grazie! Anche per le tue osservazioni raffinatissime e dettagliate su *Si vive solo sette volte*, che per la seconda volta mi hanno fatto fare un enorme passo avanti.

Vivian, nonostante i tuoi tanti impegni hai trovato il tempo di fare un bel check-up a *Si vive solo sette volte*. Per me è un mistero come tu possa sbrigare quel carico di lavoro tra famiglia e professione. Tanto di cappello, anche per le tue critiche geniali e costruttive.

E Lilla, mia discreta compagna di viaggio. Finalmente ho trovato la mia maestra. Nessuna sa disegnare gli animali con tale perfezione e sensibilità! Ogni volta che guardo uno dei ritratti dei nostri piccoli eroi, il mio cuore fa un salto di gioia. Grazie, sei la migliore!

Un ringraziamento particolare alla mia famiglia. Sebbene i miei cari non ne possano più della formula *00gatto*, sopportano con tenacia le mie letture di prova e i miei eccessivi attacchi di grafomania... anche se dovremmo in realtà svolgere attività comuni molto più importanti. Ringrazio soprattutto i miei genitori Jürgen e Marianne, che com'è ovvio mi hanno trasmesso solo il meglio della loro genetica e sono sempre disponibili quando arrivano i guai. Siete i custodi di gatti più bravi al mondo.

Un inchino speciale al mio dolce coniuge. Le risate che ci siamo fatti col *Laghetto delle oche* di Ron-Ronneev! L'idea è tua. Christoph, sei il marito più simpatico del mondo! Non è vero che ti ignoro. Sei tutto per me. Quando scrivo i miei thriller felini ti vedo benissimo, non sei mica invisibile! Del resto ho bisogno di te come modello per tutti i lati positivi del mio antieroe professor Sumo, al quale hai pure prestato la voce nell'audiolibro. Chapeau. Hai una voce meravigliosa e sei il compagno più paziente, fedele e comprensivo che ci sia. Prima o poi avrai quel che meriti. Giuro! Al più tardi quando dovrò tenere delle letture davanti al mio caro pubblico nei luoghi più sperduti, allora potrai portarmici. Dici poco?

Ancora grazie alla clinica veterinaria Greven, che ha più volte salvato la pelle alla nostra Indy per via delle sue tante avventure non sempre concluse nel migliore dei modi. La diagnosi definitiva di Confusio era purtroppo molto azzeccata. Ma per fortuna la nostra agente segreta non ha avuto tutti i problemi in una volta sola, bensì uno dopo l'altro. Conferisco quindi alle adorabili e impeccabili dottoresse, oltre che al laborioso direttore della clinica, la medaglia del supremo ordine di Confusio.

E *last but not least* ancora un miao di cuore a tutta la casa editrice Emons, che sostiene il progetto iCats con zampe di velluto e un'energia professionale straordinaria, in ogni singolo aspetto del lavoro, facendo di me un'autrice al settimo cielo. Grazie, grazie per come portate i miei libri nel mondo.

Il mio eterno grazie va a voi tutti e anche a coloro che ho sicuramente dimenticato di citare in questa sede. Senza il vostro contributo, *Si vive solo sette volte* non avrebbe mai visto la luce così com'è ora.

La vostra scrivana felina
Kerstin Fielstedde

Collana Gialli Tedeschi

Friedrich Ani, ***Süden. Il caso dell'oste scomparso*** (2 edizioni)
Friedrich Ani, ***Süden e la vita segreta***
Friedrich Ani, ***M come Mia. Süden e le ombre del passato***
Friedrich Ani, ***Il giorno senza nome. Un caso per Jakob Franck***
Friedrich Ani, ***L'omicidio della felicità. Un altro caso per Jakob Franck***

Patrick Brosi, ***Il blogger***

Simone Buchholz, ***Revolver. Le ragazze del porto di Amburgo***
Simone Buchholz, ***La notte del coccodrillo***
Simone Buchholz, ***Uomini in gabbia. Un altro caso per la pm Chas Riley***

Kerstin Fielstedde, ***00gatto. Licenza di graffiare***
Kerstin Fielstedde, ***00gatto. Si vive solo sette volte***

Wolfram Fleischhauer, ***Il bosco silenzioso***
Wolfram Fleischhauer, ***Rosso come il mare. Eco thriller***

Harald Gilbers, ***Berlino 1944. Caccia all'assassino tra le macerie*** (4 edizioni)

wwwemonsedizioniit

Harald Gilbers, ***I figli di Odino. L'ex commissario Oppenheimer e la fine del Reich*** (2 ed.)

Harald Gilbers, ***Atto finale. L'ex commissario Oppenheimer e l'Armata Rossa a Berlino***

Harald Gilbers, ***La lista nera. L'ex commissario Oppenheimer e la resa dei conti***

Harald Gilbers, ***L'inverno della fame. Il commissario Oppenheimer e i fuggitivi del Reich***

Brigitte Glaser, ***Delitto al pepe rosa. Il primo caso della cuoca Katharina Schweitzer*** (2 edizioni)

Brigitte Glaser, ***Morte sotto spirito. La cuoca Katharina torna a casa***

Brigitte Glaser, ***Assassinio à la carte. La cuoca Katharina e la mafia turca***

Brigitte Glaser, ***Miele amaro. La cuoca Katharina e l'eredità pericolosa***

Brigitte Glaser, ***Buffet al veleno. La cuoca Katharina e il terribile sospetto***

Brigitte Glaser, ***Crimini al pistacchio. La cuoca Katharina va in Alsazia***

Lisa Graf, Ottmar Neuburger, ***Gulasch di cervo. Caccia al tesoro nel cuore della Baviera***

Lisa Graf, Ottmar Neuburger, ***Trota allo spiedo. Morti sospette alla Residenza sul lago***

Alfred Hellmann, ***Sia fatta la tua volontà. Thriller berlinese***

Bernhard Hofer, ***Tannenfall. Storia di un uomo e di un cervo***

wwwemonsedizioniit

Michaela Kastel, ***Nella tana. Il bosco non è mai stato così oscuro***

Volker Klüpfel, Michael Kobr, ***Spiccioli per il latte. Il primo caso del commissario Kluftinger***

Volker Klüpfel, Michael Kobr, ***Mistero in fondo al lago. Il commissario Kluftinger al castello di Ludwig***

Volker Klüpfel, Michael Kobr, ***La recita. Il commissario Kluftinger e il conto alla rovescia***

Andrea Nagele, ***Grado sotto la pioggia***

Andrea Nagele, ***Grado nell'ombra. Un altro caso per Maddalena Degrassi***

Edgar Noske, ***Il caso Ildegarda*** (2 edizioni)

Edgar Noske, ***Il bastardo di Berg***

Andreas Pflüger, ***Nero assoluto***

Petra Reategui, ***Il profumo rubato. Le misteriose origini dell'Eau de Cologne***

Prossimamente

Oliver Buslau, ***La sinfonia di fuoco. La congiura della Nona di Beethoven***

Andrea Nagele, ***Grado nella nebbia. Il caso non è chiuso, commissaria Degrassi***